まきこまれ料理番の異世界ごはん　3

ハロルド・ヒューイット
食堂の店長。様々な魔法を使いこなす。基本自由人。
ジークフリード・オーギュスト
第三騎士団の団長。凛の護衛役。爽やか苦労人。
鏑木 凛（かぶらぎ りん）
聖女召喚にまきこまれた主人公。食堂で料理番をはじめた。とても真面目な性格で前向き。
登場人物紹介

ライフォード・オーギュスト
第一騎士団の団長。梓の護衛役。ジークフリードの兄。
篠村 梓(しのむら あずさ)
召喚された聖女の一人。黒の聖女。サッパリとした性格。
ダリウス・ランバルト
ランバルト王国第一王子。有栖の護衛役。凛を聖女として認めない。
伏見有栖(ふしみ ありす)
召喚された聖女の一人。白の聖女。我が儘で傲慢。
マルコシアス
食堂の店員。高位の魔族。本来の姿は巨大な黒い狼。

目次

プロローグ

表面が少し溶けたほくほくのじゃがいも、透き通るような玉ねぎ、色どり鮮やかなにんじん。その全てが黄金色のスープに浸かって、温かな湯気を立ち昇らせている。ポトフだ。

次がたっぷりのひき肉を、とろふわの卵で包んだオムレツ。

最後にロールパンが二つ。

計三品が本日のラインナップである。

試験的に導入してみた日替わりランチメニューだが、これが意外にも好評だった。

騎士団、特に第三騎士団のメンバーからご愛顧いただいているうちの店、レストランテ・ハロルド。騎士団の皆は仕事に訓練にと忙しいので、メニューと睨めっこする時間を短縮できて有難い、というのが人気の理由らしい。

しかし――。

あの時は、まさか彼らが常連さんになってくれるなんて思いもしなかった。

防炎の薬が足りなくて、とても危険なものになると判断されたガルラ火山遠征。

そこに第一騎士団団長であるライフォードさんの推薦でリンゾウとして同行し、魔女様考案――恥ずかしながら私のことである――火の熱さすら感じさせないレベルの防炎ドリンクをデリバリーした結果、こうして第三騎士団の皆が常連さんへと加わったのだ。

実はこの計画、ジークフリードさんには全て内緒にしていたから、正体が私だとバレた時はヒヤヒヤしたものだ。しかし、たとえジークフリードさんに怒られたとしても、絶対に折れるわけにはいかなかった。

私だって彼を守りたい。守られてばかりのお荷物になんてなりたくないもの。

最終的に私の行動は良い方向に働き、ジークフリードさんの役に立つことが出来た。しかも、レストランテ・ハロルドの常連さんまでも増えたわけだ。

推しへの愛は何物にも勝るという好例だろう。うん。

ちなみに私こと鏑木凛《かぶらぎりん》は、聖女召喚の儀とやらにまきこまれ、魔法が存在するファンタジーな世界に飛ばされてしまった元社畜である。しかもこの世界、料理が薬の劣化代用品とされ、味が重要視されていないときたもんだ。

これから一生美味《おい》しい料理は食べられないのかと絶望しかけたけど、人間なるようになるものね。今はこの店の料理番として味と効果の両立を目指し、日々新作料理の開発に力を注いでいる。

「お待たせいたしました！」

「おお！　待ってました待ってました！　サンキュー魔女様！」

「もうヤンさんってば。リンで良いですって」

「悪ィ悪ィ。でもアランがうるさくってよぉ」

ヤンさんは申し訳なさそうに両手を合わせて、ぱちんとウインクを投げて寄越した。

うーむ。そろそろ名前で呼んでもらえるかと思ったんだけど。なかなか手強《てごわ》い。さすがはアランさんだ。彼の中にある魔女様像強すぎませんか。

中身はただの一般人なんですけどね。道のりは遠そうだ。

このテーブルには第三騎士団団長のジークフリードさん、副団長のノエルさん、そしてアランさん、ヤンさんの四人が座っている。

私はヤンさんの声援を受けながら、四人分のオムレツをテーブルに並べた。

ロールパンとポトフは注文が入った後すぐに持っていったので、これで注文の品は全て揃ったはず。私はテーブルの料理と皆の顔を確認して、「よし」と頷いた。

「しかし、全員同じメニューとは」

「ん？　どうせ一口だって渡さないんだから、どれを頼んだって一緒だろう？」

「団長、それって魔女様が自分の為に作ってくれた料理は、一口たりとも渡したくないってことで合っていますか？」

ノエルさんの冷静なツッコミに、「ンンッ」と喉を詰まらせるジークフリードさん。

私はおかしくて笑ってしまった。だって眉目秀麗《びもくしゅうれい》、家柄も良く、部下からの信頼も厚い騎士団長様が、玩具《おもちゃ》を取られたくない子供みたいなことを言うんだもの。

「あ、そうだ。今新しいメニューを開発しているんですよ。ダンさんとのコラボです！」

「ということはパン関連か？　楽しみだな」

おお、さすがジークフリードさん。鋭い。

ダンさんのお店はこの城下町でも人気のレストラン兼パン屋さんだ。うちの店で出しているパンもダンさんのお店から仕入れているものだったりする。

焼き立ては本当にふわっふわのもっちもち。

口に入れたら溶けてしまいそうなくらい柔らかくて美味しいのだ。

「はぁぁああ、癒されるぅ」

「だらしない顔だな、ヤン」

「はぁ？　アランこそ、鏡見てみろよ」

ヤンさんはポトフの入った器を大事そうに両手で抱えている。頬ずりでもしそうな勢いだ。

対するアランさんも、声色はいつも通り落ち着いているのだが、一目で分かるくらい柔らかい表情をしていた。

ポトフのスープは野菜のうまみをぎゅっと濃縮した、私お手製のブイヨンから作っている。

当然、手間暇かかっているので、喜んでもらえるのなら嬉しいのだけど――。

「何かありました？　随分お疲れのようですね」

「分かってくれますぅ？　最近ライフォード様から手厚い指導を受けててよぉ。ジークフリードの部下たるものもう少し礼節を弁《わきま》えなさい、ってビシバシ扱《しご》かれてんの。俺、目の敵《かたき》にされてます？」

「ははは！　ライフォード様に扱かれてそれ？　もっと厳しく躾《しつ》けてもらったら？」

「アーラーンー。俺の立場になったらわかるぞ。めっちゃ怖ぇからな！」

確かに怖いかもしれない。

私はライフォードさんにビシバシ扱かれているヤンさんの姿を想像して、慌てて口を覆った。

危ない危ない。ついうっかり噴き出してしまうところだった。

だって、想像でき過ぎるんだもの。

ライフォードさんは黒の聖女である梓《あずさ》さんが「ド真面目完璧男」と評するくらい、騎士団長としての誇りと規律が服を着て歩いているような人だ。

今まで関わり合いがなかったから見逃されていたが、一度視界に捕らえてしまった以上、嫌でも目についてしまうのだろう。そして、それを許容できるタイプではない、と。

ただ、騎士団の規律云々《うんぬん》ではなく、ジークフリードさんの部下としての矜持《きょうじ》を説《と》いてくるあたり、ブラコンお兄さんっぷりは健在みたいだ。

「ライフォードか。昔はああではなかったんだがな」

きゃんきゃん言い合っているヤンさんとアランさんを見て、ジークフリードさんはすまなそうに眉を寄せた。

「ああ、そうだ。ハロルド。あなたに一つ伝言が」

「あ、もしかしれ例のあれ？」

厨房《ちゅうぼう》からひょっこり顔を出した店長――ハロルドさんが、ひらひらと手を振っている。

「ああ。今日の夕刻には出来そうだから取りに来てくれないか？　本当は届けた方が良いのだろうが、少々用事が立て込んでいてな」

「オッケー。仕方ないから僕が直々に取りにいってあげる」

「助かるよ」

例のあれとはなんだろう。

ハロルドさんの方に視線を投げると、彼はにっこりと微笑んで厨房に引っ込んだ。

あの笑顔。どうやら今説明するのは面倒くさいと見た。

まったく。相変わらずだな、この人は。

「リン」

「はい！　あ、何か気になる点でもありましたか？」

「ははは、まさか。とても美味しいよ。このポトフという料理はとても身体が温まる。今日は少し肌寒いから、余計身に染みるな。いつもありがとう。午後も頑張れそうだ」

赤褐色の瞳を細めて優しく笑うジークフリードさん。

その顔を見たら、例のあれなんて頭の隅から吹っ飛んでいった。

ありがとうはこちらの台詞《せりふ》だ。

素敵な笑顔をありがとうございます。おかげさまで今日も一日頑張れそうです。


第三騎士団の皆はランチメニューを汁一滴すら残さず完食すると、満足そうに訓練へと戻っていった。量は多めにしたつもりなんだけど。こうもぺろりと平らげられたら、もう少し増やした方がいいのかな、と思ってしまう。

さすが騎士団。運動量が桁違《けたちが》いなのね。

「よかったじゃん。今日はジークに会えて」

「……ハロルドさん。洗い物まだたくさんありますよ。口じゃなくて手を動かしてください」

テーブルから引き上げてきた食器類を、問答無用でハロルドさんに手渡す。

ピークは既に過ぎ、そろそろ私たちもお昼ご飯にしようという時間帯。今日のまかない担当は私で、食器洗い担当がハロルドさんだ。

世話焼きなマル君に押し付けて逃げようなんて真似《まね》、絶対にさせませんよ。

なぜか既に食器を洗い始めているマル君は、文句の一つや二つくらい言うべきです。

私も良く手伝ってもらっているから偉そうには言えないんだけど、ハロルドさんを甘やかし過ぎてはいけないと思う。本当、変なところで優しいんだから。

「はいはい。そんな怖い顔しなくてもちゃんとやりますよー。でもさ、リンって本当にジークのこと好きだよね」

「ええ。ジークフリードさんはカッコよくて優しくて、完璧ですもん。最推しです」

「推し？　いや、そうじゃなくて……ってか、まだそんなこと言ってるの。僕ビックリだよ。恋人になりたいとかって思わないわけ？」

「こっ――!?」

恋人。

ハロルドさんから飛び出した言葉に、私はかぶりを振って否定した。

「いやいやいや。あのジークフリードさんの相手ですよ？　礼儀作法も完璧で、振り返らずにはいられない、金髪ふわっふわのお姫様くらいじゃないと釣り合わないですって！」

そうでもなくとも最低限、美女か美少女の称号は欲しい。

あまりの剣幕に、奥にいるマル君が若干引き気味な気もするけど、気にしては負けだ。しかし、当のハロルドさんはけろりとした表情で小首を傾げた。

「君が美人で性格の良いお姫様だったら、ジークと恋人になりたかったってこと？」

「え？」

「それってさ、もう恋なんじゃないの？」

――恋？

私がもし、金髪ふわっふわの美人なお姫様だったら。ジークフリードさんの恋人になりたいと願ったのだろうか。貴方《あなた》が好きですと告げたのだろうか。

あの人の隣で、愛を囁いてもらえたのだろうか。

想像してしまい、ぶわりと頬が熱くなる。

いやいやいや。何考えているの私。そんなもしもなんてあるわけないじゃない。そうだ。そうだよ。結局、私はただの料理番で、美人でもない。あの人に釣り合うわけない。

だからこれは、恋じゃない。

「釣り合うって何？　お互いが好きなら、それ以上いらなくない？　ねぇ、マル君」

「俺に振るな」

「いやだって、今マル君しかいないし。あ。マル君はそういう相手いたことある？」

「……はぁ」

ハロルドさんとマル君の会話が遠くに聞こえる。

まるで耳のすぐ傍で早鐘を打たれている気分だ。ガンガンガンガンうるさい。

嘘がばれた時のように、ひたりと冷や汗が流れた。

私は波打つ心臓を服の上から押さえつけ、「馬鹿なこと言ってないで急ぎましょう。でないと、お昼ご飯遅くなりますよ」と精一杯の虚勢を張った。

一章　ダリウス王子とハンバーガー

ぱちぱちと焼ける音がする。

朝。レストランテ・ハロルドに充満するのは、食欲をそそる甘い肉の匂いだ。

私は薄く伸ばしたミンチ肉をくるりとひっくり返し、満面の笑みを浮かべた。

「よし、上手《うま》くいきそう！」

ダンさんがパン屋を兼業すると宣言した時から、作ってみたかったものがある。

材料が全く揃わないので日本食などは無理だが、梓さんが時折「私、あっちの世界にいた時は冷凍かコンビニか、ファストフードが主食だったのよねぇ」と口にするので、ハンバーガーを作って驚かせてみたいと思っていたのだ。

少し特殊なパンになるので、ダンさんに無理を言って頼み込んだのが少し前。売り物用のパンではないのに、私の我《わ》が儘《まま》を叶えてくれたダンさんには、本当に足を向けて寝られない。

さすがに味までは再現できないけれど、材料は良いものを使っているので美味しいはずだ。

パンと肉なので体力回復にもってこいなのも、聖女のお役目で大変な梓さんにはピッタリだろう。

ついでに、簡略化して食堂のメニューにも加えられたら最高だ。

そういえば。

防炎機能が備わっている特製ドリンクをメニューに載せているので、そろそろ体力回復以外の料理を並べてみるのはどうか、なんてことを最近になって店長に提案してみたことがある。

しかし――。

「とっておきはとっておきの時にって、ライフォードも言っていただろう？　何が蛇に化けて襲ってくるか分からないからね、藪は突《つつ》かない方が賢明だよ。今はね」

――と、諭されてしまった。

確かにライフォードさんにも、手の内は全て見せるものではなく使うべき時は見定めろ、と言われたことがある。薬師《くすし》連盟――もといダリウス王子たちと対立するのも面倒だ。

様々な効果を付与する研究を疎《おろそ》かにしてはいないが、日の目を見るのはまだまだ先らしい。

まぁ、新しいものというのはじんわりと広がっていくもの。

急激な改革は毒になる可能性もはらんでいる。と考えれば、やはりこれで良いのだろう。メモにでもしたためておけば、いつかきっと役に立つ日がくるはずだ。

焼けたハンバーグとレタスをバンズに挟み、特製のソースをかけながら思う。

「っと、よしよし。試作品完成！」

「わふっ！」

足元を見ると、クロ君が期待に満ちた表情で見上げていた。

実は彼、さっきからずっと私と厨房の間に挟まりながら、何をするでもなくじっと立っていたのだ。実家にいた犬を思い出すなぁ、これ。

手を洗ってから抱き上げ、ふわふわのお腹に顔をうずめる。

クロ君は仕方ないなぁ、とでも言うように右手で私の頭をぺちぺちと叩いた。

マル君の分身らしいが、彼の面倒な部分を全て抜き取って、お人よしとしっかり者の部分だけを抽出したのがクロ君――のように思える。

本人に言ったら怒られそうだけれど。

「おい、いつまでそいつとじゃれ合っているつもりだ？」

クロ君の何倍もある尻尾《しっぽ》をゆらゆらと揺らしながら、こっちを見ている魔族様が一人。

カウンター席から顔をのぞかせていた。

「はいはい、すぐにご用意します。もう少しだけ待っててくださいね」

「ああ。急げ急げ、ご主人様。俺の腹が限界だぞ」

先程にも増して尻尾をブンブンと振り回すマル君。

よほど食べたかったらしい。本当に尻尾だけは素直なんだから。

「わふぅ……」

クロ君は呆れた表情で本体を見つめると、空気を読んで姿を消してくれた。

本当に良い子だ。

今日は一日暇を持て余す予定だから、後でフェニちゃんと一緒にゆっくりかまってあげよう。

「んー……良い匂い……リン、僕の分もある？」

タンタンと軽快な音を響かせて、ハロルドさんが二階から降りてきた。

「はーい、じゃあハロルドさんの分も準備しますね。それにしても、今日は定休日なのに早いですね。いつも昼過ぎまで寝てるじゃないですか」

「いつもじゃないですぅ。僕だって用事がある日は早いんですよー。というわけでマル君、やっと

許可が下りたらしいから、昨日取りに行ってきたんだ。協力してくれるんだろう？」

ほい、と小指大の何かをマル君へ投げて寄越す。

遠目からだったので詳細は分からないが、恐らく赤い宝石のようなものだと思う。

窓から差し込む光を浴びて、透明度の高い輝きがそれから発せられた。

「……あの赤髪はいないだろうな？」

「赤髪ってジーク？　ああ、今日はライフォードの方に用事があるから会わないと思うよ」

「ならいい」

「何？　そう言えば、あの日マル君ってばジークに連れられて外に出てたけど、何かあった？」

「連れられてじゃなく、半ば強制的に連れ出されたの間違いだ」

心底嫌そうに顔をしかめ、ハロルドさんから渡された石を人差し指で転がす。

公爵家ご兄弟が喧嘩《けんか》をしながらやってきたあの日。仲直りを果たしたジークフリードさんは仕事に戻る前、余った時間を使ってマル君を呼び出していた。

「ところでペット君というのは君か？　少し話したいのだが。店の裏で」

「うん？　別に構わんが。やれやれ、ご主人様の護衛は心配性だな」

そんな会話の後、余裕綽々《しゃくしゃく》と出ていったマル君。

しかし戻ってきた彼は「あの赤髪、俺には天敵だ」と文字通り尻尾を巻いてハロルドさんの後ろに避難したのだった。

そういえば、ジークフリードさんには動物を一瞬でメロメロにしてしまうゴッドハンドがあった。

魔族とは言え、正体は巨大な狼だというマル君にも効果はあったのだろうか。

聞いても絶対に答えてくれなさそうだけれど。

「ところで、その宝石のような石は何……って私が聞いても大丈夫なやつですか？」

「もちろん。君がジークフリードへのお願いを譲ってくれたから、手に入ったものだからね」

「これが、お願い？」

ハロルドさんは悪戯《いたずら》に微笑み、手元で弄《もてあそ》んでいたもう一つの赤い石を私に渡してきた。

指で摘まんで光に透かすと、まるで映像のように小さな文字が映っているのが分かった。いや、正確に表現するのならば、映っているではなく泳いでいる、だ。

小さな赤い池の中を、魚のように文字が泳いでいる。不思議な石だ。

「これはね、王宮への入城許可証」

「王宮の？」

「うん。レストランテ・ハロルドとして、正式に許可を取ってもらったんだ。僕一人なら全く問題ないんだけど、マル君はねぇ。色々問題あるだろう？」

「それは確かに。経歴不詳の魔族様ですし」

「そういうこと」

「でもなんのために？　料理の配達ならデリバリーで事足りるのでは？」

そこまで言ってから、魔法陣が設置されている場所を思い出す。

第一騎士団長の執務室。どう考えても気軽に出入りできる場所ではない。

「デリバリーするのでライフォードさん経由で注文してください、なんて言えないですよね。色んな場所に転移魔法陣を設置するわけにもいきませんし。そのため？」

「まぁ、それも一つかな。選択肢は多い方が良い。でも、今回のはちょっと違ってね。例の薬ぶちまけ事件、もやもやするんだよね。だからマル君にも協力してもらおうと思ってさ。僕も少なからず世話になった場所だし、柄ではないんだけどお節介を焼いてみようかなぁって」

少しリンに似てきちゃったのかも、とハロルドさんは照れくさそうに笑った。

薬ぶちまけ事件――騎士団の薬貯蔵庫にあった防炎の薬が割られ、第三騎士団のガルラ火山遠征を妨害した事件。犯人は第三騎士団所属の人物らしいけど。

なるほど。貯蔵庫を調べるためにマル君の入城許可証が必要だった、というわけね。結局、お二人から頂いたなんでもお願いを聞く権利は、二つとも騎士団の為に使われるみたいだ。

何だかおかしくて、私もつられて笑ってしまった。

「でも、ハロルドさんの前職って王宮関係なんですね。意外です……いや、そうでもないか」

世話になっていた場所、とハロルドさんは言った。つまり王宮で働いていたってことよね。

なぜ閑古鳥《かんこどり》の鳴く食堂の店長が騎士団長たちと知り合いなのか。

常々疑問に思っていたが、それなら納得だ。

「ま、まぁ、僕ってば優秀だし？　あー……それと。そっちの許可証はリンのだから」

「へ？　私の？」

「レストランテ・ハロルドとして、って言っただろう？　従業員であるリンの分もあるに決まっているじゃないか。それ、直接聖女様に持っていった方が驚かれるんじゃない？」

このハンバーガー。確かに、転移魔法を使いライフォードさんの執務室経由で渡してもらう方法より、直接赴《おもむ》いた方が驚きも倍増だろう。

ただ、私には王宮に近づきたくない理由があった。

そう、ダリウス王子の存在だ。

第一印象は最悪の一言。

彼の立場を考えれば仕方のない態度だったかもしれないが、出来ることならば二度と出会いたくない人物だ。いや、二度目の出会いは既に果たしてしまっているけれど。それはそれ。

顔を覚えられていることが分かった今、出来る限り近づきたくはないのだ。

「騎士団の薬貯蔵庫。あそこね、鍵を持っているのは第一から第三までの騎士団長と、薬師連盟のトップであるダリウス王子だけなんだよね。僕の記憶が正しければ」

「それって……」

決まりじゃないですか。

つい余計な言葉が出そうになって慌てて口を塞ぐ。

この事件、不可解な部分があまりにも多い。もし黒幕がいるとするならば。

アランさんたち第三騎士団のメンバーが得た証言――犯人とされている人物が銀髪の男と言い争っている現場を見た人がいる――と照らし合わせると、答えは一人に集約される。

しかし――普段は気だるげな黄金色の瞳が、獲物を見つけたかのように爛々《らんらん》と輝いていた。表情から笑みが消えうせ、遠くを探るように目を細める。

「ハロルドさん？」

「あのね、ダリウス王子って馬鹿なんだよ」

「ちょ、ハロルドさん⁉」

前振りもなく投下された爆弾発言に、私は思わず周囲を見回した。窓の外に人影はない。大丈夫だ。誰かに聞かれている心配はない。

ホッと胸を撫で下ろす。

いつになく真面目な表情で何を言い出すかと思えば、王子の悪口だなんて。心臓に悪い。

「まぁ、猪突猛進《ちょとつもうしん》で、自分の考え以外は受け付けないって方向の馬鹿なんだけどさ。誰かを操ってまで嫌がらせするような馬鹿じゃないんだよね」

「それって、どういう」

「ってなわけで、ライフォードとの約束があるから急ぐね！　あとこれ、リンへのプレゼント。王宮といっても広いから王子と出会うことなんてないと思うけど、念のため」

テーブルに準備したハンバーガーを受け取り、代わりとばかりに一つの指輪を置いていく。

鈍く光る銀色の輪の中心には、持ち主であるハロルドさんの瞳に似た、美しい蜂蜜色の石がはめ込まれている。

「ちょっと待ってください！　なんですかこれ！」

「うん？　ちょっとした変装道具。魔力を込めて使うんだ。髪の色と長さを変えられるくらいだけど、王子相手だったらそれで十分でしょ。ジークなら無理だけどね。一応リンのことはライフォードに伝えておくから、あいつの執務室に向かえば聖女様の部屋まで通してくれるはずだよ」

「いや、行くとは一言も！」

「じゃあマル君、出発だよ！」

ハロルドさんは掛け声と共にマル君の襟首を握って、ぐいぐいと出ていってしまった。

店を出る前に素早く耳と尻尾を引っ込めるマル君の適応力はさすがの一言だが、一体どうすれば良いのだろうか。

店内にぽつんと取り残され、私は指輪を見つめた。

「変装道具、かぁ。梓さんには会いたいけど、うーん……」

髪の色と長さを変えられる指輪。

私の癖や身体の動かし方などを把握しているジークフリードさん相手では意味をなさない変装だが、ダリウス王子ならいけるかもしれない。

ハロルドさんも王宮は広いから滅多なことでは会わないと言っていたし。もし見かけたとしても、別人のふりをしてサッとその場を離れれば良いだけだものね。

いや、行くか行かないかはまだ決めていないけれど。

「まぁ、挑戦はしてみるものよね！　行くか行かないかは後回しでいっか」

指輪を手に取り、小指にはめてみる。

丁度良いサイズらしく、ぴったりとはまったそれに私は魔力を込めた。

中央にある蜂蜜色の石が淡く輝きだし、中から一つの光る珠が飛び出てきた。それはくるりくるりと私の周囲を回転したかと思うと、次の瞬間、ぱちんと弾けるように掻き消えた。

「完了かな。あれ？」

自分の毛を一房、摘まんで引っ張ってみる。しかし変わったところは見当たらない。見慣れたいつもの長さ、いつもの色である。

ハロルドさんの用意したものが粗悪品なわけがないし。

私の使い方が悪かったのだろうか。

『ふぅむ、幻術の魔石か。また珍しいものを。しかし、リンよ。もう少し抑え目にしてはどうじゃ？　リンならば少し銀寄りにした方が似合うて』

「うひゃぁ！　ふぇ、フェニちゃん？　じゃなくてガルラ様⁉」

ひょいと肩に乗ってきたのはフェニちゃん――もとい、いつの間にか同期を完了していたガルラ様だ。

『うむ。久しいな、リン。ようやく回復したので、暇をつぶしに来たぞ』

「お、お久しぶりです。元気そうで何よりです。ところで、あの、髪の色変わってます？」

『何を言うかと思えば。その魔石を使ったのじゃから変わっておるに……ん？　お主まさか、高度な抗魔力でも持っているのか？』

そういえば。マル君がうちの店に来襲した時、そんなことを言われた記憶がある。

普段は黒に擬態している瞳を赤としか認識できなかったのは、抗魔力が高いためだとか。

『マルコシアス様の擬態すら欺《あざむ》けぬ瞳じゃと？　リン、お主は一体。いや、お主に問うたところで詮《せん》なきことじゃな。今問題視すべきはお主が自分の姿を確かめられぬ、という一点のみじゃ』

「う。確かに。どうしたら見えるようになりますか？」

『マルコシアス様の魔力すらはね除ける抗魔力。妾《わらわ》とてどうすることも出来ぬ。それも、勝手に弾くのじゃろう？』

はいと頷けば、『諦めるしかあるまい』と悲しい返事が返ってきた。

ガルラ様の言葉から、私の髪色が金髪に変わっているらしいことは分かるのだが、目に見えないのでは確かめようがない。

どうしよう。変装なのだから似合う似合わないに固執しても仕方がないのだけど、これでも性別上は女だ。少しくらい見た目にも気を遣いたい。

『そう悲観するものでもないぞ。なんのために妾が傍に居ると思うておる』

「え？」

『妾に任せよ。お主に似合う髪にすれば良いのじゃろう？　お安い御用じゃ』

まるで胸を張るかのように、ばさりと紅の翼を羽ばたかせる。

なんて心強い。

自分で確認できない以上、ガルラ様に全てお任せするしかない。私は彼女のくるりと丸く愛らしい瞳を見つめ返し、よろしくお願いしますと伝えた。

――というわけで。

『ふむ。こんなものじゃな。この魔力パターンを記憶しておくが良いぞ、リン。さすればいつでもこの色、この長さが一瞬で再現されるはずじゃ』

ガルラ様曰《いわ》く、いろいろ試した結果、髪の色は灰色っぽいアッシュブロンド。長さは腰より少し上くらいになっているらしい。

知人ですら、じっくり観察しなければ私だと気付けないくらいには別人に見えるとか。

「ありがとうございます、ガルラ様。助かりました」

『よいよい。なかなか楽しかったぞ。ところでマルコシアス様は……その、どちらにいらっしゃるのじゃ？　先ほどからお姿が見えぬが』

「ああ、それなら」

騎士団の内情などをガルラ様に話しても仕方がない。

わけあってハロルドさんに王宮へ連れていかれた、と軽い説明を入れる。

しかし、私は忘れていた。ガルラ様は面倒見がよく優しい部分も多いが、ことマル君関連になれば、ネジが一本どころか二本くらい外れてしまうことを。

『うぬぬ。わざわざ疲れる同期までしたというに、ご尊顔も拝めぬとは。あり得ぬ。というわけでリン。妾も行くぞ、その王宮とやらに。供をせよ』

「いや、でも私は……」

『供をせよ！』

「……はい」

ここまで付き合わせておきながら断ることは出来ない。

私は諦めにも似た境地でしぶしぶ頷いたのだった。

どうかダリウス王子と会いませんように。

これがフラグにならないことを祈って、私は王宮へ出かける覚悟を決めた。


苦手意識からか、近づくことすらしなかった王宮。

手入れの行き届いている並木道を抜け、美術品のように細部まで緻密に彫り込まれた城門にたどり着く。やはり国の根幹をなしている場所なので、かなりの面積を有していると分かった。

左右を見渡しても、どの辺りが端なのか全く見当もつかない。

遠くの方では城の屋根が見えた。

初めてこの世界へやってきた時に中へ入ったことはあるが、あの時はジークフリードさんの背中しか見ていなかったから、こうやってじっくりと観察するのは初めてだ。

そういえば、彼にお姫様抱っこをされて運ばれたんだっけ。

ふいに思い出して、ぶわっと頬が熱くなった。

何意識しているの私。きっとハロルドさんに好きだとか恋人だとか、変なことを言われたからだ。

ええい。今はそんなことを考えている場合じゃない。

私はぺちぺちと頬を叩いて、気合を入れ直す。

「よろしくお願いします」

衛兵さんに入城許可証を手渡すと、彼はその石に魔力を込めはじめた。かすかに光が灯り、石の中で泳いでいた文字が勢いよく外に飛び出してくる。

まるでプロジェクター。

それらは空中に並び、文章を構成する。

「わ、すごい！」

「おや、初めてでしたか。なかなか見ごたえあるでしょう？　それではレストランテ・ハロルドの店員殿。許可レベルを確認いたしました。騎士団長の執務室までですので、Aランク相当ですね。迷わないようお気をつけて」

許可証を私に返却し、爽やかな笑顔と共に送り出してくれる衛兵さん。彼のピンと伸びた背筋と真っ直ぐな瞳から、自分の仕事に誇りを持っている様子が覗《うかが》えた。

私はお礼の後「お仕事頑張ってください」と言って城門をくぐり抜ける。

向かって真正面。遠くにあるというのに、首を左右に振らないと全体像を把握できない程に巨大な建物が、まず出迎えてくれた。

メインのお城だ。

何本もの柱が連なって天高く伸び、間には巨大な窓がはめ込まれている。

目を引く白亜の壁。全体的に重厚ながら、差し色の青が明るい印象を与えてくれる。

城までの道には小さな石が敷き詰めてあり、組み合わせ方によって、まるで模様を描いたような通路が出来上がっていた。そして、その通路を避けて青々と茂る芝生。

真ん中に設置された噴水は、涼しげに水を吐き出していた。

別世界の風景にテンションがあがる。

ただ、今日の目的地はお城ではない。ライフォードさんの執務室だ。

私はきょろきょろと辺りを見回し、とりあえず誰か近くの人に道を聞いてみようと思った。

知らない場所を訪れた人間にとっては当たり前の選択肢。言うなれば普通。おかしな点など一切なかった。それがまさか、こんなことになるなんて――。

「なぜ⁉　さっそく迷子です！」

『リン……』

腕に抱えたバスケットからフェニちゃんが顔を出す。

中は、一番下にハンバーガー、次にフェニちゃん、一番上に小さな布という順で積み重なっている。彼女は道すがら料理が冷えては困るだろうと、保温の意味も込めてバスケットの中で待機すると言ってくれた。

見た目は鳥だが、フェニちゃんの本質は炎だ。温度を調節すれば、食べ物を温かく保つくらいはできるらしい。なんと頼もしい。

『道を聞いたのではなかったか？』

「そのはずなんですが。言う通りに進んでみたら、なぜか庭みたいなところに」

まるで隠すように、木々の隙間から庭園のような場所が見える。ただ、人間の背丈ほどに伸びた垣根が塀の役割を果たしており、中の様子までは分からない。

鉄製の門が取り付けてある入り口。

その付近にちらりと花の姿が確認できることから、庭だと判断した。

ちょっと気になるが、勝手に入っては不法侵入になりかねない。

それに何より、私には行かなければならない場所がある。とりあえず引き返して、もう一度別の誰かに道を教えてもらうのが一番かな。

うーむ。方向音痴の気はなかったはずなんだけど。

「はぁ、聞き間違えたのかな？」

「ここで何をしている」

突如響いた声に驚き、私は振り向く。しかし一瞬でその判断を後悔した。

これだけ広い敷地内。出会う可能性は限りなく低いはず。

だからきっと、本当に運が悪かったのだ。

透き通るような銀髪が風に揺れ、パープルの瞳が訝《いぶか》しげに細まる。

私の目の前にいた人物――ダリウス王子は、平時と変わらぬ鋭い目つきで私を見ていた。

「ここからは私以外ほぼ立ち入らぬエリアだ。誰の許可を得てここにいる？」

「も、申し訳ございません！　第一騎士団長様の執務室に行こうとして迷ってしまいました。こちらだと言われたのですが……」

「見え透いた嘘を。騎士団の執務室は真逆だ。人に尋ねたというのなら、ここは間違うはずもない場所だ」

「嘘、真逆⁉」

なぜ。まっすぐ進めばすぐだよと言われ、馬鹿正直に真っ直ぐ進んだのが悪かったというのか。

しかもそのせいで王子とエンカウントするなんて。ついてなさすぎる。

厄日《やくび》か今日は。

「怪しいな」

「道を間違えたのは謝ります！　ですが、どうか私の話を……！」

「ふん、それになんの意味が？」

予備動作もなしに、腰に下げた剣へと手をかける。

相変わらず腹の立つ男だ。

人の話を吟味せず嘘だと決めつけてくる王子に、苛立ちが沸き上がる。とは言え、今はそんなことを言っている場合ではない。

幻術の魔石のおかげで、私が巻き込まれ召還者のリンであるとバレていないのは喜ばしいことだ。

しかし、そのせいで斬り捨てられてはたまったものではない。本末転倒だ。

バスケットの中で『なんじゃこやつ。燃やすか?』と尋ねてくるガルラ様を抑え、私は両手を上げる。敵対する意志はないというアピールだ。

「本当です！　入城許可証ならこちらにありますし、ええと、ダンダリアンさん？　という方にこちらだと聞かされて」

「ダンダリアンだと？　許可証をかせ。……投げて寄越せ」

言われた通り、許可証を投げて渡す。

ダンダリアンさんとは、私が王宮に入ってすぐに出会った人物だ。

サングラスのような眼鏡《めがね》をかけた、黒髪の若い男性。少し怪しげな雰囲気が漂っていたものの、王宮内にいるのだから大丈夫だと信じて道を聞いたのだが。

王子の反応を見るに、何か問題のある人物だったのだろうか。

許可証に魔力を込め、文字を浮かび上がらせるダリウス王子。特に表情も変えず「本物のようだな」と呟く。

しかし次の瞬間、彼の表情が一瞬にして曇った。

「食堂の店員か。しかし、わざわざ許可証をくれてやるなど、どれほど気に入っていると……ん？　責任者ハロルド・ヒューイットぉ!?　あんの阿呆《あほう》、城勤めを止めると言い出すから何事かと思えば！」

急に怒鳴りはじめた王子の様子に、二、三歩後ずさる。

まさか王子とまで知り合いだったなんて。ハロルドさんの顔の広さには驚かされてばかりだ。

「お、お知り合いですか？」

「やつの尻拭いに私まで駆り出されることが度々《たびたび》あってな。思いだすだけでも胃痛がする！　お前、苦労しているんだな」

生暖かい眼差しを私に寄越した後、わざわざ近づいて許可証を返してくれた。投げ返されるものだとばかり思っていたので、少し驚く。

それにしても、まさかハロルドさん関連で親近感を持たれるとは思ってもみなかった。

うちの店長ってば、王宮でお世話になっていた頃、一体何をしでかしたのやら。

王子自ら尻拭いって、よっぽどでしょう。

「それで、あいつは？」

「いませんよ」

王子はあからさまに安心したような顔を見せた。

正確にはここにいない、だが。言わぬが仏だろう。

「で、ダンダリアンは他に何か言っていたか？」

「他？　ええと、自分は王族直属の相談員だと……まさか、違うのですか？」

「はぁ、その時点で少し間違っている。アイツは王族ではなく、我が妹ユーティティア・ランバルト専属だ。恐らく、暇潰しか何かで遊ばれたのだろう。あれはそういうヤツだ。……悪かったな。妹のお気に入りのため、罰することはできんが、注意くらいはしておこう」

「ありがとう、ございます」

苦々しい顔で告げる。

なんて傍迷惑《はためいわく》な人間を雇っているのだ。

人をからかうのが好きなハロルドさんやマル君でも、ちゃんと相手は選んでいる。初対面だろうがなんだろうが気にせず手近な人間で遊ぶなんて、厄介な人に声をかけてしまったらしい。

「詫びといってはなんだが、執務室までは私が案内してやる。ありがたくついてこい。……まったく。遠征の件といい、どうしてこう面倒事ばかり起きるのか」

「……遠征とは、ガルラ火山遠征のことでしょうか？」

「ふん。平民のくせに、よく知っているな。誰が漏らしたかは知らんが、口は慎めよ」

彼の言葉には、心底迷惑しているという様子が見て取れた。

おかしい。

彼は面倒事ばかり起きると言った。もし王子が主犯なら面倒事ばかり「起きる」と口にするのは違和感がある。起こしたのが自分なのだから。

そもそも、関係者ならわざわざ話題に出したりはしないだろう。

ただの食堂の店員に嘘をつくメリットはないはず。ハロルドさんの言った通り、本当に王子は無関係なのだろうか。わからない。情報が少なすぎる。

少し、探りを入れてみるか。

まぁ、徒労に終わるだろうけど。

王子が私なんかの質問に、律儀に答えてくれるはずがない。

「一つだけ、お聞きしたいことがございます。何故、遠征の延期が出来なかったのでしょう。あのままだと、ジークフリードさ……いえ、第三騎士団が危険になると理解していたはずですが」

「はっ、そうか。目当てはライフォードではなく、ジークフリードだとはな。だが他人の心配より自らの立場を理解した方が良い。不敬《ふけい》だぞ、女」

「め、目当てだなんて！　そういうのではありません！　彼はアイドル……じゃなかった、憧れのような存在で！　ライフォードさんだって、ただのデリバリーのお客さんです！」

「――、……お前」

背をむいて歩き出した王子の足が、ぴたりと止まる。

勢いよく振り向いた王子の瞳は、信じられないものでも見るように見開かれていた。

なんだと言うのか。騎士団長様たちは確かに美形だけれど、彼ら目当てに許可証を強請《ゆす》ったと思われては心外だ。料理番としての矜持《きょうじ》くらいはある。

「ですから！」

「はぁ、目あての方に反応するのか。もういい、馬鹿が感染《うつ》りそうだから黙っていろ」

「……うぐっ」

反論できない自分が悔しい。

またもやバスケットの中から『燃やすか？』と顔を出したガルラ様を必死に抑える。

いくら腹が立っても、憎々しくても、あれはこの国の第一王子なのだ。危害を加えれば私はただの犯罪者になってしまう。

王子ですから。あれ、王子ですから――と小声でガルラ様を説得し、何とか事なきを得る。ガルラ様は最後まで『うっそじゃあ』と言っていたが、そう言いたいのはこっちの方である。

嘘みたいだが、あれが王子なのだ。

私は恐る恐るダリウス王子の顔色をうかがう。

ガルラ様の声はキィキィとしか聞こえていないだろうが、私があれ呼びしたのは聞こえているかもしれない。ついうっかり本音が漏れてしまった。

「あの、ダリウス王子」

「各店の在庫や、薬を作るための材料がどれだけあるかなど、定期的に報告させている。さすがに王国全土とはいかないが、王都に近い店の状況は把握している。防炎など、ここ王都では大量消費される類《たぐい》の薬ではない。だから、かき集めれば問題がないはずだった」

「へ？」

間の抜けた声が漏れる。

驚いた。質問しても答えは返ってこないだろうと思っていたのに、彼は律儀に答えてくれたのだ。それも、説得力のある言葉で。

私は彼の顔を真っ直ぐに見返す。透き通るようなパープルの瞳に淀みはなく、嘘偽りのない真実を語っているのだろうと感じた。

「なんだ。聞きたかったのだろう？」

「あ、えっと、はい。では、想定よりも薬の量が少なかったということですか？」

「僕だってガルラ火山の危険性は充分理解している。だが山は封鎖しており、あれ以上待たせれば強制入山してくる馬鹿も現れかねない状況だったのだ。魔石発掘を生業《なりわい》としているやつらは特に」

ダリウス王子は憎々しげに息を吐いた。

「ジークフリードなら、やれると踏んだ。あいつ自体は気に食わんが能力はある。優秀な男だ」

「ゆう、しゅう？」

「なんだ。僕があいつを褒めるのがそんなにおかしいか。能力に人柄や立場は関係ない。それくらい、分かっている。……いや、分かっていたはずだったのに」

私はポカンと口を開けたまま固まっていたが、ダリウス王子の顔が不機嫌に歪み始めたので、慌てて首を横に振った。

意外だ。目に見えてジークフリードさんを嫌っているダリウス王子の口から、優秀という言葉が出てくるなんて。誰が想像しただろう。

初日からの印象でダリウス王子は子供っぽい思想――失礼だが、相手が嫌いならば容姿、声、能力まで全てが嫌いなのだと思っていた。

相手の認めるべきところはきちんと認める。

人は結構自分の感情に左右されるところがあるから、これって簡単なようで実は難しいのだ。

「それで。僕に聞きたいのはそれだけか？」

今までの刺々《とげとげ》しい声色は鳴りを潜め、子供を諭すかのような柔らかいものへと変わる。

失礼ですが、頭でも打たれたのですか？

そう言い出しそうな口を必死で閉じ、私は無言で頷いた。

「ふん、僕に面と向かって文句を言うくらい、ジークフリードが大事らしいな。安心しろ。もう、あのような失態はおかさない。鍵は常に身に着けておく」

「し、失礼しました！　王子相手に気安く……って鍵？　まさか、持ち歩いていなかったのですか？」

「……そうだよ。あんな倉庫の鍵、普段使わないから執務室にしまっていた。有事の時は、ライフォードやジークフリードが開けていたからな。――でも、多分、使われたのなら僕の鍵だろう」

ダリウス王子はズボンのベルトに繋がれている鍵を握ると、腹立たしげに踵《かかと》をぐりぐりと地面に押し付けた。

嘘をついているようには見えない。

この事件の捜査権は第一騎士団、つまりライフォードさんにある。

王子はきっと、何も知らされていないのだろう。

何も知らないから、能天気に私なんかと会話をしているのだ。

だって、証言、状況、立場全てが彼を犯人だと決めつけている。

銀髪の男と言い争っていた証言。ジークフリードさんと不仲である状況。薬師《くすし》連盟のトップであり、倉庫の鍵を持つ第一王子という立場。――もし、自分が怪しまれていると知ったら、火消しに走っているはずだ。

そもそも言い争っている時、まるで見せつけるかのように顔を隠していないのが気になる。銀髪が珍しい色だと知っているのなら、普通はフードなどで隠すだろう。

それに――私は自分の髪を一房摘まんだ。

この世界には魔法がある。

目に見えるものが全て真実とは限らない。人間に擬態しているマル君を見て、ハロルドさんはそう言っていた。きっと、幻術や何かでダリウス王子に化け、罪をなすりつけている可能性もある、と言いたかったのだろう。

嫌な予感がする。

このままでは彼自身も知らぬ間に黒幕だと結論付けられ、内々に処理されてしまうような気がした。勘だ。勘だけれど。こういう時、私の勘は良く当たる。

彼が本当に犯人ならそれで良い。事件は解決だ。

でも、もし冤罪《えんざい》なら。

「今回、薬をぶちまけた第三騎士団の人間と、銀髪の人が言い争っている現場を見たという人がいるらしいのですが」

「銀髪……？」

本当は言うべきではないのかもしれない。でも私の直感が告げていた。

今ここで手を打っておかないと手遅れになる。

相手がいくら憎きダリウス王子だとしても、人として見過ごせなかった。

それに、本当の犯人を野放しにして、またジークフリードさんたち第三騎士団が危険に晒されてはたまったものではない。

私が今回漏らした情報は欠片《かけら》だ。

私は目撃者の顔を知らないので、この情報だけでは証人探しは不可能。ダリウス王子が犯人だったとしても口止めは出来ない。そんなギリギリの情報である。

「銀髪と、言ったのか？」

「ええ、珍しい色だそうですね」

「――――ッ、なんだ、それ。なんなんだそれは！　僕はそんなの知らない！　そこまで愚かじゃない！」

彼はパープルの瞳に苛立ちをにじませ、手近にあった木を殴りつける。しかし、ハッとして私の顔を見ると「……お前は、信じないだろうが」そう言って、俯いた。

奥歯をギリギリと噛みしめ、まるで泣くまいと我慢している子供のようだ。

震える睫毛《まつげ》の下には、うっすらと涙の膜が張っている。

ちょっと待って。これじゃあ私が泣かせているみたいじゃない。

第一王子を泣かせる平民とか、色々問題があるでしょう。そもそも、ただの食堂の店員に信じてもらえなくて涙目な王子って、どれだけメンタルボロボロなのよ。

そういえば、マーナガルムの森で出会った時も、随分と白の聖女様に振り回されていたようだったし。面倒な時に遭遇してしまったのかもしれない。

ああもう、仕方がない。

「信じます」

「……え」

「信じます。だから、そんな泣きそうな顔しないでください」

ハロルドさんはダリウス王子を馬鹿だと言った。

今は彼の「誰かを操ってまで嫌がらせするような馬鹿じゃない」という言葉を信じよう。

彼に対する苦手意識や、出会った当初の仕打ちを忘れたわけではないが、それはそれ。今回の事件とは無関係だ。分別くらい弁《わきま》えている。

とりあえず欲しい情報は得た。

珍しくやる気を出しているハロルドさんに、お土産《みやげ》として渡すのもやぶさかではない。いつもお世話になっているしね。これくらいは協力しよう。

後はさっさとこのハンバーガーを梓さんに届けて、王宮とはおさらばだ。――しかし、そう考えていた私の腕を、ダリウス王子は無言で鷲掴んだ。

「ちょ、ダリウス王子⁉　何、なんですか！」

「少し話に付き合え。ここは僕以外、誰も来ない。少し話すくらいならばいいだろう」

「ですが私、これから用事が」

「命令だ、と言わなければいけないのか？」

ふいに振り向いた彼の瞳は未だうっすらと涙に濡れ――しかしながら、顔は耳まで真っ赤に染まっていた。

泣いていると図星をつかれて恥ずかしかったのだろうか。口止めなら一言そういえば済むのに。

こちらの意思を無視してずんずんと進んでいくダリウス王子。

どうやら諦めるしかなさそうだ。いざとなったら全力で逃げることも視野に入れて、私は大人しく彼に引っ張られることにしたのだった。

近くにあった庭園のような場所。

その入り口である鉄製の扉を無造作に開け放ち、王子は私を中へ押し込んだ。

途端、濃厚な花の香りに包まれる。

舗装された道の脇は、色とりどりの花で賑わっていた。赤や黄、紫にピンク。特に白の花が多くみられ、芸術に疎《うと》い私でも、こだわりをもって植えられているのがよく分かった。

王宮の庭園にしては少し狭い気もするが、そんなことなど気にならないくらい華やかで、心躍る庭である。

「うわぁ！　すごいすごい！　中はこうなっていたんですね！　綺麗！」

腕は既に自由になっており、私は思わず王子を放って走り出した。

空から降り注ぐ太陽は、花々をキラキラと輝かせている。顔を近づけると、葉も花弁も瑞々しく潤っていた。軽く見渡しても雑草の類《たぐい》は見当たらないし、とても手入れが行き届いている庭園だ。

深い愛情が感じられる。

「わ。この花とても不思議。初めて見ました。綺麗！」

とある花の前でしゃがみ込む。

乳白色の小さな花弁が六枚。太陽の光を逃がすまいと、中心から大きく花開いている。

ガラスか何かでコーティングされているかのような、艶《つや》のある表面。少し角度を変えると、青、緑、紫といった風に色彩を変化させる。

まるで宝石のオパール。

確か、ゆらゆらと遊ぶように色を変えることから、遊色効果と呼ばれているんだったか。

ライトフラワーのように、食べてみたら何か特別な効果が出たりするのかな。ちょっと欲しいけれど、さすがに王子には頼めない。

珍しい花っぽいし。

「リリウムブラン。古《いにしえ》の聖女……異世界から召喚された聖女がとても気に入っていたとされる花だ。栽培方法が難しく、王都周辺を探してもここでしか見られないだろう」

ダリウス王子は私の隣にすとんと腰を下ろし、立てた片膝を両腕で抱え込む。

さらりと流れる前髪のせいで表情は分からないが、声に覇気はなかった。

「……ありがとう」

「え？」

「別に。……ここも、花も、全て聖女のために造った。だが、どちらの聖女も花などに興味はないらしい。それもそうだ。過去の聖女と当代の聖女は別物。同一視する方がおかしい。全く、自らの浅慮に腹が立つ。言われた通りだ」

王子は手を伸ばし、リリウムブランにそっと触れた。

その花弁は、光を反射して様々な色味を見せてくれる。

「だから、もう日の目を見ないと思っていた。まぁ、相手がお前だというのが癪に障るけど」

ふん、と鼻を鳴らす。

しおらしいと思ったら一言余計だ、この王子。

召喚された聖女に並々ならぬ執着を持っているのは知っていたが、まさか庭園を造ってしまう程とは。推しに対する力の入れ方が半端ないわ。権力と金がある人間は違う。

もっとも、私だってジークフリードさんに対するパワーなら負けていませんけど。

推しの喜ぶ顔が見たい、という気持ちなら痛いほどよく分かる。

「これだけ綺麗な庭を造るの、大変だったでしょうね。今だってちゃんと手入れが行き届いていて、なんだか別世界にきたみたいです」

「そうでもないぞ。確かに育成が上手《うま》くいかないときは苦労したが、手をかけた分、綺麗に花を咲かせたときの感動はひとしおだ」

「え？　ここって庭師さんは？」

「なんだよ。王子のくせに土いじりが好きで悪いか」

今、なんとおっしゃいましたか。

私の勘違いでなければ、この庭園は王子が自力で造ったと聞こえたのだけれど。

いやいや、まさか――そんな気持ちを込めて王子の方を見る。彼は恥ずかしいのか、口元を手の甲で押さえた。また耳まで真っ赤に染まっている。

意外と照れ屋なのかもしれない。

「ふん。さすがに全て僕だけで賄《まかな》えるわけはないから、庭師を一人雇っている。でも、基本的な手入れは大体僕だ。父上には庭いじりが好きなんて情けない、秘密にするようにと言われているから、こんな隅にしか持てなかったんだけど」

何を思ったのか。彼はおもむろに両膝を地面につけると、リリウムブランを茎からぶちっと千切った。そして、それを私に差し出した。

「気に入ったんだろう？　持っていけ」

「でも、貴重な花なのでは？」

「管理者の僕が良いって言っているんだ。素直に受け取れよ」

「あ、りがとう……ございます」

「うん」

王子の責務も、疑われている緊張感も、背負っているものすべて忘れたような、純粋な笑み。

細められた目尻がふにゃりと蕩《とろ》けて、心底嬉しそうだった。

そうやって笑った顔が、あまりにも子供に見えて。

もしかして王子ってかなり年下なのでは、という疑問が湧いた。

「何？　気に入らなかった？」

「え、いえ！　後で大事にいただきますね！」

「そうか。大事にいただ……え？　いただく？　何に使う気だよ、お前」

しまった。つい欲望が口をついてしまった。

さすがに「後で食べようと思って」とは言えず、私は笑って誤魔化《ごまか》すことにした。

「あはは。ところで、その、失礼を承知でお尋ねするんですが、ダリウス王子っておいくつくらいなんです？」

「なんだ？　僕を子ども扱いしようっていうのか？　残念だったな！　今年十八で、来年は十九だ。もう立派な大人だぞ！」

「う、嘘……」

「嘘をついてどうする。なんだ、子供っぽいとでも言いたいのか。……まぁ、ライフォードたちと比べて思慮深いかと言われれば、僕はまだ未熟だし、それに――」

王子は何か苦い記憶を思い起こされたのか、唇を噛んで下を向いた。

でも違う。私が驚いたのはそこではない。

十八歳。そうか、十八歳か。顔の造形が綺麗な人間って、どうしてこうも年齢詐称《さしょう》レベルで大人びて見えるのだろう。私は両手で顔を覆って、地面を転がりたくなった。

どうしよう。王子、めちゃくちゃ年下だったよ。

私たちの世界でいうと、高校生くらいじゃない。

何だか苦手意識をもって避けていたのが恥ずかしくなってきた。

私の常識とこの世界の常識は違うと分かっていても、彼が必死に大人だと主張していても、長年培《つちか》われた私の中の当たり前が、彼を子供だと認識してしまう。

ダリウス王子に集中していた怒りが、少しだけ周囲の大人たちに分散された。

王子とは言え、まだ十八歳。

意見を言える立場の大人が、もっと気にかけてあげるべきでしょう。どうするのよ、これ。周囲の話を聞かない猪突猛進《ちょとつもうしん》に育ってしまっているじゃない。

「それにしたって、料理番を捕まえて話をしたい、とか。まるで話を聞いてくれる人がいないみたい」

「……う」

何気なく呟いた私の一言は、どうやら王子にクリティカルダメージを与えてしまったようだ。

ぎゅっと握り拳を地面につけて、そっぽを向かれてしまった。

うん、どうしよう。本当にいないみたいだ。

図らずとも傷を抉《えぐ》ってしまった結果に、私は頭を抱えた。

誰か一人くらい相談相手になってあげてよ。

多分、私がジークフリードさんの助けを借りて、何事もなくレストランテ・ハロルドで働けているからこそ、こんな甘い考えができるのだろう。誰にも頼れず、もっと酷い目に遭っていたら、子供だろうがなんだろうが、会話すら放棄していたはずだ。

『リン、まだ終わらぬのか？　……ん？』

バスケットから顔をのぞかせるガルラ様。本当ならもうそろそろマル君に出会えているはずなのに。お待たせしてしまって申し訳ありません。

私は王子に聞こえないよう、小声で彼女に話しかけた。

「すみません、まだもう少しかかりそうで……」

『なんじゃここは、キラキラしておるのぉ！　うむ、妾は綺麗なものは特に好きじゃ。少し空を飛んで満喫してくる。その間、リンはそやつの調教でも頑張るがよい！』

そう言うが早いか、彼女はさっと翼を広げ、庭園を自由に飛び回りはじめた。

ガルラ火山は草木の生えない、岩肌のみの山。名物といえるのは、立ち昇る火柱のみ。ガルラ様だって女性だ。花々が咲き誇る庭園というものは、やはり心躍るのだろう。

楽しそうに空を泳ぐガルラ様を見て、微笑ましい気持ちになる。

ただ、調教は違う。違いますよ、ガルラ様。

「あ、そうだ！　これ、今日はこれを届けに来たんですが、少し余裕があるので良かったら王子もお一つどうですか？　お花のお礼に」

ガルラ様の抜け出た奥にあるハンバーガーの姿を見て、これだと思い差し出す。貴重な花をいただいたのに、何も返す物がないでは申し訳が立たない。

しかし――王子は困ったように眉を寄せた。

「僕はこの国の第一王子だ。なんでもかんでも口に入れられるわけではない」

「あ、そうか。そうですすよね。すみません！」

王子の言う通りだ。私は自分の浅はかさに恥ずかしくなった。

いくら許可証を持っていても、城下町にある一食堂の人間が作ったもの。毒見もいないのに、軽々しく口にできるはずがない。

取り出したハンバーガーをバスケットにしまい、もう一度「すみません」と口にする。

「悪い。り……いや、ええと、そういえば名前を聞いていなかったな」

「え？　名前？　リ――あ。……リィンです、リィン！」

しまった。通算二度目の大失態。

ガルラ火山で学んだはずなのに変装だけで満足してしまっていた。

学習能力がないのか、私は。

さすがにリンゾウを使い回すわけにはいかないので、またもや咄嗟《とっさ》に浮かんできた名前を口にする。相変わらず酷いセンスだ。ほぼ本名です。偽名とは一体。

「……お前、もっとマシな……いや、良い。リィンだな、分かった」

「ええ、そうです。リィンです！　よろしくお願いします！」

動揺を隠そうと多少オーバーに笑ってみせる。

王子は平時と変わらぬ仏頂面で、はぁ、とあからさまなため息をついた。

なんなの。リンゾウよりは随分とマシな名前だったと思うけど、この世界ではおかしな名前だったりするのだろうか。

でも、今さら撤回は出来ない。名前間違えてました――なんて、怪しすぎるでしょう。

「お前って利口なのか馬鹿なのか分からないな」

「それ、半分褒めてます？」

「ははっ！　前向きすぎだろ、馬鹿！」

王子は心底おかしいといった風に、腹を抱えて笑い出した。

ずっと馬鹿だ馬鹿だと言われ続けていたから、半分でも良い意味の単語が混ざり込んだのなら、褒められていると解釈してもおかしくないでしょうに。

そんなに笑う必要、ないと思うんですが。

「笑い過ぎです。もう、一人でライフォードさんのところ行きますよ」

「はは、悪かった。もう少しだけ付き合え」

ダリウス王子は目尻に溜まった涙を指で拭った。泣く程笑っていたのか。失礼な人だ。

庭園をぐるりと見渡せば、ガルラ様の姿はすぐに確認できた。

ばさりと羽を広げて飛び立ったかと思えば、気に入った花の近くに留まり、鼻先を近づけている。

ひくひくとそれが動いた。そして『愛《う》いのぅ』と呟き、うっとりと瞳を細める。

凄く楽しんでいらっしゃる。邪魔をしては悪いと感じるほどに。

私も王子の相手をしなくて良いのなら、もっとこの庭園を満喫したいのだけれど。――どうやら、離してはくれないようだ。

仕方がない。ガルラ様が満足するまでは付き合ってあげましょう。

「なぁ、リィン」

「はい、なんでしょう」

「お前にこんなことを聞くのはおかしいかもしれないが……」

王子は少し下唇を噛んで、じ、と私を見つめた。

「聖女とはなんだと思う?」

「は?」

なんだと言われましても。

模範解答としては、「聖女とは国に繁栄をもたらす存在。平和の象徴。存在することが求められている、民衆の希望」といったところか。

でも、そんな当たり前の事実を聞いているのではないのだろう。

ダリウス王子が聖女に対して並々ならぬ感情を抱いていることは知っている。彼の方がずっと、聖女という存在に詳しいはずだ。私程度の知識で、聖女が何かなんて語れるはずがない。

だからきっと、彼は答えなんて求めてはいないのだ。

「逆に、あなたにとって聖女とはなんです? 憧れですか? それとも——」

「憧れ、か」

王子は一拍おいて「分からない」と首を振った。

「憧れの感情を持っていたのは確かだと思う。うん。僕は、聖女という存在に憧れていた。子供の頃は童話やお伽噺《とぎばなし》を、大きくなったら文献を。ずっと、彼女を追いかけて——……ああ、そうか。僕は聖女という存在に恋をしていたのかもしれない」

恋、という単語にビクリと肩が震える。困った。どうしよう。私は生まれて此《こ》の方、恋愛相談なんて受けたことがないし、恋バナというやつもしたことがないぞ。

でも、多分あれよね。白の聖女である有栖《ありす》ちゃんへの恋心を、たった今自覚させてしまったとか。

そういう流れよね、これ。

無理。相談に乗りようがない。

動揺を悟られまいと、私は無言を貫き通す。

しかしダリウス王子はなんの反応も示さない私を気にするでもなく、淡々と言葉を続けた。

「特に数千年前、たった一度だけ異世界から召喚した聖女。彼女が僕の理想だった。クリーム色の髪に、愛らしい顔。初めて見た時、アリスはきっと僕の理想としている聖女だと思っていた」

「思って、いた？」

雲行きが怪しくなってきたぞ。

確かに。マーナガルムの森で彼らと遭遇した時、良好そうな関係には見えなかったけど。

「まさか。恋愛相談じゃ、ない？」

「そんなわけあるか」

人差し指でおでこを弾かれる。デコピンだ。痛い。

両手で額を押さえる。その隙間から、王子の顔が見えた。

さやさやと吹く静かな風が、銀色の髪を揺らす。パープルの瞳は太陽の光を浴びてもなお、ほの暗さが宿っていた。

空からは暖かな陽気が降り注いでいるのに、彼の周囲だけがじっとりと湿っている。

まるで、暴風に煽られている花びらだ。

あともう少しで本体から千切られてしまう。そんな状態。

きっと、頑張ることを止めれば風に流され、楽になれる。理解はしている。それでも――それでも、ギリギリまで踏みとどまるしかない。そんな印象を受けた。

「きっと助けてほしかったんだな、僕は。伝承では、聖女と結ばれた男は王族で、理由は不明だが疎《うと》まれていたらしい。だが、聖女に出会って、聖女に救われた。だから、僕も聖女が欲しかった。僕を助けてくれる聖女が。ああ、そうだ。いつだって僕は……」

何かを言いたげに口を開くが、すぐに閉じて首を横に振った。

「いや、つまらない話だな。もう良い。解放してやる。騎士団長の執務室だったな」

王子は深い息を吐くと、おもむろに立ち上がった。

話を聞けと言ったり、言うだけ言ってから途中でやめたり。本当に勝手な人だ。

ほら、と手を差し伸べられるが、私は逆に座れと言わんばかりに引っ張った。

残念でした。リリウムブランのお礼をまだしていません。

「何をする、平民」

「私にはどうすることも出来ませんが、話くらいなら聞きますよ」

「別にもう良い。さっき僕が言ったことはすべて忘れろ。僕は王子だ。くだらない泣き言は吐かない。いいな?」

「別に、泣き言にくだらないものなんてないと思いますけど。だって、苦しいことって吐き出さないと溜まってしまうでしょう？　吐きだすのは良いことですよ。……絶対、他人に漏らしたりはしませんから」

私がテコでも動かないと気付いたのか。

王子は呆れながらも、もう一度私の隣に腰を下ろす。むすっと不機嫌を隠さない顔で胡坐《あぐら》をかき、片手を支えに顎を置いている。随分と砕けた格好だ。

ここには基本的に王子以外足を踏み入れないらしい。隣にいるのが私だけということも相まって、気が抜けているのかもしれない。

「どうして、お前が僕を気遣うんだ」

「別に気を遣っているつもりはありませんけど」

「急ぐんだろう、ライフォードのところに」

「急ぎではないので大丈夫です。それに」

「それに?」

「だってダリウス王子、話を聞いてほしそうな顔してるじゃないですか」

ぴくりと王子の肩が震えた。

「なんだよ、それ。まるで、お前の方が……本当に……」

絞り出された声は弱弱しく、まるで今にも泣き出してしまいそうなほど掠れていた。

私には弟はいなかったけれど、妹はいた。

何かに怯えるように身体を折りたたみ、歯を食いしばって耐えているダリウス王子を見ていると、姉としての保護欲というか、年長者としての義務みたいなものが刺激される。

私は彼の背中をさすり、努めて穏やかに声をかけた。

「話、ちゃんと聞きますから」

「――ッ、だから、そういうのが……！」

こちらを向いたダリウス王子の瞳には、涙が溜まっていた。あと一息でも何か刺激があれば、零れ落ちてしまいそうである。

別に、プライドをズタズタに切り裂きたいわけではない。

私は、彼が落ち着くまで無言で背中をさすり続けた。

「……僕は」

どれくらい時間が過ぎただろうか。

数分かもしれないし、十分くらい経っていたかもしれない。

しばらくして、王子はごしごしと手の甲で目を擦った。真っ赤になった瞳は、ぼんやりと目の前にある花――リリウムブランを見つめている。

「僕は第一王子だとなっているが、僕の前に兄がいたらしい」

ぽつりと、虚空にでも語りかけるように王子が口を開く。

「物心ついた時にはもう、亡くなっていたけどな。彼はとても優秀だったらしく、僕はいつも比較されてきた……」

私は背に添えていた手を離し、地面に置く。

王子という立場が背負う、期待と責任。彼の小さな両肩に乗ったプレッシャーが、今さらながらにどれほど大きなものだったか分かり、私は息を呑んだ。

人は、死者を美化する。

想い出は綺麗なもの。だから記憶に残った優秀な王子の面影は、きっとどうあがいても、どんなに努力しても、人々から消えることはなかったはずだ。

それと比較され続ける毎日は、私なんかでは想像も出来ないほど苦しかっただろう。

子供なら、尚更。

そう考えると、卑屈になって何もかも投げ捨ててしまわなかっただけ、ある意味凄いのかもしれない。彼も彼なりに、責任感の強い性格なのだろう。

「父上の……王の言われた通りに動いているはずなのに、何もかもうまくいかない。聖女は庇護すべき存在だと、ランバートン公爵家にとられる前に、こちらで囲えと。そう、言われていたから……僕は……父上の期待に応えられるよう、頑張っているはずなのに……ッ！」

大きすぎる期待は、時に重圧を生む。

この子は、少しずつ、少しずつ、周囲からの期待が薄れていく様を、何を思いながら見ていたのだろう。偉そうな態度も、周囲の意見を取り入れない頑固さも、弱みを見せられないからこその、精一杯の虚勢だったのかもしれない。

私は気付かれぬよう、そっとため息をつく。

――必死、だったのね。多分。

ただ、王の期待に応えようという気持ちが大きすぎて、自分の意見を持てない状況にある気がした。必死に言いつけを守る、お飾りのからくり人形みたいに。

「最近では、その白の聖女すら僕とは会いたくないと言う。おかげで、もう何日も彼女には会っていない。放っておけということか？　なんなんだ。一体、僕にどうしろというんだ！　何も。何も、間違えていないはずなのに！」

「王子」

「なぁ、僕は間違っていないよな？」

地面に置いた手を、まるで助けを請うかのように握りしめられる。

話を聞くと言ったのは私だ。

この手を振りほどくわけにはいかない。いや、出来るはずがない。

「ダリウス王子、一つご質問です。慰めが必要ですか？　それとも、意見が必要ですか？」

「――馬鹿にするな。慰めなどに意味はない」

「分かりました」

こんなことを言える立場ではないのは分かっている。でも――求められたからには本音を話そう。

私は一つ深呼吸をした。

「では、もし王がいなくなったら、貴方《あなた》はどうするのですか？」

「何？」

「王が言ったから、王の命令だから。そうやって誰かの言葉がないと行動できなくなっていませんか？　人に従うのは楽です。何があっても責任は相手にあるんだから。自分は悪くないって、正当化できるでしょう？」

「そ、んな……こと……」

間違っていない。貴方は間違っていないと、私に言ってほしかったのかもしれない。でも、そんなただ甘いだけの言葉を吐いたところで、一時の慰めにしかならない。

王子は慰めならいらないと言った。

ならば――、少しキツイ言い方になってしまうが、少しでも建設的な意見を述べることにする。

「もっと、自分で考えて行動しても良いんじゃないですか？　だって、あなたは王じゃない。たった一人のダリウス様、なんでしょう？」

王子ではなく、あえてダリウス様と言ってみる。

彼は最初、驚いたように目を瞬かせたが、ややあって、顔を赤らめながら瞳を伏せた。

「い、いきなりそんなことを言われても」

「難しいと思います。だから、ゆっくりでいいんじゃないですか？　あなたが変わろうと考えたのなら、まずそう考えられたことが凄いことだと思います。変化って思っている以上に怖いことですもん」

「すご……い？」

「はい。凄いです！」

大袈裟《おおげさ》かもしれないが、未だ握られたままの手を握り返し、もう片方の手でぐっと握り拳をつくって顔の近くに掲げる。いわゆるガッツポーズだ。

「お前は乗せるのが上手《うま》いな」

「残念ながら、褒めても何も出ませんよ？」

「褒美なら既に……色々貰った気がする」

王子は繋いでいた手を持ち上げ、慈しむように自分の額にくっつける。

麗《うら》らかな春の日を思い起こさせる、優しげな笑顔がそこにはあった。

良かった。少しでも気が晴れたのなら幸いだ。

不敬《ふけい》だ何だと騒がれたら、ガルラ様を連れて逃げ出し、変装を解いて誤魔化《ごまか》そうと思っていたが、何事もないのならそれに越したことはない。

ダリウス王子は私をじっと見つめると、意地悪そうに微笑んで手をパッと離した。

「他には？」

「へ？」

「他に言いたいことは？　この際だ、全て聞かせろ」

「あー……えっと、そうですねぇ。うーん、いくら白の聖女様との関係が悪化しているからと言って、一度手を取ったのなら手を離すべきではないと思います。たとえ、嫌われていたとしても。それが、召喚した者の責任でしょう？」

癪だけれど、白の聖女についても一つフォローを入れておく。

白の聖女に良い感情は一ミリもない。だが、子供相手にいつまでも憤慨していては大人気ないというもの。この世界において彼女が子供と認識されているのかどうかは怪しい。なら、大人として少しは気にかけておくべきなのだろう。本当に癪だけれど。

「なかなか言いたいことを言ってくれるな」

「黒の聖女様と違って、彼女はまだ子供ですし」

「子供？　ああ、いや、そうか。……そうなのか」

ダリウス王子は神妙な表情で頷き、私の傍に置いてあったハンバーガーの入ったバスケットを自分の元に手繰《たぐ》り寄せた。

「王子？　それはさっき食べないとおっしゃっていたものですが？」

「そうだ。ここで毒が入っていたら、お前は僕を甘言で惑わした悪女ということになる。お前の意見は聞き入れられない。だが、普通に食べられるものだった場合、一考の価値はあるかもしれないということだ」

ダリウス王子なりのけじめなのかもしれない。ただの平民、それも初めて出会った料理人の言葉を、すんなりと受け入れるわけにはいかないのだろう。

本心から、彼のためを思って言っているのか。――それを見極めるための儀式みたいなもの。

答えは多分、もう決まっている。

「私では意味がないかもしれませんが、毒見しましょうか?」

「いい。下手《へた》な毒では死なない身体だ。これでも王族なので、対策は練ってある」

すごい、などと感心している間に、ダリウス王子はバスケットの中を覗き込み、手を入れたり抜いたりしている。

この世界にハンバーガーはない。

しかも王子は名前の通り王族だ。手で掴んで食べるという発想がないのだろう。

「素手で大丈夫ですよ。紙が巻いてありますので、手が汚れないようそれを掴んで、がぶっと」

「が、がぶっと……?」

王子は恐る恐るハンバーガーを取り出すと、口にかからないよう紙を剥ぎ取り、ちらりと私を見る。なので「サンドイッチだと思ってください」と声をかけた。

マナー的に大口を開けて食べるのははばかられるのかな。

梓さんのために作ったものだから、王族の方々用には調整していない。ダリウス王子は周囲を見渡し「どうせお前しかいないもんな」と呆れたように声を出す。

そして大きく口を開け、ぱくりと噛みついた。瞬間、じわりと肉汁が広がったのだろう。王子は瞬きをしながら、一噛み、一噛みと味わうように咀嚼《そしゃく》していく。

パンとパテ、特製ソースにシャキシャキのレタス。

全てが上手く絡み合って雪崩《なだれ》のように舌を刺激する。

暫《しばら》く味わった後、彼はぎゅっと目を瞑り、感じ入るかのようにほぅ、と息を吐いた。食べる前の恐る恐るといった表情は消え去り、満足そうに目尻を下げている。

「平民はこんな美味《うま》いものを食べているのか……」

ぼんやりとした口調で言う。

食べなれていないせいか、唇の端にソースがくっついていた。

王子もそれに気づいたらしく、ちらりと赤い舌を出してソースを舐めとってから、親指で残りをぐいと拭い去る。そして、その親指に口付けた後、ふふ、と頬を染めて笑った。

いくら私だけだとは言え、外聞捨てすぎでしょう。

子供のくせになんて色っぽい食べ方をするのだ。心臓に悪い。

私はバスケットを王子から奪い返し、中に入れておいたナプキンを手に取ってスタンバイする。

次からは私が拭いてあげよう。そう思ったのだけれど、いざ「ソースがついていますよ、王子」とナプキンを近づけたら、「――っ、ちょ、ち、近い近い近い！　じ、自分で出来るから！」と顔を真っ赤にしてナプキンだけ強引に奪われてしまった。

子供とは言え十八歳だものね。さすがに恥ずかしいのかな。

ちなみに王子は一つ目を難なく平らげた後、当たり前のように二つ目を要求してきた。準備していたハンバーガーは三つ。一つは梓さん。もう一つはライフォードさん。そして、腹ペコ王子にせがまれる可能性を考えてもう一つ。

——なのだが。目を輝かせて手を差し出してくるダリウス王子に、私はついついライフォードさん用を渡してしまった。

彼にはまた別の日に届けるとしよう。ごめんなさい、ライフォードさん。

「例の件、僕も独自に動く。王の命令ではない、僕自身が、必要だと思ったからだ」

ハンバーガーをぺろりと二つ食べきった王子は、晴れやかな笑顔でそう宣言した。

自分なりに考えて動く。

さっそく実践《じっせん》しようと、前を向いたらしい。彼の表情には一点の曇りもなかった。

「知らせてくれて感謝する。リィン」

僕を陥《おとしい》れようとしたけじめ、つけさせないとな——言ってから、不敵に笑う。

王子という立場で独自に動くのなら、騎士団では見えてこなかった部分にも踏み込める可能性がある。私は「頑張ってください」と右手を掲げて微笑む。

「それで、その、次はいつ会える？」

「え？」

「か、勘違いするなよ！　情報交換のためだ！　別にお前に会いたいからとかそういう理由ではないからな！　こちらで調べたことを、伝えてやろうと思っただけだ」

「あ、でも、私は別に捜査に加わっているわけでもないですから、ライフォードさんたちにお伝えくださった方が」

私の答えに、王子はむっとして唇を尖らせた。

「……ふん、僕に会いたくないならそう言えばいい」

「誰もそんなこと言ってないじゃないですか。拗《す》ねないでくださいよ」

「なっ、す、拗ねてない！」

どう見ても拗ねているじゃないですか。

ライフォードさんには直接言いにくい理由でもあるのだろうか。

まぁ、私が間に入った方がスムーズにいくのなら仕方がない。

わかりましたと頷いて、店の定休日をいくつか答える。

「——うん。そうか、また会ってくれるんだな」

ふわりと楽しげに笑った後、王子は私がピックアップした日付のうち、一つを選んで伝えてきた。

そして、「では、そろそろ行くか」と腰を上げる。

「遅くなったがライフォードの元まで案内しよう。ほら、いくぞ。迷子」

「迷子じゃないです！　不可抗力です不可抗力！」

意地悪そうに細められた瞳。しかし、それとは裏腹に手を差し伸べてくれる。

私はお礼を言ってから、彼の手に摑まった。

＊　＊　＊　＊　＊　＊　＊

一方その頃――。

薬貯蔵庫。

氷のような滑らかさはないものの、同等の冷気を含んだ壁を指先でなぞりながら、ハロルドはため息をついた。湿った空気が身体にまとわりついてくる。

薄暗い室内。魔法で灯した火を掲げながら、彼は床に手を置いた。

久しぶりに足を踏み入れた場所だが、特に変わりはなさそうだ。

貯蔵庫というだけあって、様々な効能の薬がきっちり木箱に入れられて管理されている。しかし、良く使われる薬の棚は埃《ほこり》も少なく小綺麗に保たれているが、あまり使用頻度の高くない棚には、小さな蜘蛛《くも》の巣が張っていた。

昔と変わらない。

「やっぱり駄目だね」

ハロルドは、後ろでつまらなさそうに欠伸《あくび》をこぼしているマルコシアスを見る。

日数が経っていることもあり、魔力の痕跡を調べようにもかすかな残り香しか追えなかった。

いくら天才ハロルド・ヒューイットとは言え、これでは使われた魔法が何であるかまでは解析できない。分かったのは、魔法が使われた形跡があるということだけ。

ただ、この場には魔族様もいる。

何か別の方向からアプローチできないものかと、後ろのマルコシアスに頼んでみる。

彼は鼻をひくひくと動かして、「臭《くさ》いな」と吐き捨てるように言った。

「臭い？　ああ、薬がぶちまけられたからね。でも結構日数経ってるよ？　まだ臭《にお》うの？」

「それくらいの日数で俺の鼻が誤魔化せるわけないだろう。……って、そうじゃない。同族の匂いがする、と言ったんだ」

「同族って……」

魔族の匂いがする、ということか。

予想外の答えにハロルドは目を瞬かせる。

「この敷地内に入った時から薄々感じていたが、まぁ、普段は上手く誤魔化しているのだろう。俺の鼻でも追えないくらいには、な。けれど、変化した状態では隠せなかったようだ」

人間が操る魔法――相手を錯覚させる幻術の類《たぐい》とは違い、魔族の変化は物理的に身体を弄《いじ》くる術らしい。

普段とは違う姿に擬態するには相応の精神力が必要となり、魔族の気配を完全には消すことが出来なかったのだろう、とマルコシアスは言った。

マルコシアスは嘘をつかない。

言いたくないことはのらりくらりと言葉巧みにはぐらかすが、嘘だけはつかない。そんな彼が言うのだから、間違いはないはずだが。

「これ、想像していたより面倒なことになってない？」

「ははは。頑張れ頑張れ！」

「他人事のように……」

「他人事だからな」

ゆらりと怪しげに揺らめく緋色の瞳を睨みつけ、ハロルドは「やっぱり首を突っ込むんじゃなかったかも」と眉をひそめた。


「どうやらお前の策は上手くいったようだぞ、ハロルド」

所かわって、昼下がりの城下町。

空高く昇った太陽から隠れるように、ハロルドは薄暗い路地裏で膝をついていた。足元には半径一メートルはあろう巨大な魔法陣が展開されている。

薬貯蔵庫の捜査は早々に打ち切った。

代わりに、ジークフリードの部下である第三騎士団の面子《めんつ》から、銀髪の男が言い争っていたという場所を聞き出し、そちらも調べてみることにしたのだ。

王宮に魔族がいるだけならまだ良い。事件に関係なければ、まだ見過ごせる。しかし――この事件に関わっていたとなると、ただ犯人を見つけるだけで済むかどうか。

「何？　策って程のことはしてないつもりだけど？」

「ほら、見てみろ」

マルコシアスはひょいとしゃがんで腰を下ろすと、手のひらを差し出してきた。その上には黒い球体が浮かんでいる。「へぇ、君って手の内あんまり見せてくれないから、珍しいね」ハロルドが人差し指で球体を突《つつ》くと、表面が波打った。

「映像魔法みたいなものかな。人間が使うのとはまた違ったフォルムだ。興味深いね。後で――」

色々教えてよ、と続けようとして言葉に詰まる。

球体の表面がぐにゃりと揺れ、映し出された映像。

そこにはリンとダリウスの姿があった。しかも、聞き及んでいた確執とはなんのことやら、とばかりに談笑に興じているではないか。付け加えるなら、ダリウスの表情。どう見てもリンを気に入っているとしか思えないほど、優しげな眼差しをしていた。

王宮勤めをしていたハロルドですら、見たことのない穏やかな顔だ。

いつも隙など見せまいと気を張っていた彼が、一体どうして。

「いやいや、僕はただ、王宮にも気軽に出入りできたら良いんじゃないかなって……もー、それなのにリンってばいつも斜め上をかっとんでいくんだから！　本当、人タラシの才能あるんじゃない？　ってか絶対あるよ！」

「経験者の言葉は重みがあるな」

「あのね。君だって同じようなものでしょ？　いわば同類だよ、同類」

「おいおい、俺は身体目当てだ。お前らとは違う」

ハロルドは「言葉のチョイスが最悪」とマルコシアスを小突いた。リンの作る料理が好きだ、と素直に言えばいいものを。わざと怒らせるような言い方をしてくるのだからタチが悪い。

さすが魔族様だ。

「それで、どうする？　戻るか？」

「そうだね。ここにはもう、調べるものは何もない」

マルコシアスの気配を参考にして、魔族の残滓《ざんし》を感知できるよう探索系魔法を弄ってみた結果、大当たりを引き当てた。いつもなら「さっすが僕、天才！　こんな短時間でここまでの応用力、天才すぎて怖い！」などと軽口を叩いているところだが、状況が状況だけにそうも言ってはいられない。残念ながら、この事件に魔族が関わっていることは確定事項となった。

古《いにしえ》に滅んだとされている種族。それが城内部にまで入り込んで引っ掻き回している。

本格的に面倒な話になってきた。

ハロルドは足についた砂や埃《ほこり》を払うと、背伸びをして立ち上がる。

「はぁ、気が重いなぁ」

「ところで、ここまで俺を酷使したんだ。ご褒美は弾んでくれるんだろう？」

「はいはい、分かってるよ。リンに何か頼んでみる」

幸か不幸か。レストランテ・ハロルドにも魔族様は居すわっているが、殊《こと》のほか善良だ。

ハロルドは、唇を弧に歪めて不敵に微笑むマルコシアスを、横目でちらりと確認する。

彼は片手で顎を支えつつ、もう一方の指先でくるくると黒い球体を回していた。

立ち上がる気はないらしい。

魔族への協力要請は、基本的に対価が必要だと古い文献に記してあった。

善良とは言え彼も魔族。この件、マルコシアスの意志で付き合ってくれているわけではない。対価を要求してくるのは想定済みである。

しかし、マルコシアスはやれやれとばかりに肩をすくめた。

「はぁ、天才が聞いて呆れるな。リンに頼まなければ何もできないのか？　リンに頼むくらいなら俺でも出来る。ご主人様は呆れるほどに善良な人間だからな、俺の頼みでも断らないだろう。それじゃあご褒美にならない」

「ええ、そういうもの？」

「当たり前だ。自力で手に入るものを強請《ねだ》ってどうする」

そう言われれば、確かにその通りかもしれないが。ではどうしろというのか。

ハロルドは眉間に皺《しわ》を寄せる。

しかし、とマルコシアスは続けた。

「リンのあの性格。ああいうのは、人間でも珍しい部類じゃないか？ 傍《はた》で愛《め》でるには良い鑑賞対象だがな。綺麗なものほど汚して傍に置きたいと思うのが魔族の常……ああ、いや、俺の性質の場合の間違いか。性根が綺麗な魔族もいるにはいる。少数だけどな。しかし、どうにもご主人様には堕落という言葉は似合わない。それより――」

彼が球体を放り投げると、それは瞬時に霧散した。

ぐいと前髪を掻き上げ、赤い瞳が玩具《おもちゃ》を吟味するかのように細まる。

一体どのように隠していたのか。ぺろりと唇を舐める目の前の男からは、同性であっても魅入られてしまいそうなほど濃厚な色気が漂っていた。

ジークフリードやライフォードの端然とした魅力とは違う、ずるずると沼に引きずり込んで沈めてしまいそうな。そんな、危険な雰囲気。

端的に言うなら目の毒。まかり間違っても、子供を近づけてはいけない。

「君、そんな獲物を狩るような目でリンを見たらぶっとばすからね」

「ふ、ははっ、堕落させるなら、お前の方が面白そうだとは常々思っているよ、ハロルド。どうだ？　少し人間の理《ことわり》から外れてみないか？」

「冗談」

　犬を追い払うように、シッシと手を振る。

「つれないな」

「君さぁ、最近、僕の前では取り繕わなくなったよね」

「ご主人様には刺激が強すぎるだろうから慎んでいるんだ。殊勝だろう？」

「素はそれってこと？」

「これでも丸くなったんだ。若い頃はあれだ、世界の終焉《しゅうえん》を見てみるのもまた一興なんて思っていたこともある。若気の至りだ、ははは！」

　いつだったか。まるで敵のボスクラスが仲間になったみたいですね、なんて冗談交じりでリンが言っていた気がするが、もしかするとその通りなのかもしれない。魔族が敵なら、マルコシアスはその中心人物に名を連ねているはずだ。今は多少丸くなっていたとしても人間ではない。

　人の常識では測れない存在。それが魔族。

　しかし、呪詛《じゅそ》について彼に尋ねたとき、彼は人間の奥底にしまっていた感情を揺さぶり起こすのは、嫌いだなんだとか言っていなかっただろうか。

　ハロルドは「芯、ブレてない？」と眉をひそめる。

「おっと、下級魔族と一緒にするなよ？　俺は陰湿なのは趣味じゃないが、大っぴらに求めるのは嫌いじゃあない。だから正面からお誘いしているんだろう？　墜ちてみないか、とな。俺の手腕は一級品だ。気持ち良く墜としてやるぞ？」

「ご遠慮願いまーす。残念だけど、君の玩具になってあげる気はないからね」

「玩具？　そんな勿体《もったい》ないことするわけないだろう」

「……ああ、そういうこと。魔族の生態って、便利だよね」

マルコシアスは人間の料理を好んで食するが、別にそれで腹を膨らましているわけではない。魔族に食事は不要。彼らの生命活動に必要なのは魔力だ。

通常は空中を漂っている魔力を、呼吸をするように身体に取り込んでいる。しかし、それだけでは、本当にただの生命維持程度の量しか手に入らない。

だから、人間を使うのだ。

魔族の力の源は魔力。そして、それを手に入れるためには人から奪うのが、一番効率が良い。

ただ――どうやら魔力にも好みというものがあるみたいで、力のある上級の魔族は人間を自分好みに誘導し、育ちきったところでぱくりと頂くらしい。

最初、食べ物でいうところの好き嫌いに近いのだろう、と気軽に考えていたハロルドだったが、想像より幾分も物騒だったので、読んでいた文献を危うくぶん投げそうになった。

魔族の好み。

本には、人間の性格や感情によって魔力の味が変わると記載されていたが。

「で、君は？　どんなのが好みなの？」

「ははっ、詳しいと説明が省けて楽だな。俺の好みは尊大なまでの自信や自賛、それから――快楽だ」

「うっわ、最低」

嫌悪に満ちた目でマルコシアスを睨みつける。

「快楽に溺れる人間は良いぞ。色欲はその最たるものだが、それ以外にも快楽を感じる方法は沢山ある。他人を蹴落とす快楽。承認欲求を満たすことによる快楽。あとは……そうだな。散財浪費なんかも当てはまる。欲したものを手に入れる快楽は、なかなか逃れられるものではないだろう？」

「はぁ……ほんと、その本性、リンの前で出したら店から叩き出すからね」

「何を今さら。お前が魔族をどう認識しているかは知らんが、魔族など所詮《しょせん》そんなものだ」

だから――と、何か言葉を続けようと口を開いたマルコシアスだったが、ハッと目を見開いて
「なんでもない」と片眉を上げた。

なんだと言うのか。

ハロルドはマルコシアスの胸辺りに足の裏を当てると、押し倒すかのように力を入れた。

元第二騎士団長と言えど、所詮は魔導騎士。魔法によるボーナスのない脚力なんて、一般人に毛が生えた程度だ。故にこれはただの嫌がらせ――のはずだったのだが。

「うえ⁉」

意外にも、その程度の刺激でマルコシアスの身体はいとも簡単に後ろへ倒れた。傍から見れば、仰向けになった男の胸を踏みつけているハロルド、という図になってしまう。

さすがに居心地が悪いので足を退けようとしたが、しかし、マルコシアスの唇が挑戦的に吊り上がったのを見て止めた。

売られた喧嘩《けんか》は積極的に買う主義である。

ハロルドは苛立ちを隠して微笑み、彼の胸をぐりぐりと靴底で踏みつけた。

「ふ、はは、サディストかお前は。――安心しろ。言っただろう？　あれは愛でるものだ。堕とすものじゃない。魔族にだって特別はある。俺にとってリンは特別。彼女はあのままで良い」

「そう、ならこれからもそれでいてね。でも残念ながら僕は堕落しない。魔族の誘いであってもね。僕を堕落させたければ来世まで待つことだ。頭に叩き込んでおけ、ド畜生《ちくしょう》魔族サマ」

ハロルドは脳の停滞を嫌う。過ぎた快楽など思考の放棄に他ならない。

彼にとって何よりも忌《い》むべき、嫌悪の対象だった。

マルコシアスを踏みつけたまま、ゆらりと右手を上げる。瞬間――、ハロルドの背後に大量の魔法陣が展開された。全てが眼前の魔族へと攻撃姿勢を取っている。

「性格に似合わず潔癖だなぁ、ハロルド。まぁ良い。今はリンのおかげで舌は満足している。魔力くらいは妥協しよう。――そういうわけで、対価はそれが良い。くれよ」

「いいけど。どう？　このまま直接身体にぶちこんであげる、っていうのは」

「ははははっ！　いいねぇいいねぇ、そういう過激なのも嫌いじゃあない。だが、残念だ。さすがにその方法では取り込めないんでね。普通に頼む」

仕方ないなぁ、と大袈裟にため息をついて、魔法陣を仕舞う。

もっとも、あれはただの威嚇《いかく》。打ち込むつもりは毛頭なかった。たとえるなら犬や猫がジャレついているみたいなもの。

人間の常識で測れないのが魔族だが、ハロルドもまた天才ゆえに常識とは縁遠い。

結局は似た者同士。

ゆえにお互い一緒にいて気疲れしない、ラフな関係に落ち着いているのだ。

「それで？　腕を切ったらいいのかな？」

魔法でナイフのように鋭い氷を出現させる。さすがに丸ごと切り落とす気はないが、魔力を分け与えるならこれが一番手っ取り早い。

しかし、マルコシアスは不機嫌そうに首を振った。

「お前、この程度でそこまで貰えるか。普通に注いでくれたらいい」

「……なにそれ」

人間から魔力を摂取する方法は三つある。

魔族にとって一番効率が良いのは、人間の肉体を食らうことだ。

魔法が使えぬ人間でも、体内に微弱な魔力は流れている。

ささやかな魔力量で我慢できるのなら、正直なところ相手は誰でも良いのだ。

次に人間の体液。一般的に血を摂取することが多い。

ただ、魔法が使える人間でないと頂いても意味はなく、相手を選ぶ必要が出てくる。ハロルドはもちろん優秀な魔導師なので、これを提案したのだが――なぜか断られてしまった。

最後。これは本当に一握りの優秀な人間でないと効果を表さないもの。

魔族の肌に直接触れ、魔力を注ぎ込む方法だ。ハロルドほどの能力があれば、この方法でも可能ではあるが、しかし、効率は三つの中でも最底辺。

なぜマルコシアスは三番目を選んだのか。不思議である。

まぁ、でも、彼がそれを選んだのなら、要望に応えるのが依頼主として当然の責務だ。

ハロルドは目の前の男の服を面倒くさそうに引っ張ると、素肌に直接手のひらを押し付けて魔力を注ぎ始める。

「君の考えが分からないよ」

「お前は人間のくせに、もっと自分の身体を労《いたわ》れ。……人間は、すぐに死ぬからな」

まるで遠い過去に思いを馳せているかのように、赤い目がぼんやりとハロルドの姿を映す。彼は右手を伸ばすと、よしよしとハロルドの頭を撫でた。

その姿があまりにも人間臭くて——ああ、ようやく繋がった。なぜ彼がいきなり魔族の本性を剥き出しにしてきたのか。

つまり。そう、彼は、とっても面倒くさいお人好しだったのだ。

魔族など所詮そんなものだ、だから——の続きはきっとこうだ。この件はそんな魔族が関わっている、気を付けろ、と。

わざわざ自分を悪役に仕立て上げてでも、忠告したかったのだろう。

「まったく。回りくどい性格してるよね、君。一言言えば済む話なのに。ちょっと僕も認識が甘かったかも。反省するよ」

「……好意的に受け取り過ぎだろ」

ふん、と鼻を鳴らしてそっぽを向く。

ただし、耳が真っ赤に染まっていた。素直じゃない。

「あ。言っとくけど、リンから魔力を奪うのはなしだからね。欲しかったら僕のをあげるから、変に迫るのは駄目だよ？」

「馬鹿を言うな。ご主人様の魔力を直接もらうなんて死ぬ死ぬ。相性以前の問題だ。あれの魔力は魔族にとって毒にしかならない」

「へぇ？」

面白い情報だ。

ハロルドは唇の端をつり上げて笑った。

「うげ。お前のその顔は嫌だな。下手《へた》な情報を教えてしまったか？」

「そんなことないよぉ？」

仕返しとばかりに、マルコシアスの頭をぐしゃぐしゃと両手で引っ掻き回した。すると、耐え切れなかったのか。ひょっこりと黒い獣の耳が顔を出す。

ハロルドは楽しくなってきて、更に耳ごと彼の頭を撫でまわした。

「……お前、限度というものが……うぅ、俺の毛並みをどうしてくれる……」

「あははは！　いいじゃんいいじゃん、男前度が上がったよ？」

「ふ、ざ、け、る、な！」

さすがに許容範囲を超えたのか、マルコシアスはハロルドを蹴っ飛ばすと、おもむろに立ち上がった。身体についた埃をはたき落とし、指で梳《す》いて髪形を整える。

ハロルドは尻餅をついた反動で腰を痛めたのか、「痛いんだけど」と恨みがましくマルコシアスを睨み付けた。

「責任転嫁をするな。自業自得《じごうじとく》だ。……さて、魔力の馴染《なじ》みは上々。地上に出るのは久しぶりなので、カラっ欠だったんだ。これからもよろしく頼むぞ？　店長殿」

「ははは！　君って本当、めんっどくさいね！」

「言ってろ」

魔力を溜めて何に使う気なのか。

今までの言動を見ていたら、自ずと答えは分かる。自らが思っていたよりも、レストランテ・ハロルドはこの魔族様にとって居心地が良いようだ。

「今回はこれだけにとどめておくけど、あんまりはしゃぎ過ぎると追い出すからね。忘れるなよ、魔族サマ？」

「お前どの口が……いや。オーケーオーケー、肝《きも》に銘《めい》じておくよ。――それじゃあ、試運転がてら王宮に戻ろうか！」

マルコシアスが両手を広げる。すると、彼の背中から漆黒の翼が生えた。

空を撫でるように、ばさりと広がった羽は四枚。

黙って立っていれば、それこそ本当に神秘的な存在だと錯覚してしまいそうだ。

人間を、特に女性なら容易に堕落させられるだろう。

「何それ。本体、狼じゃなかったの？」

「狼の背には羽が生えているものだろう？」

「どこの世界の常識だ！」

「さぁ、さくっと飛んでいこうじゃないか」

伸ばされた手を握りしめた途端、ハロルドの空中散歩は始まった。

ちなみに、運ばれ心地は最悪だったらしく、門前に着くなり「二度とごめんだ！」と顔を真っ青にして地面にばったりと倒れたそうな。

＊　＊　＊　＊　＊　＊　＊

「ライフォード。客だ。入るぞ」

ダリウス王子に連れられてライフォードさんの執務室にまでやってくる。

変装している私を最初こそ訝しげにしていたが、レストランテ・ハロルド専用の入城許可証を見て私だと気付いた彼は、目を丸くして言った。

「王子と一緒？　ど、どういう状況です？　これ。……あ。いえ、失礼いたしました」

ダリウス王子と連れ立って現れた私に、混乱した様子のライフォードさん。しかし、すぐにいつもの余裕綽《しゃく》綽《しゃく》といった笑みを張り付けて、私たちを中に招き入れてくれた。

さすが女性が理想とする王子様。切り変えも早い。

ライフォードさんの執務室は、彼の性格が良く出ていた。

壁は落ち着いたクリーム色。机や本棚などの家具はシックな茶色で統一されており、床に敷かれた絨毯《じゅうたん》は白を基調に濃い赤や金色で繊細な刺繍《ししゅう》が施されている。

執務机の後ろには天井まで伸びた窓があり、室内に光を招き入れていた。

とても居心地のよい空間だ。

「御足労、感謝いたします。どうぞ、おくつろぎください」

ライフォードさんに促され室内に足を踏み入れると、入り口近くのソファに案内された。

私は後ろのダリウス王子にお礼を言おうと振り返ったが、なぜかそのまま身体を押され、思わずソファに腰を落とす。

そして、さも当然のように私の隣に腰掛けるダリウス王子。お帰りになるんじゃないのですか。

普通にくつろぎ始めた王子にどうしたものかと眉を寄せる。

でもソファは向かい側にもあるのに、なぜわざわざ私の隣に座るのだろうか。

あまり近づき過ぎると不自然なので、少しだけ距離を取る。すると、移動した分きっちりと距離を詰めてきた。

本当になんなの、一体。

「――ンンッ、ええと、ところで彼から報告を受けてから、随分と経っていますが、道中なにかありましたか？」

ダリウス王子の様子に呆れつつ、ライフォードさんがちらりと私を見る。その瞳に、口に乗せた言葉以上の問いかけがあるような気がした。

今、その姿での名前は何か――きっと、それだ。不用意にリンと呼ばないため、さっさと名前を教えなさいということなのだろう。

ならば王子に怪しまれないよう、自然と会話の流れで名前を伝えなければいけない。

なかなか難易度の高いミッションだ。よし。

私はライフォードさんを見つめ返し、小さく頷く。

「い、いやぁ、道に迷ってしまって。王子にお世話になったんです。リィン大失敗！」

「そ、そうでしたか。相変わらずですね、リィン」

引きつった笑みではは、と笑った後、彼は額に手を置いて「苦しすぎる」と呟いた。

ううう、やっぱりそうですよね。

持てる全力を出したつもりだが、機転の利《き》いた上手《うま》い返しなんて、そうそう思い付くものじゃない。これでも頑張った方なんです。自分で言っていて、かなり恥ずかしかったけれど。

「私はこれから彼女を聖女様の元までお連れしなければいけないのですが、王子はどうされますか？」

「聖女？　ああ、黒の聖女か。お前の客ではなく聖女の客だったんだな。……分かった」

ダリウス王子はおもむろに立ち上がると、「邪魔をしたな、見送りはいらん」と出口へ向かう。

途中、ふいと後ろを振り向いて私の名前を呼んだ。

「リィン。……またな」

「はい。あの、案内ありがとうございました」

「うん」

ダリウス王子は満足げに微笑むと、扉に手を掛ける。

途端、扉が自然と外側に開き、息せき切った男性が飛び込んできた。白を基調とした騎士服を着ていることから、第一騎士団の人間だと分かる。

「ライフォード様ッ！　――あ、ダリウス王子！　し、失礼いたしました！」

「騒がしいな。どうした」

ライフォードさんの目が細まる。

「そ、それが、何やら羽が生えた異形の者が、ぐったりした人間を抱えて飛んでいると門番から報告があり、急ぎこちらへ！　敵意のほどはまだ分かりませんが、どうやら目的地は王宮らしく」

「分かった。私が向かおう」

執務室の椅子に掛けてあったマントをサッと羽織り、一瞬にして顔付きを変える。

これが、ライフォードさんの仕事モードか。いつもの王子様然とした表情は消し去って、氷のような鋭い緊張感を纏《まと》わせる。

黒い翼の生えた異形の者。

もし敵対者なら大変な事態だと思うのだが、ライフォードさんもダリウス王子も取り乱した様子は一切なく、酷く冷静だ。くぐってきた場数が違う、ということなのだろうか。

「相手の特徴は？」

「はい。遠視の魔法で確認したところ、異形の者は漆黒の翼を生やしていますが、見た目は人間に近いそうです。短い黒髪に黒目の男。彼は両手で男を抱えており、不敵に笑いながら王宮へ向かっていると」

「全身黒？　まさかとは思うが、ぐったりしている人間とは新緑色の髪をした男では？」

「え？　ええ、そう伝え聞いていますが。どうしてそれを？」

「いや、一つだけ心当たりがあっただけだ。問題ないと捨て置いても良いが……いや、やはり出向くだけ出向いておこう。何かあっては遅いからな」

ふわりとマントをはためかせ、ライフォードさんは私に微笑みかけた。

「リィン。すみませんが、今しばらくここでお待ちください。すぐ戻って参りますので」

「あ、いえ、お忙しいなら日を改めて……」

「鳥もどき一匹、墜落させるなら一瞬で済みますよ。すぐ戻ります」

でも、と私が言葉を濁らせると、ライフォードさんはもう一度「すぐ戻ります」と力強く宣言した。

本当に良いのだろうか。ご迷惑になるのなら別の日でも全く問題ないのですが。

ハンバーガーくらい、いくらでも作れる。バスケットの中で大人しくしているガルラ様は、マル君に出会えれば満足してもらえるだろうし。

「あの――」

「ライフォード、この件は私が行こう」

すると、入り口付近で事の成り行きを見守っていたダリウス王子が、さらりと割り込んできた。

普段ならば絶対に提案しないことなのか、ライフォードさんの目が驚きに見開かれる。

「お前にはリィンを案内するという役目がある。大方、どこかの馬鹿みたくなんらかの魔法を駆使しているだけだろう？　不審者の出迎えくらい、私で十分だ。あの馬鹿の相手をするのに比べれば、何倍もマシだ」

馬鹿馬鹿と連呼しているが、あれきっとハロルドさんのことだ。

王子ってばどれだけハロルドさんに辛酸《しんさん》を嘗《な》めさせられたのかしら。同情を禁じ得ない。

でも、白の聖女の護衛をしているといっても彼は王子。危険な場所へ率先して出ていっても良いのだろうか。

「なんだよその眼、僕では力不足だとでも言いたいのか？　ふん。言っておくけど、僕だって王子としての矜持《きょうじ》がある。ライフォードやジークフリードまでとはいかないが、相応に訓練は積んでいるから大丈夫だ」

リィン、と私の偽名を高らかに叫んで、ビシッと指を差してくる。

「後で門にいる衛兵に尋ねると良い。ダリウス王子は立派に務めを果たされましたと返ってくるはずだ！　良いか、ちゃんと聞くんだぞ！」

王子はそう言うと、部屋に飛び込んできた男性の手を引いて出ていってしまった。

でも王子、その状況で「立派に務めを果たされました」はちょっと縁起が悪すぎます。普通「見事な手腕」とか「冷静な対応」とかでしょう。

殉職フラグを立てないでほしい。心配になるじゃない。

「大丈夫なのでしょうか……？」

「凄くやる気を出されているようですね。ええ、まぁ、喜ばしいことなのでしょうが、貴女の懸念《けねん》も分かります。念のためうちの副官を向かわせましょう。少々お待ちくださいね」

ライフォードさんは右腕の袖をまくると、腕に付けたブレスレットのようなものをくいと指で摘まんだ。中心には翡翠《ひすい》色の石が取り付けてある。

金色の鎖が彼の白い腕と石とをぐるぐるに縛り付けており、アクセサリーの類《たぐい》ではないと一発で分かった。ライフォードさんの趣味ではなさそうだもの。

恐らくは魔石。

彼の言葉からして、言葉を伝達する系統のものだろう。

ハロルドさんから聞いたことがある。伝達系の魔石はものすごく貴重で、とても高価らしい。しかし、距離が離れすぎていると途切れ途切れにしか伝わらないので、便利だけれど手放しで絶賛できる代物《しろもの》ではないとかなんとか。

近距離用のトランシーバーに近いのかな。

まぁ、ハロルドさんなら転移魔法があるものね。そっちの方が便利なはずだ。

ライフォードさんは、ブレスレットについている石に向かって何か指示を出すと、「お待たせしました」と軽く頭を下げた。

「我が団の副官を向かわせましたので、ご安心ください。彼はとても優秀ですので。王子はまぁ、私の予想が正しければ立派な勤めとはいかないでしょうが……。久しぶりに、怒鳴って走り回るのもよろしいでしょう」

「怒鳴って走り回る？　なんの話です？」

「ハロルドの前職を知っていますか？」

私は首を振って、「でも、王宮に勤めていたとは聞いています」と言った。

「……はぁ、いつまで隠し通すつもりなのか。いえ、話がそれましたね。実は王子とハロルドはとても仲が良くて、それはもう、毎日のように王子の怒号が飛び交いハロルドの逃走劇が繰り広げられていたくらいなのですよ」

それは仲が良いと言うのでしょうか。

どうやらライフォードさんにとって、彼ら二人のどたばたは、一種の見世物として映っていたようだ。ダリウス王子も苦労しているんですね。

もっとも、ライフォードさんは極度のブラコン。

ジークフリードさんを敵視しているダリウス王子を助ける気などさらさらなさそうだけれど。

「ハロルド・ヒューイットォオオ!!」と叫ぶ王子の近くで「今日も平和ですねぇ」なんて呑気に紅

茶をすっている彼の図がありありと浮かんできて、私は苦笑した。

「でも、どうしてハロルドさんの話なんですか？」

「さぁ、どうしてだと思いますか？」

質問を質問で返されてしまった。意地悪な人だ。

私は今までの話の流れを思い返し──そして「あ」と声を出した。

黒髪黒目の異形の者と、緑髪のぐったりしている男性。よくよく考えてみれば、あの二人に特徴がピッタリと合致するではないか。

「マル君とハロルドさん！」

「ご明察。そろそろこちらに戻ってくる頃合いですから、恐らく間違いないでしょう。さすがですね、リン。貴女《あなた》のその聡明なところ、好きですよ」

左手を胸に置き、右手を差し出された。

金色のふわふわした髪が揺れ、コバルトブルーの瞳が鮮やかに私を捉える。

本当に綺麗な顔をしている人だ。心に決めた推しがいる私ですらドキリとしてしまうのだから、まったく罪作りなお兄さんである。

「では、我々は聖女様の元へ参りましょうか」


梓さんの部屋は、城内の上層階にあった。

他のフロアと違い、白を基調とした荘厳で澄んだ雰囲気のするこの階は、なるほど、聖女様が住むにふさわしい場所だと感じた。レストランテ・ハロルドとは大違いである。

私の持っている通行証では城の中までは入れないので、ライフォードさんが傍にいて、やっと梓さんの元へ行けるらしい。

ダリウス王子は城門の方に行っている。

恐らく、城内で鉢合わせることはないだろうと踏んで、幻術の魔法を解く。

ライフォードさんでも私だと見抜けなかったのだ。このままの姿で梓さんの元に行っては混乱させてしまうかもしれない。

元に戻った私にライフォードさんはふわりと微笑んで「ああ、やはりこちらの方が落ち着きますね。先程のお姿も素敵でしたけれど」と、含みなく言ってのけた。

ええい。ジークフリードさんといい、ライフォードさんといい、オーギュスト公爵家の御教育は素晴らしい。心臓がいくつあっても足りないわ。

「聖女よ、御客人をお連れいたしました」

ライフォードさんが扉をノックすると、ドアが少しだけ開き、周囲をうかがうように梓さんが顔を出す。

「ちょっと何よ、お客さんなんて聞いてな――凛さん⁉」

「レストランテ・ハロルド出張デリバリーです！　なんちゃって」

「凛さん凛さん！　わざわざ来てくれたの？　嬉しいわ！　どうぞ中へ！　……中？　なか……ちょっと待って」

梓さんは目を細めて首を後ろに捻ると、ややあって静かに部屋の外へ出た。ぱたりと扉を閉め、身体を――いや、全体重を扉に押し付け、にこりと笑う。

絶対部屋に入れないという、確固たる意志を感じた。

急に押しかける形になってしまったのだ。色々あるのだろう。片付けとか、片付けとか。

「折角ですから外の空気を吸いながらの方が良いでしょう。団長さん、あの部屋を用意しておいてください。ほら、白の聖女が良く使っていた部屋があるでしょう？　簡易なテーブルと椅子が常備されているから、準備の手間が省けます」

ほら行った行った、と手をひらひらと振る。

対するライフォードさんは怪訝《けげん》な表情を隠しもしないで、ため息を一つ零した。

「聖女よ、普段から整理整頓をしておかないからこうなるのです。女中の世話はいらないという貴女の意見を汲《く》んで、立ち入りは許可していないというのに」

「あーあーあーあー！　聞こえませんっ！　ってか、あんたはあたしの母親か！」

「だれが母親ですか。騎士団長の権限をもって今すぐそちらへ踏み込みますよ」

「ちょ、凛さんもいるのに冗談じゃないわよ！　乙女《おとめ》の部屋に立ち入る権利は、いくら騎士団長様でもないはずよ！」

「不審者騒ぎがあったばかりなので、理由などいくらでもでっち上げられます」

爽《さわ》やかな王子様フェイスを張り付け「聖女様の護衛として、ね？」と微笑めば、さすがの梓さんも観念したのか「……以後、気を付けます」としぶしぶ頷いた。

「分かればよろしい。それでは、私は一足先に準備をしに行ってまいります。お二人はゆっくりと向かってください」

胸に手を置き、一礼してから去っていく。

ライフォードさんは自分にも他人にも厳しい人だ。

ダリウス王子のように聖女様に夢を見ているわけではなく、ただ純粋に皆の手本となる人物像を求めている。これはこれで大変だと思う。

ジークフリードさんの護衛の仕方は心配性というか少し過保護で、私は無茶をよく叱られているけれど、ライフォードさんだったら違う意味で叱られてしまいそうだ。

私も自分に甘いところがあるし。

梓さんファイト。

でも、この二人。聖女様と護衛という立場だけれど、お互い相手に対して気を置かない関係を作り上げていて、見ていてちょっと微笑ましい。

「すみません。私が急に来てしまったから」

「いいのいいの！　気にしないで。実際、団長さんの言ってること間違ってないし。油断してたあたしが悪いんだから！　そんなことより――」

梓さんは私が持っているバスケットを指差すと、嬉しそうに笑った。

「王宮なんて、凛さんにとっては嫌な思い出しかないでしょう？　それなのにわざわざ来てくれたんだもの、とっても嬉しいわ！　それ、新メニューか何か？」

「実は、梓さんに食べてもらいたくて、ここまで押しかけてしまいました」

「あたしに？」

はい、と頷けば、梓さんは目を輝かせて「凛さん大好き！」と私に抱きついてきた。

まだ中身を見せていないのにここまで喜ばれるなんて。

バスケットの中に入っているハンバーガーのことを考え、私は悪戯《いたずら》を仕掛けた子供のように、にやりと笑ってしまった。


「今日は天気が良くて、心地がいいですね！」

梓さんが指定した場所は、バルコニーが付いた見晴らしの良い部屋だった。

広大な王宮の敷地を一望できるらしく、私は思わず手すりに飛びつく。

太陽の光が一身に降り注ぎ、少し冷たくなった風が頬を撫でる。

私たちが到着した時には、既に机と椅子がセッティングされており、ライフォードさんがどうぞと椅子を引いてくれた。

梓さんは慣れた様子でその椅子に腰かけたが、私はバスケットだけ机に置き、もう少しだけ立って外を眺めることにした。

「でも、別に特別景色が良いわけでもない。何が良くてこんなとこに入り浸っていたのかしらね、あの子」

白の聖女、有栖ちゃんのことだろう。梓さんの言う通り、ここは確かに王宮を一望できるが、近場が中庭になっているわけでも、城下町が見下ろせるわけでもなかった。

景色を見るだけなら、もっと良い部屋があるのだろう。ただ――、彼女の思惑は、なんとなくだけど分かる気がした。

「うーん、多分ですけど、目当てはあそこじゃないでしょうか？」

この部屋から一直線上にある、あの場所。周囲が分厚い壁に囲まれた、屋根も何もない、ただ土

が盛ってあるあの場所こそ、彼女の目当てだと思った
見た目はローマにあるコロッセオに近い建物だ。ちょっと壁は低いけれど。

その中で、小指大ほどの人々が切磋琢磨《せっさたくま》に剣技を磨いている。

私は、周囲に指示を出しながら、斬りかかってくる部下たちをサクサクねじ伏せていくジークフリードさんの姿を発見し、身体を乗り出した。

「第三騎士団の方たちですよね。今訓練されているのって。ジークフリードさんがいらっしゃいますし」

「え？　どこどこ？　あー、あの小指くらいの大きさの……どれがジークフリードさん？」

私の隣にやってきた梓さんが、目を細めて凝視する。

白の聖女様と出会ったとき、いたくジークフリードさんを気に入っている様子だった。

少しでも長く推しの姿を見ていたい、という気持ちは少なからず分かる。彼女はきっと、ここからジークフリードさんを眺めていたのだろう。

「真ん中あたりの――あ、今、さっくり三人を無力化しました。うわぁ、すごいなぁ」

「いや、あの小ささでどうして分かるの⁉　凛さんの方が凄いわよ！」

「目はそこそこ良いんです！」

ふふん、と腰に手をやれば「そういう意味じゃないんだけど」と、ため息を漏らされた。

でも、ジークフリードさんは騎士服もそうだけれど、目立つ髪色をしているので、すぐに分かると思う。そりゃあもう、コンマ一秒レベルで見つけやすい。

「赤髪は珍しいですし、基本、城内で見かけるとすればジークフリードだけでしょう。ああ、あの

真ん中の。なるほど、白の聖女はこれが目当てで」

「あんたもか！　なんなの、見つけられないあたしの方がおかしいっていうの⁉」

梓さんとは逆側。ライフォードさんも私の隣に立つと、「さすがジークフリード。良い動きです」と満足そうに頷いた。ブラコンは健在のようだ。

「まぁ、さすがにジークフリードがこちらに気付くことはないでしょう。離れていますし」

「でも、こちらを向いているような。気のせいでしょうか？」

訓練がひと段落ついたのか、ジークフリードさんは髪を掻き上げると、何かを探すように首を左右に振り、ふと空を見上げる。

なんとなく、目があったような気がした。

ドキリ、と心臓が跳ねる。

「て、手を振ってみますね！　ジークフリードさん、お疲れ様でーす！」

私は誤魔化《ごまか》すように右手を挙げた。

私の髪色は特別珍しいものではない。見えたとしても、誰かまでの認識は出来ないだろう。せいぜい人がいる、程度。

そもそも、顔を見上げたからといって、私たちの方を向いているとは限らない。

だから気付いてくれたら良いな、くらいの気持ちで、ぶんぶんと振る。

――しかし。

ジークフリードさんは、少し驚いたようにぴくりと肩を跳ねさせた後、剣を持っていない方の手
――左手で大きく振り返してくれた。気付いてくれたんだ。

嬉しさできゅうと胸が締め付けられる。

「うっそ、振り返してるわ」

「え？　あぁ、本当ですね。白の聖女だと思って――いたらあんな大振りはしないでしょうし。あれは確実にリンだと分かって手を振り返していますね。……どうして気付いたんだ？」

梓さんとライフォードさんが、不思議そうに私とジークフリードさんを交互に見る。

私は自信満々に「きっとあれですよ！」と人差し指を一本立てた。

「ジークフリードさんは歩き方や身体の動かし方、話す時のクセなんかで私だと分かるそうですし。今回の場合、手の振り方が私だったのかもしれません。護衛ってすごく対象を観察する仕事なんですね！」

「は？　いや、えっと、何？　手の振り……え？」

「……ジーク」

梓さんが眉間に皺を寄せてライフォードさんのマントを引っ張れば、ライフォードさんも梓さんの手を引いて、私から少し距離を取った。

「ね、ねぇ、護衛ってそこまで把握してるものなの？」

「いえ、普通できませんよ。さすがに。……ですが、その、言わないでやってください。きっと自覚なしですよ」

「いや、でも。ねぇ？」

「兄として、凝視注意とだけは言っておきます……」

彼らはもう一度私の顔を見ると、二人揃ってため息をついた。なんなんだろう。

訓練を終えた第三騎士団の面々がまばらに散っていくのを遠くから確認すると、私は梓さんの向かい側に腰かけた。

バスケットを手繰《たぐ》り寄せ、ちらりと中を覗く。すると中にいたフェニちゃんは、役目は終わったとばかりに、炎になって燃えるように姿を消した。

実はライフォードさんの執務室へ行く途中、『同期をしながらはしゃぎ過ぎたようじゃ。妾《わらわ》はしばらく休む』と言って、ガルラ様からフェニちゃんに戻ったのだ。

もちろん、マル君と合流出来たら合図をするよう頼まれている。

ガルラ様は面倒見が良い人――いや、星獣様だ。

私の寄り道に文句を言わず付き合ってくれたんだもの。

申し訳なく思うと同時に、マル君と引き合わせてあげなければ、という使命感めいたものが芽生える。待ち合わせ場所なんて決めていないが、意地でも合流しないと。

「そういえば、これから別の仕事が入っているのよね？」

梓さんが顔を上げてライフォードさんを見る。

彼女は私の真正面の席に座っており、ちょんちょんと私の前にあるバスケットを指先で突いた。

「問題ありません。ジークフリードと合流してからの仕事になりますから、今訓練を終えたばかりとなると、まだもう少しかかるでしょう」

「いつもなら出ていくくせに」

「ご冗談を。目の前にリンの作った新商品があるのです。出ていくわけがないでしょう？」

ライフォードさんの言葉に、私は顔を強張《こわば》らせた。

どうしよう。ライフォードさん用に作っておいた分、全部ダリウス王子に差し上げてしまった。あの時は雰囲気的に仕方がなかったとは言え、どうして二個も渡してしまったのか。いいえ。むしろもっと用意しておくべきだったのよ。

完全に私の準備不足だ。

コバルトブルーの瞳に、期待という名のキラキラしたものが灯っている気がして、非常に居たたまれない気持ちになる。ごめんなさい、ライフォードさん。

「あ、あの……す、少ないですけど、これ、梓さんに……」

私は恐る恐る、梓さんにバスケットを差し出す。

「んふふ、やっとご対面ね！　なにかしら！」

彼女は私から素早くバスケットを受け取ると、掛けていた布をさっと取り外した。

「これって……」

「前、梓さんが向こうの世界にいた時、主食がファストフードとか冷凍食品だとか言っていたので。馴染《なじ》みの料理かなぁって思って作ってみたんですけど……」

味の再現までは難しくて、とすまなさそうに頰を掻く。

聖女様といっても、話を聞く限り好き勝手できるわけではないみたいだ。

もしもの時は魔物の相手をしなければいけないし、力が鈍ったりしてはいけないから日々の訓練も欠かせない。この世界についての知識や、慕われる存在――皆の手本としての立ち振る舞いなども求められるはず。

梓さんは私のことを「大変」と言ったけれど、この世界に馴染んでしまえば、後は楽しく過ごせている。豪華な服装も待遇もないけれど、私にはそれでいい。それで十分。今が幸せだ。

だから私は、私なんかより梓さんの方が大変だと思っている。

レストランテ・ハロルドで比較的自由にさせてもらっている分、せめて日々頑張っている梓さんが喜んでくれるよう、好みの味を目指してみたんだけれど。

いざ手渡すとなると、少し緊張してしまう。

気に入ってもらえるかな。もらえたら嬉しいな。

「毎日お疲れ様です。少しでも梓さんの役に立てたらって考えた結果、こうなりました」

「――ッもう。私が男なら、保護者面《づら》する男ども全員蹴散らして、毎日私のご飯を作ってくださいってプロポーズしているところよ！　もー、好き！　凛さんのそういう気を回してくれるところ大好き！」

「え、あ、私も梓さんが好きですよ。友人として！」

保護者面する男ども、の辺りでライフォードさんが耐え切れないとばかりに、くつくつと笑い出した。そして、「聖女様の豪胆さと潔《いさぎよ》さ、誰かさんにも見習ってほしいですね」と、呆れたように呟く。

彼の言う誰かさんに心当たりはあったが、梓さんを見習って先程のような冗談を言うようになってしまったら、確実に私の心臓が保たない。

もっとも、大和撫子《やまとなでしこ》系美人に言われるのも、なかなか込み上がってくるものがあったんだけれど。

照れくささとかそういう方向で。

梓さんはバスケットをぎゅっと抱きしめた後、脆《もろ》いガラス細工にでも触れるように、中からゆっくりとハンバーガーを取りだした。

慣れた手つきで巻かれた紙を剥ぎ取り、大きく口を開けてかぶりつく。

ライフォードさんが「聖女様」と言いかけるが、私は片手で彼の言葉を制し、人差し指を唇に当てて「そういう食べ物なんです。すみませんが、大目に見てください」と、お願いした。

「……そうですね。息抜き、か。たまにはいいのかもしれません。いつも気を張っているのは、疲れますからね」

何か思うところがあるのか、今回は大人しく引き下がってくれた。

一日中気を張っているのはライフォードさんも一緒。

もしかすると、梓さんの苦労を一番理解できるのは、彼自身なのかもしれない。

「んーッ！　生き返るわぁ！」

正面を向くと、頬一杯にハンバーガーを詰め込んだ梓さんが、とろとろに蕩けてしまいそうなくらい幸せな表情で、一口一口嚙みしめているところだった。

目を閉じ、視覚を遮断して、味覚に全力を注いでいる。

普段は美人で頼りになるお姉さんなのに、今日ばかりは子リスのような、好物を目の前にした子供のような、幼い顔になっていた。何だか可愛《かわい》い。

梓さんは唇の端についたタレを親指で拭うと、バスケットの中に入れておいたナプキンを取り出し「借りるわね」と言って拭きとった。

さすがにダリウス王子みたく、豪快に舐め取るとかはしないみたいだ。

「レタスのシャキシャキ感に、お肉のジューシーさ！　そしてマヨネーズと甘辛ダレが絶妙に絡み合って、最高に美味《おい》しいわ！　それにこのパン。どうしたの？　このために開発しましたってくらい、マッチしているわ！」

「さすがです、梓さん。美白ジュースのお店、覚えていますか？　あのお店、今はパンも焼いているんですよ。作っている方はまだ見習いなんですが、とっても美味しくて！　ハンバーガーはそことうちとのコラボレーションメニューなんです！」

「え、あの店と？　いやいや、どうやって関係修復を――って凛さんには野暮な質問ね。この人タラシさんめ。えい」

ぺちん、と額を指ではじかれる。

「痛いです、梓さん」

「ふふ。ちょっとくらい良いじゃない？」

悪戯《いたずら》っぽく笑う梓さん。

すると、涼やかな声で「リン」とライフォードさんが私を呼んだ。

――これはもしかして。もしかしなくとも、「私の分は？」ということですよね。

「ンンっ……、と、ところで。貴女《あなた》のことですから、きっとご準備があると思っていたのですが」

「す、すみません！　それがその……」

誤魔化しても仕方がない。

私は念のためライフォードさんの分は用意していたこと。しかし成り行きで全て別の人に渡してしまったことなどを話した。

「ぜんぶ、べつのかた？」

ライフォードさんは生気の抜けた声でぽつりと呟いた後、その場に崩れ落ちた。部下の皆さんが尊敬し、恐れる、完璧な第一騎士団長様の面影が消し飛んでいる。

罪悪感が凄まじい。

味見として食べた一個を残しておけば――いいや、味を確認していないものを他人に出せるわけがないし。やっぱり、もしもを想定して多めに作っておくべきだったのだ。

後悔しても後の祭り。

この世の終わり、みたいな顔でため息をつくライフォードさんには、また明日にでもデリバリーで送るとしよう。

「ほほほ！　あんたの部下にも見せてあげたいわね、その顔！」

「部下がいれば意地でも地を這いませんよ」

服に付いた汚れを手で払い落とし、何事もなかったように身なりを整える。

こういうところ、本当にライフォードさんらしい。先程までの落ち込みが嘘みたいだ。

「あらあら、そろそろお仕事の時間ですわよ？　騎士団長様」

「聖女様、はしたないお願いだと重々承知しておりますが――」

「一個しかないんだから一口たりともあげないわよ？」

「……せめて最後まで聞いてください」

額に手を当て、本日何度目か分からないため息を落とすライフォードさん。

そろそろお仕事の時間なのか。ならば、伝える機会は今しかないだろう。

「あの、よければ明日、デリバリーでお送りしますの――」

「本当ですね？　本当に送ってくださるのですね？」

まさかのライフォードさんが食い気味で被せてきた。

最後まで聞いてください、と言った口で最後まで聞かないとは。どれだけ必死なのか。

梓さんの為に作ったとは言え、メニューに加えないとは言っていないし、ライフォードさんが食べたいとおっしゃるなら、いくらでも作りますとも。ええ。

でも――、ふわふわとした柔らかいブロンドヘアーが揺れ、澄み切ったコバルトブルーの瞳が私の顔を映す。形の良い唇が三日月形に微笑む様を目と鼻の先で見せつけられ、私は思わず椅子を摑みながら後退った。

「近い！　顔が近いですライフォードさん！」

「おっと、失礼しました。私としたことが」

素早く距離を取り、こほん、と咳払いを零す。

「では、楽しみにしております。……本音を言うと、わざわざ貴女が運んできてくださった料理を食せる聖女様が、少し羨ましくもありますが。こんなことを言ったらジークフリードに怒られてしまいますからね」

それでは私は失礼いたします、と恭《うやうや》しくお辞儀をして部屋を去っていくライフォードさん。

確かに明日はレストランテ・ハロルドの営業日だし、王宮まで足を運んでいる時間はない。そういった意味で、ジークフリードさんが怒ると言ったのかな。

「ジークフリードさんって、私の仕事のことも考えてくださっているんですね」

「あ、今のそう捉えるの？　捉えちゃうの？　ニブチンとニブチンだと、見てるこっちの方がモダモダしちゃうものなのね！」

「ニブチン？」

「いいの。気にしないで。こういうのは当人たちの自由意思に任せるって決めてるから！」

梓さんはうんうんと頷いて、ハンバーガーの続きを食べ始めた。


梓さんに直接ハンバーガーをデリバリーする、という当初の目的は達成された。

あれだけ嬉しそうに食べてもらえれば、料理番冥利《みょうり》につきるってものだ。私を無理やり王宮まで引っ張ってきてくれたガルラ様に感謝しなくては。

さて。というわけで、次のミッションに移行である。

私の寄り道にも文句を言わず付き合ってくれたガルラ様を、マル君に会わせること。

ええ。そりゃあもう、絶対に引き合わせてみせますとも。

ハロルドさんとマル君の情報を得るには、足取りを追うのが一番。――とくれば、先程まで不審者騒ぎのあった城門に行くのがベストだろう。

梓さんに別れを告げた後、私は魔石に魔力を送り込んで髪色をチェンジし、変装を完了させた。

王宮内を歩くのだ。いつ何時、王子にばったり出くわすか分からない。

用心に用心を重ねても損はないはず。

私は城門までやってくると、衛兵さんへと声をかけた。

勤務交代はしておらず、入城した時と同じ人だった。そのため、私の顔を覚えていてくれたらしい。「配達、お疲れ様でした！」と爽《さわ》やかな笑顔を向けてくれた。

小さなことだけれど、なんだか嬉しくなる。

不審者騒動は丸く収まったのか、周囲には王子の姿はもちろんのこと、ハロルドさんやマル君の姿もなかった。

「あの、先程なにか騒動があったと思うのですが。その、彼らはたぶん、私の知り合いで……どこに行ったかご存じありませんか？」

「あの方たちが、ですか？　尊大な態度で文字通り飛んできた黒髪の青年に、王子に怒鳴られていても気にせず笑っていた青年、ですよ？　本当に？」

現場で何があったのか。

尋ねるまでもなく想像ができ、私は思わず頭を下げて謝っていた。

何をやっているのか、あの二人は。

ダリウス王子はハロルドさんを苦手にしていた。不審者の出迎えくらい私で十分だ、と勢い勇んで出ていった先で、その彼と対面するなんて。とことん運の悪い子だと思う。

更に、輪をかけて自由人なマル君も傍にいたはず。

彼の苦労が偲《しの》ばれる。

「あのお二人のお知り合い……あ！　もしかして貴女がリィンさん、でしょうか」

「え？　はい。リィンは私ですが」

「ああ良かった。王子から言伝を預かっております。『この程度の騒ぎを収めるなど、私にかかれば容易《たやす》いものだ。お前は何も心配せず、安心して帰るといい。気を付けて』だそうです」

衛兵さんは「怒鳴り散らしてはいらっしゃいましたが、なぜか晴れやかで。あんな王子の顔は初めて見ました」と付け足して、くすりと笑った。

去り際に「後で門にいる衛兵に尋ねると良い」と叫ばれた記憶はあるが、まさかご丁寧に伝言を仕込んでいるとは思わなくて、私もつられて笑ってしまった。

王子は案外律儀なようだ。

「あ、今のは内密に！」

「もちろんですよ」

「ありがとうございます。では、お探しの方々の居場所、お伝えしておきましょう」

衛兵さんはにっこりと微笑んで、紙とペンを取り出した。


「しかし、灯台下暗しとはこのことよね」

衛兵さんに教えてもらった場所は、なんとライフォードさんの執務室だった。

まさかゴール手前で振り出しに戻されるとは思わなかったわ。

私は小走りになりながら目的地へと向かう。

さすがにもう迷ったりはしない。

王宮から少し離れたところに別棟があり、騎士団長室はその中に存在している。

騎士団長室。当然、第三騎士団長の部屋――つまり、ジークフリードさんの執務室もあり、私はつい部屋の前で立ち止まってしまった。

忙しい人だもの。きっと中にはいないだろう。

王宮はとても広い。遠くからでも、彼に出会えたのは運が良かった。

今度、直接デリバリーも出来ますよって伝えておこうかな。

あの人は私の様子を見るため、あえてデリバリーを使わず、わざわざ近くもないレストランテ・ハロルドまで毎回やって来てくれるのだ。

許可証を得た今、少しでも負担を減らせるのならそれに越したことはない。

私は後ろ髪をひかれる思いでその部屋の前を通り過ぎた。

ちょっとだけ中が気になったのは秘密だ。ライフォードさんとはまた違った雰囲気の執務室なのだろうか。ううむ、想像がつかない。

「ガルラ様、そろそろマル君と出会えそうです」

空中に向かって声をかけると、じんわりと溶け出すかのように炎が一つ現れ、やがて鳥の姿をとった。フェニちゃんの出現を視認した私は、バスケットを両手で持ち、前に掲げる。すると彼女は私の意図を瞬時に理解し、そこに留まってくれた。

すっかり空っぽになったバスケットは、王子にもらったリリウムブランを入れるための籠《かご》になっている。おかげで全く重くない。

『うむ。完了じゃ。ご苦労じゃったのぅ、リン』

ガルラ様と同期が完了したフェニちゃんは、さっと籠から飛び立ち、定位置である私の肩へと居場所を移した。

「ガルラ様にはお世話になりましたからね！　全力でセッティングしますとも！」

『む？　何やら知らぬうちにやる気に満ち溢れておるな！　心強いぞ、リン！』

「はい！　お任せください！　あともう少しで目的地に――」

「お、僕があげた魔石、使いこなしてるじゃん！　偉い偉い」

突如、投げかけられた言葉。

声のした方を向くと、ライフォードさんの執務室からハロルドさんとマル君がひょっこりと顔を出した。なんてタイミングが良い。

マル君は私とガルラ様を一瞥《いちべつ》したが、さして興味なさげにハロルドさんの背を押した。

邪魔だから退け、と言いたいのだろう。

肩にいるガルラ様の緊張が私にまで伝わってきて、無駄に身体が固くなる。

スマイルが欲しいなどとは言わないが、せめて愛想を。愛想をください。

「こんなところでどうしたの？　用事は終わったってライフォードから聞いたけど」

「あ、ええと、折角なので一緒に帰ろうかな、って」

「それでわざわざこんなところまで探しに来てくれたの？　ありがとう、リン。あー、でも僕たちもう少しだけ用事があるんだよね」

「俺は帰りたい……」

「用事があるんだよね！」

腹が減った、と唇を尖らせるマル君の服を、逃がすまいと握りしめるハロルドさん。

相変わらず強引な人だ。

後ろ手で扉を閉め、諦めたように「はいはい。分かったよ」と頷くマル君もマル君である。お人よしというか、ちょっとハロルドさんを甘やかしすぎでは。

ガルラ様から発せられる視線に殺気が孕《はら》んでいる気がして、私はそっと彼女の瞳を手で覆い隠した。

落ち着いてください。こんなところでボヤ騒ぎは起こしたくありません。

「でも、ライフォードさんはこれからジークフリードさんとお仕事では？」

「ライフォードとは別行動だから良いんだよ。あっちはあっちのやるべきことを。僕たちは僕たちにしかできないことを、ね。仲よしこよしじゃないんだし、一緒にいる時間なんて最低限で良いんだよ」

そういうものなのか。

なかなかにビジネスライクな関係である。

ただ、そうすると、せっかくマル君に出会えたのに、こんな一瞬でお別れなんてガルラ様に申し訳なさすぎる。

『良いのじゃ、リン。ご尊顔を拝めただけでも僥倖《ぎょうこう》というもの。妾は幸せじゃ』

私の考えを察してか、ガルラ様はとても穏やかな声色でそう言った。

顔が見られたらいい。気持ちは分かる。

私もジークフリードさんに会えるだけで満足できるもの。仕事の邪魔はしたくないし。

でも、せっかく今日一日付き合ってもらったのに——

どうしようかと考えあぐねていると、ふと視界に影が差した。

見上げると、至近距離に迫ったマル君が、私の顔を覗き込むように近づいてきた。そして唇を三日月に歪めて意地悪気な笑みを零す。

一体、何を考えているのだろう。

彼は怪訝《けげん》そうに眉をひそめる私から視線を外すと、ガルラ様に向かって手を伸ばした。

「良い子だ。帰りもリンを頼むぞ」

優しげな声。

マル君は、親指の腹で彼女をひと撫でするると、ぱっと手を離してハロルドさんの隣に戻った。

「では行くぞ、ハロルド。面倒なことはさっさと終わらせるに限る。――ああ、それから。夕飯はたんまり頼むぞ、ご主人様。それくらい、望んでも良いだろう？」

「あ、ちょっと、今その呼び方は！」

ガルラ様がいるのになんてことを。

しかし、私の心配は杞憂《きゆう》に終わった。

肩に乗ったガルラ様に視線をやると、彼女は何が起きたのか全く理解できません、といった顔で目をぱちくりさせていた。かと思いきや、身体を震わせながら『ぽ、ぽ、ぽっぽ』と鳩みたいな鳴き声を零している。

大丈夫なのかな、これ。

私はとりあえず思考を放棄して「夕食をたくさん用意して、帰りを待っていますね！　頑張ってください」と答えておいた。


これで予定していた用事はすべて終了した。

私は衛兵さんにお礼を言って王宮を後にし、城下と王宮とを繋ぐ並木道の途中で足を止める。

今は日本でいうところの秋に近い季節だ。

空を見上げると、黄味がかった葉っぱがはらはらと宙を舞っていた。私は頭に落ちてきたそれを指で摘まんだ後、ぱっと離す。すると、葉っぱは風に流れて飛んでいった。

私を王宮まで無理やり連れて――いや、王宮まで付き合ってくれたガルラ様。

彼女は『まずいのじゃ……噴火、抑えてくるのじゃ……少しだけ待っていてくれ』と満足げに呟いてフェニちゃんとの同期を切ってしまった。

普段ならここでガルラ様とはお別れなのだが、マル君が彼女に「帰りもリンを頼むぞ」と言ったおかげで、どうやら私が無事レストランテ・ハロルドに戻るまで見届けてくれるらしい。

律儀だと思う。いや、健気なのかな。

私は綺麗に整備された並木道を眺めつつ、言いつけどおり少し待つことにした。

頑張れガルラ様。

彼女が向こうに戻ったのなら、噴火なんてすぐ抑え込める。人的被害を心配する必要はないだろう。ただ、これはこれで今後の課題かもしれない。

「マル君ってば、分かっているのかいないのか」

私はフェニちゃんとガルラ様の同期について、何も話してはいない。ガルラ様に止められているからだ。しかし、マル君は魔族。それも高位の魔族らしい。

もしや気付いてからかっているのか。

それとも、純粋に愛玩鳥として可愛がっているのか。

残念ながら表情に出るタイプではないので、彼の考えはさっぱり読めない。

前者なら、もっと適度な距離感を保ってあげて欲しいのだけど。

「さて、と。することがないと暇だしね」

私はバスケットの布を取り、中からリリウムブランを取り出す。

何度見ても、オパールのように光の加減でゆらゆらと色味を変える花弁は、美しいの一言だ。

古《いにしえ》の聖女が気に入っていたとされる、このリリウムブラン。栽培方法が難しく、ダリウス王子の庭でのみ手に入れることが出来る珍しい花。

私はくるくると手元で遊ばせながら、花弁を一枚剥ぎ取った。

やはり何かで覆われているらしく、固めの手触りだ。力を入れても曲がりすらしない。これだけ見ると、花というよりは小さな宝石である。

「ではでは、ダリウス王子ありがとうございます。大事にいただきます」

花弁に向かって一礼する。

この世界の食材には、組み合わせ方や、口に入れる分量を間違えることにより、マイナス効果を引き起こしてしまうものもある。

更にマイナス効果しか存在しない食材――もはや毒かもしれない――もあるので、知らない食材を口にする時は細心の注意を払わなくてはならない。

でも、この綺麗な花にマイナス効果があるとは到底思えず、私は表面を丁寧にふき取って、食べる準備を完了させた。

いざという時は、フェニちゃんに頼んでハロルドさんを呼んできてもらえば良い。一応、マズイと思ったら王宮に引き返せる距離でもある。

大丈夫。なんとかなるはず。

私は楽観的に「いけるいける」と呟いて、花弁を口に放り込んだ。

本当はもっと慎重になるべきなのは分かっている。でも、好奇心には勝てなかったのだ。

ハロルドさんの下で働いているからかな。ちょっと性格が似てきたのかもしれない。

それはそれで、複雑な気持ちなのだが。

「ん。味は……ない？　無味無臭かな？」

舌の上で花弁をコロンと転がす。どうやら身体に害はないらしい。良かった。

舌触りとしては氷砂糖に近い気がする。

硬さも、表面の少しざらっとした感覚もそっくりだ。ただ、本当に無味無臭。

いくら花とは言え味がないのは不思議である。苦みやえぐみなど、何か刺激があってもおかしくないはずなのに。

私は奥歯でそれをぐっと噛んだ。すると、パリンと表面が割れた気がした。

「んんっ？　グミ？　違うな……アロエ？　みたいな？」

普通の花より厚めの花弁。

それに何かしらコーティングが施されている状態なのかもしれない。

硬い表面を噛み砕くと、中にはアロエともグミとも言い難い、ほどほどの弾力を感じさせる本来の花弁が現れた。

さすがに無味無臭とはいかず、味は薄めだが、さっぱりとした酸味と甘みが口の中に広がった。

おお、ちゃんと食べられる。案外、美味しいかもしれない。

ごくりと飲み込み、私は残ったリリウムブランの茎を持って、ステータス画面を表示させた。一体どんな効果があるんだろう。わくわくしながら表示された画面を確認する。

すると――。

「ど、どういうこと……？」

リリウムブラン。

古の聖女が気に入っていたくらいだ。

何かあるかもしれないと思っていたが、まさかこんな状況、誰が想像できるだろう。

「画面が二つ？　えっと。どうなってるの、これ」

そう。なぜかリリウムブランからはステータス画面が二つも表示されたのだ。

よくよく観察してみると、一つ目は花弁の真ん中あたりから出現しており、もう一方は裏面、それもコーティングを突き破った奥から出現しているらしかった。

つまり、表面のコーティングと花弁は別物、という捉え方でいいのかな。

効果の方もチェックしてみる。

コーティングの方には『魔力のみ回復、大』とあった。

なぜ魔力だけなのか。使い道が分からない。

この世界の魔力は、体力と連動しているはず。体力を回復すれば魔力も回復するので、普通に薬や料理を身体に取り込んで両方同時に回復するほうが遥かに有意義だ。

「うーん、確かに見たことのない効果だったけど……」

仕方がない。気を取り直そう。

次は花弁だ。花弁はまた別の効果があるはず。

手首をくるっと捻って裏から出ているステータス画面を見る。

そこには『聖魔法効果増幅、大』と書かれていた。

「これって凄い効果なんじゃ……！」

聖魔法とは、聖女のみが使える特殊な魔法属性だ。

なるほど。古の聖女様が気に入っていた理由の一端が、この効果にあるのかもしれない。

長年の月日によって、この効果が記録から消えてしまったのなら、知られていないのにも頷ける。

私は興奮から、つい顔がほころんでしまった。

聖魔法のみなら、うちの食堂で扱うには難しい。

そもそも形状からして加工に適していないし。食材利用より薬の側面の方が強いのかも。

けれど、ライフォードさんやダリウス王子は聖女様の護衛。梓さんは聖女様。彼らにそれとなく伝えたら、いざという時の対応に役立ててもらえるかもしれない。

「問題は数、よね」

この花は貴重で、ダリウス王子の庭にしか生えていない。

使用するならば彼との交渉が必須となってくるが、大量に確保は不可能である。

今回は運よく譲ってもらえたが、リリウムブランは彼が大事に育てている花だ。あの愛情が込められた庭を荒らしたくない、という気持ちもある。

パーセンテージの表記もなく、食べれば効果を発揮するタイプのようなので、きっと役には立つと思うんだけれど。これぱかりはどうしようもない。

「ん？　なにかしら、これ」

私はそこでふと、効果欄の最後尾に、ビックリマークのような模様が赤く点滅していることに気付いた。これはナチュラルビーの蜜に魔力を通すと効果時間が伸びる、という情報を見つけた時と一緒だ。

私は期待に胸を膨らませ、それをタッチしてみる。

「えっと、ん？　効果はコーティングを元にされる？　どういう意味？」

コーティングは魔力回復。聖魔法とは全く関係のないものだ。

まさかとは思うが。

コーティングに聖魔法系統の効果がついていないと意味がない、とかではないわよね。これ。

書き方からして、花弁の効果はコーティングに作用し、コーティングの効果が人に作用する、という風に読み取れるのだけれど。

雲行きが怪しくなってきたぞ。

このちぐはぐさ。武器を研磨したらランダムで効果が付与されるタイプのゲームでたとえるなら、魔力数ゼロの剣士が扱う武器に、魔法威力増大がついたようなもの。

組み合わせる意味がない。

「……とりあえず、店に飾ろうかな」

後でハロルドさんにも相談してみるが、あまり期待はできないだろう。

私はリリウムブランを観賞用の花だと割り切って考えることにした。

花は本来、飾って目の保養に使うものだしね。その点、オパールのような花弁はとても綺麗で、これ以上なく目の保養となる。

『ふぅ。待たせたのぅ、リン』

ふいに暖かな風が吹き、フェニちゃんと同期を完了させたガルラ様が、私の周りを優雅に飛び回る。

「あ。お疲れ様です、ガルラ様。山の方は大丈夫でしたか？」

『誰に向かって言うておる。万事つつがなく収めてきたぞ。お主こそ、何もなかったじゃろうな？』

もちろんです、と頷けば、彼女は安心したように私の肩に止まった。

『待つ間、暇だったじゃろう？　すまぬな』

「いえいえ。この花の効果を調べていたんで大丈夫ですよ」

『効果とな？　確か、あの庭に生えていた花じゃろう？』

「はい。不思議な食感でしたけど、常用は難しそうで――」

『ははは、なんじゃそれは。まるで食べたような言い方じゃなぁ！』

食べたようなではなく、食べたんです。

私はぐっと親指を突き出して「外は無味無臭でしたけど、中は案外美味しかったです！」と胸を張って言った。

『むみ……？　おいし……？　なんじゃて？』

ガルラ様は最初、私の言葉がすんなり頭に入ってこなかったのか、不思議そうに首を左右に振っていた。しかし、ようやく内容を呑み込めた途端、バサバサと羽を広げて私の頬を叩いた。

ふわふわの羽毛なので、痛くなかったけれど。

むしろくすぐったい。

『んもぉおおお！　何かあったらどうするのじゃこの馬鹿者ぉおお！　妾、マルコシアス様に顔向けできぬではないか！　というか、というか！　身体は大丈夫なのじゃなろうな⁉　元気か？　気分は悪くないか⁉』

「あははは！　くすぐったいですガルラ様！」

『リーンー！』

こうやって無茶をして誰かに怒られると、ついついジークフリードさんの顔が脳裏によぎってしまう。ちょっと怖い顔だ。

食材探しといってマーナガルムの森へ行った時も、良く怒られたっけ。

ステータスの能力は口にしないと効果が分からない、という欠点がある。なので、ある程度の無茶には目をつぶってほしいのだけれど。私だって良い大人だし。

ジークフリードさんといい、ガルラ様といい、炎の素養を持つ人たちは、なんだかんだ過保護である。もっとも、心配してくれる気持ちは伝わってくるので、嫌だとは全く思わない。

私は「身体に問題はありません。ありがとうございます」と言ってはにかんだ。

気がつけば並木道はとうに過ぎ去り、私は城下の入り口辺りに立っていた。

不思議だ。今日はいつもより行き交う人々の数が多い気がする。

いや、違うか。人通りが多いのではなく、ある一点に人が集まっているのだ。

ライフォードさんが城下を訪れている時と似ている。

違う点があるとすれば、集まっている人々の大半は男性やご年配の方々だということだろう。もちろん、若い女性もいるにはいるのだが、圧倒的に数が少なかった。

誰か有名人でも来ているのかな。

『騒がしいのぅ。人間どもは毎日このような馬鹿騒ぎをしておるのか？』

「城下町なんで確かに人は多いですけど、今日は特に多いですね。巻き込まれないよう、少し迂回《うかい》してから帰りましょ――わわっ！」

突如、背中に強い衝撃が走る。

いきなりのことだったので、突き飛ばされたと気づくまで少し時間がかかった。

私の身体はバランスを崩し、ぐらりと前方に倒れる。

『リンッ！』

ガルラ様が叫ぶが、もうどうすることも出来ない。

地面が近づいてくる。せめてリリウムブランだけでも守り切らなければ。

私はバスケットをぎゅっと抱きかかえ目をつぶる。そして、いずれくる痛みに備えた。

「……ッ、……ん？　あれ？」

けれど、私におとずれたのは痛みではなく、力強い弾力感だった。たとえるならトランポリンのような、ビニールボールのような、衝撃を和《やわ》らげてくれるものの上に倒れた感覚。

「わふぅ」

聞きなれた鳴き声に、恐る恐る目を開ける。

私は真っ黒な球体の上に倒れていた。表面は粘着性のないさらさらとした触り心地で、力を込めればぽよんと押し返される。

これは一体なんだろう。生き物ではないみたいだけれど。

ふいに横を見ると、球体の隣には子犬がちょこんと座っていた。

「く、クロ君？」

「わふんっ」

小さな尻尾《しっぽ》を元気よく左右に振り、褒めてくれと言わんばかりに頭を突き出してくる。

クロ君は影を使って立体物を作る、という能力を持っていたはず。

つまりこの球体は影で、私は彼に助けられたのか。

小さいながら優秀な子である。でも、レストランテ・ハロルドでお留守番をしてくれているはずのクロ君が、どうしてこの場にいるのだろう。

「もしかして、クロ君もフェニちゃんと同じように身体を透過させて店から出られる？」

「わふふん！」

恐らく、肯定の意味だろう。

さすが小さくてもマル君の分身。壁抜けくらい朝飯前なのね。

クロ君を抱き上げると同時に、黒い球体は姿を消した。やはり、あれはクロ君の能力だったらしい。よしよしと頭を撫でると、彼は目をとろんと細めた。

本当に可愛い。癒されるなぁ。良い子良い子。

倒れるほどの力でぶつかられ、謝罪もなく去っていった相手に内心イラッときていたが、この顔を見ると心のささくれが消え、優しい気持ちが湧いてくるのだから凄い。

「ありがとう、クロ君。もしかして、心配して見に来てくれたの？」

彼は大きくて丸い、赤い瞳を申し訳なさそうに逸らした。

あれ。おかしい。クロ君の瞳は黒だったはず。なぜ赤色なんだろう。

これではまるで、マル君に見つめられているような――。

まさかとは思うが。

クロ君はマル君の分身。ガルラ様とフェニちゃん同様、完全同期とまではいかずとも、視界を共有する方法くらいあるのかもしれない。

だから瞳がマル君と同じになっている、とか。

「もしかしてクロ君、最初から私について……」

「お、おい！　これあんたの鳥か？　いててっ、どうにかしてくれ！」

クロ君を抱きながら立ち上がると、前方から声をかけられた。

身体的特徴から察するに、先程私にぶつかってそのまま去っていこうとした男性らしい。残念ながら、謝罪に戻ってきたわけではなさそうだ。

『お主がぶつかったのが悪いんじゃろう！　謝りもせず逃げおおせるなど、ゆめゆめ思わぬことじゃ！』

男性の頭上にはガルラ様の姿。

くるくると旋回しながら、適度にくちばしで彼の頭を突《つつ》いていた。

ガルラ様は、私を無事店まで届けてくれとマル君にお願いされている。最後の最後で起きてしまった事故に、許せない気持ちが前面に出てしまっているようだ。

今回は運よく怪我はなかったものの、他の人だったら無傷とはいかなかったはず。

反省するまで、突かれていれば良いのでは。

少しだけそう思ったが、ガルラ様に危害が及んでもいけない。ああいう手合いは、暴力に訴える危険性もある。それに、うっかりガルラ様が手加減を誤って怪我をされても困るし。

私は彼女を呼び寄せ、クロ君のおかげで事なきを得たと説明する。

ガルラ様は『お主、なんて優秀な子なのじゃ！　さすがはマルコシアス様の分身！』と、私以上にクロ君を褒めそやしていた。

クロ君もまんざらではなさそうで、「わふんっ」と胸を張るような仕草をしてみせる。

どうやら彼、褒めてもらえるのがとても好きみたいだ。

「すみません。怪我はありませんか？」

「ないけど……ったく、ボーっと立っているから悪いんだろうが。こっちは今忙しいってのに」

「通路を妨害していたのも謝ります。すみませんでした。しかし、この辺りは視界も開けています。なぜわざわざぶつかってきたのです？」

真後ろからぶつかっておいて、こちらに全ての責任があるような言い方はさすがに腹が立つ。

いつもより人が多いとは言え、それは少し離れた場所に固まっているからだ。ここは比較的視界を遮るものは少なく、私は道の真ん中に立っていたわけではない。

わざとぶつかった、と言われても不思議ではない状況だ。

私が言い返すとは思わなかったのか。男は一瞬たじろいだものの、ふん、と鼻を鳴らした。

あくまで自分の非は認められない、といった態度だ。

――なんなのこの人。謝ったら死ぬ病気にでもかかっているの？

「あんたみたいなどこにでもいるような女、目に入るわけないだろう？　あのお方が珍しく城下を訪れてくださっているんだ。今こんなことに時間を取られるわけには――」

「あら、揉め事ですか？」

ふと、会話に割り込んできた声。ふわりと真綿でくるまれたように柔らかく、この場にそぐわない、ほんわかした少女のものだった。

誰だろう。

声のした方を振り向くと、息がとまるほどの美少女がそこにはいた。

ゆるくカーブしたストロベリーブロンドの髪。優しげながら芯を持った強い瞳。伏せられた睫毛《まつげ》は白磁《はくじ》色の肌に艶《つや》やかな影を落とす。

お人形さんみたいだ。

陳腐《ちんぷ》な表現だと思うが、それ以外の言葉が見当たらない。

なんて綺麗な子なのだろう。

私たち市民と似た服装をしているものの、一目で高貴な出だと分かった。雰囲気が違う。変装が変装になっていない。

なるほど。なぜ多くの人々が集まっているのか、やっとわかった。

この美しさだ。一目でも拝みたくなる気持ちは分かる。

だからといって人にぶつかって良いとは思わないけど。

「ひっ、ひめ――あ、い、いえ、お騒がせしてしまって申し訳ございません！」

「大の大人が女性にぶつかって謝りもしないだなんて。ふふ、みっともないわ」

男性には一瞥《いちべつ》すらくれてやらず、彼の隣を通り過ぎる時にこそりと呟く。一切表情筋を動かさず、なんの感情もこもっていない声色だった。

私は近くにいたから気付いたが、そうでなければ彼女の口から発せられた言葉だと理解できなかっただろう。自分に向けて言われた言葉ではないのに、ぞくりと背筋が粟立《あわだ》った。

常日頃から人に見られることに慣れているのか。

好奇。敬愛。思慕。様々な視線が突き刺さる中、少女はそれらを歯牙《しが》にもかけず、ずんずんと私の目の前までやってきた。そしてクロ君を覗き込む。

「あら、可愛らしい子！　あなたの？」

「え？　あ、はい。……えっと」

私の、という言い方は少し語弊《ごへい》があるが、説明すると長くなる。酷く穏やかな笑みを向けられ、私は思わず頷いてしまった。

梓さんで美人な女性に耐性がついたと思っていたが、彼女とはまたタイプが違う。

仕草の一つ一つに品があり、虫も殺せなさそうなお嬢様。けれど、彼女の瞳は全てを見透かし、一気に内面まで踏み込んできそうな怖さがあった。

恐怖でもなく、高揚でもなく、心臓が跳ねる。

なんだろう、これ。初めての感覚だ。

「触ってもよろしいですか？」

「……むふぅ」

少女が伸ばした手をかわすように、クロ君が首を捻る。

「あら？　嫌われちゃいましたか？」

このプレッシャーに動じないとは。さすが親元がマル君なだけある。

それにしても、好き嫌いの激しいフェニちゃんと違い、基本誰彼かまわず愛嬌を振りまくのがクロ君なのだが。珍しい。彼にも相性というものがあったのかな。

「普段はこんなことないんですが。すみません」

「いいえ。ご主人様を守ろうとする姿勢。ええ、犬はこうでなくては。良い躾《しつけ》をしていると思います。——そうでしょう？」

ふいに少女が振り向く。

「ダンダリアン。逃がさないでね？」

「はいはい」

彼女の視線の先には一人の男性がいた。

サングラスのようなメガネを掛けた、黒髪の怪しげな風貌の人。彼は先程私にぶつかってきた男を、後ろから逃げられないよう拘束している。

ダンダリアン。聞き覚えのある名前だ。どこで耳にしたのだろう。

何か凄く思い出したくないような、心に引っかかる名前だった気がするけど。

「だんだりあん……さん……？　あ！」

舌の上で転がすように呼ぶと、記憶の糸がピンと張って繋がった。

ちょっと待って。あの人、見たことがある。

いいや。見たことがあるではなく、会ったことがあるじゃないですか。

凄く平和な気持ちで王宮を後にしたから忘れていた。

「あなっ、あなたっ！　酷い道案内をしてくれた人っ！」

「おやぁ？　ワタシとどこかでお会いしたことが？　……あ！　城で迷っていた。いやぁ、あの時はとんでもなく暇でして。ああ、それで、無事辿り着けましたか？」

いけしゃあしゃあとこの人は。

悪びれもなく言ってのける様子に、自然とため息が漏れた。

ダリウス王子が彼のことを話す時、苦々しい顔をしていた意味が、今ならとっても分かる。

ダンダリアンさんは、私が王宮に入ってすぐに出会い、騎士団長室までの道のりを尋ねた人だ。

真逆を教えられましたがね。

暇だったからってなんだ。暇だったからって。人を玩具《おもちゃ》にしないでいただきたい。

――ん？　ダンダリアンさん？

待てよ。ダリウス王子はこうも言っていた。ダンダリアンは自分の妹、ユーティティア・ランバルト専属の相談員だと。

つまり、目の前にいるこの美少女ってもしかして。

「ダリウス王子のいも――……」

「駄目ですよ？」

そっと唇に人差し指を添えられる。

「わたくし、今はお忍びで城下の探索に来ていますの」

ぱちん、と片目をつぶる仕草は悪戯《いたずら》っ子のようだった。でも、どう考えたって周囲にはバレバレだと思いますが。

市民に近い質素な服を着ていらっしゃるが、溢れ出る高貴オーラのせいで全く誤魔化《ごまか》せていない。ぶつかってきた男性も「ひめ」とか言っていたし。

暗黙の了解。改めて口にするのは無粋《ぶすい》、ということなのだろうか。

「ほらほら、あんたもいい加減一言くらい謝ったらどうです？　姫さんだって納得……ん？」

後ろで縛り付けていた男の腕を、ぐっと手前に引き寄せたダンダリアンさん。少し面倒くさそうな表情だ。

しかし、あんたもっておかしいでしょう。先程までの台詞《せりふ》のどこに謝罪があったのか。一言くらい文句を言いたい。言いたいけれど、お姫様のお気に入りらしいのでグッとこらえる。

頑張れ私。怒っては負け。怒っては負けだ。

だんだん無表情になっていく私に対して、当のダンダリアンさんは何か良いアイデアでも思い浮かんだかのように唇を弧に歪めた。

「おやおやおやぁ？　はっはーん。そういうことか。わざわざぶつかってきた。いやぁ、良い指摘だ。この男、捕まえといてくださって感謝ですかね。うちの姫さんの人気にあやかってなーにやらかそうとしてんだか」

男が羽織っていた上着を剥ぎ取り、片手でバサバサと振り回す。

何をやっているのだろう。

「よっと。ひーふーみー……ははっ、こん中にアナタのもありますか？」

男の上着から出てきたもの。それは財布や貴金属の類《たぐい》だった。

スリか窃盗《せっとう》か。はたまた両方か。

分からないが、彼の言葉によくよく目を凝らすと、見知った小さな麻袋が目に入った。

「こ、これ、私のお財布！」

『なんじゃて？』

私の肩で大人しくしていたガルラ様も、思わず声が出てしまったようだ。

特徴的な赤い口紐と、袋本体に自分のものだと分かるようイニシャルを刺繍《ししゅう》してあるので間違いない。この世界に英文字はないから、あれは確実に私のものだ。

さっと手に取って中身を確認する。良かった。減ってない。

まさか本当にわざとぶつかってきたとは。なんて男だ。『もう一発突いてやろうか！』と怒りをあらわにするガルラ様を抑え、きゅっと財布の紐を結ぶ。

今度から気を付けなければ。

「じゃ、これでさっきの悪戯はチャラってことで！」

ダンダリアンさんが人ごみに向かって手招きをすると、中から男性が一人出てきた。彼は一礼すると、ダンダリアンさんから男を引き取った。恐らく近衛兵《このえへい》の方だろう。

お忍びとは言え、遠くに護衛を忍ばせていたようだ。

「あの、ありがとうございます」

「いえいえ。半分はアナタの鳥が拘束してくれていたおかげですよ。ってなわけで、姫さん。もうそろそろ良いでしょう？　お目当ての店は閉まっていたんですから。ワタシもう疲れてしまいましたよ」

「仕方のない人ね」

姫――ユーティティア様は近衛兵の方に「事後処理は頼みましたよ。わたくしたちは先にお城へ戻ります」と言って、ふわりと髪をなびかせた。

「それでは、ごきげんよう」

優雅に去っていく二人。

私はどうすることも出来ず、ただ茫然と見送るしかなかった。


「まるで台風みたいな人たちだったな……」

「大丈夫でしたか？　ええと、レストランテ・ハロルドのリンさん、で合っていますよね？」

「え？　あ、ダンさん！」

投げかけられた声に振り向くと、そこにはダンさんの姿があった。いつもながら燕尾服《えんびふく》をきちっと着こなし、パンを詰め込んだバスケットを抱えている。

仕事の途中なのかな。

美白ジュースに続いて、新しく始めたパンも軌道に乗っているダンさんのお店。

ハロルドさんが植え付けた悪評と、私が発端である魔女の噂とが相まって、未だ細々と営業しているレストランテ・ハロルドとは大違いだ。正直ちょっと羨ましい。

私も、もっともっと頑張ろう。

「ああ、良かった。さすが魔女様。何かの魔法でしょうか？　フェニさんやクロさんが一緒にいらっしゃったから、もしやと思って」

「よく気付かれましたね。髪形と髪色を変えただけなんですが、意外と別人に見えるみたいで。ダンさんは……いえ、ダンさんもユーティティア様を見学に？」

「いいえ。私は少々用事がありまして。偶然ここを通りがかったに過ぎません」

ふいにダンさんの表情が曇る。

あまり楽しい用事ではなさそうだ。

「あ、良かったらこのパン、貰っていただけませんか？　うちの従業員に配るには少なすぎて、どうしようかと困っていたところなんです」

「わ、嬉しいです！　私、ダンさんのところのパン、大好きなんで！」

「それはそれは。嬉しいことを言ってくださいますね。彼にも伝えておきます」

彼とはダンさんの幼馴染《おさななじ》みの友人で、現在彼の店でパンを焼いている人だ。私も何度か会ったことがある。少し無愛想で感情表現が苦手な人だが、ダンさんにとても感謝していることだけは、十分すぎるほど伝わってきた。

まだそれほど時間は経っていないのか、焼き立てパンの香ばしい匂いが鼻孔《びこう》をくすぐる。とても美味《おい》しそうだ。

私はバスケットとクロ君を抱きかかえながら、ダンさんにお礼を述べた。

「でも、本当に良いんですか？　こんなにたくさん」

「ええ、渡せなかった品なので」

ダンさんは物憂げに視線を地面に落とした。

「実は、娘の友人がここのところ病に臥《ふ》せっているとかで。奥さん一人では大変かと思い、差し出がましくも何かの足しになればと持っていったのですが。どうやら、かなり深刻なようで」

家にも入れてもらえませんでした、と力なげに微笑んだ。

「旦那さんも大変な状態ですので、どうにかして力になりたかったのですが……」

「まさか、お二人ともご病気なんですか？」

旦那さんも娘さんも病気なら、奥さんの心労は計り知れないだろう。ダンさんは優しい人だ。何か力になりたい。そう考えるのは当然のように思えた。

しかし、彼は静かに首を振った。

「いえ、彼は第三騎士団の騎士で――」

一呼吸置く。

「現在、城内で拘束されているとの噂です」

＊　＊　＊　＊　＊　＊

城下でひと騒ぎがあった頃。

ハロルドとマルコシアスの二人もまた、全ての用事を終え王宮を後にしていた。

ひらひらと舞う、黄味がかった葉の中を何の感慨もなく進むハロルドに対し、彼の隣を歩くマルコシアスは、美しく整えられた並木道に目を細める。

ハロルドは一点集中型。興味のないものにはとことん反応を示さない。

季節の移ろいや自然の美しさを楽しめる心があるなんて。自分よりも人間らしいではないか、とハロルドは思った。

魔族が普段生活している場所は暗闇に支配された空間だそうだ。マルコシアスも例外ではなく、用事がない限りは裏側に引っ込んでいる。

一度、部屋を用意しようかと尋ねたことがあった。物置として利用している部屋を片付ければなんとかなる。しかし彼は頑《かたく》なに首を縦に振らなかった。人の世界――いや、人に執着を持ちたくないのかもしれない。

人間はすぐに死ぬ。

そう言った彼の表情は、失うことを知っている顔だった。案外、寂しがり屋なのかもしれない。だから、手遅れになっていないかと少しだけ心配だ。

「あー、なんか今日頑張った気がするー。ってことで褒めて。もうめちゃくちゃ褒めて」

「お前な」

両手を広げ「さぁ！」と催促してくるハロルドに、眉をひそめるマルコシアス。

「頑張った人間は褒められるべきだと思うんだよ、マル君。だから僕は積極的におねだりしていく所存さ！　無償の頑張りなんて幻想幻想。心にも栄養を与えてあげないと、摩《す》り減っちゃうしね。減った分は補給しないと！」

「ガルラ火山での頑張りはどこへ行った」

「あれはリンのためだから別。っていうか、半分は僕のためだし？　ほら、前も言ったでしょ。僕、リンに頼られるの好きなんだよね」

リンは極力人を頼ろうとしない。自分のことは自分で。

それは、ジークフリードが相手だと殊更《ことさら》強く感じられた。

彼に頼りがいがないのではない。迷惑をかけたくない、という思いの方が強いためであろう。

しかし、ハロルド相手にだけはそれが少し緩むみたいで、ハロルド自身その事実に少しだけ優越感を覚えていた。もっとも、リンからすれば普段あれだけ世話を焼いているのだから、こちらのお願いも聞いてくれ、という理由かもしれないが。

「ったく、仕方のない奴だな。ほら、頑張った頑張った。偉い偉い」

「おわっ」

頭に錘《おもり》が圧し掛かったような重圧を感じた。

直後、髪を思い切り掻きまわされる。それはあまりに乱暴な手つきだったため、撫でられているということに気付くまで、数秒を要した。

「雑ぅ。でも、ありがと。君ってなんだかんだ優しいよね」

「言ってろ」

最後とばかりに背中を力いっぱい叩かれる。痛い。

しかし、ハロルドには照れ隠しにしか感じられず、自然と笑みが漏れた。

「素直じゃないねぇ」

「うるさい。というか、頑張ったというなら俺も頑張ったと思うんだが？」

「えー、対価は既に払った気がするんだけど。何？　延長料金とか？」

「そういうことだ」

店に帰りたい、という彼の意見を無視して付き合わせてしまった分の対価か。仕方がない。

ハロルドはマルコシアスを見上げて、「分かったよ」と頷いた。

「で、君はどんな褒められ方が好きなの？」

「いや、俺は合理主義だ」

不敵に微笑んで右手を差し出してくる。

合理主義。つまり、言葉など感情に訴えかけるものより、実用重視というわけだ。隙あらば魔力の提供を求めてくるなんて。さすがは魔族様。抜け目がない。

ハロルドは彼の手を握ろうと手を伸ばすが、はたと気づいて止めた。

少し落ち着こう。現状を俯瞰《ふかん》してみると、雰囲気のある並木道を男二人が仲良く手を繋いで帰路につく――などという惨状になりかねない。

酷い。酷すぎる絵面《えづら》だ。これはない。

嫌悪から眉間に寄った皺《しわ》を片手で揉み解《ほぐ》すと、「店に帰ってからね」そう言って伸ばされたマルコシアスの手をパシンと叩《はた》いた。

「ああ。お前の魔力は馴染みが良い。期待しているぞ」

「へいへい。あくまで延長料金分だから過度な期待は厳禁だよ」

不機嫌そうに顔をしかめるハロルドとは対照に、マルコシアスは嬉しそうに破顔した。

「何？　なんか妙に機嫌がいいね」

「ああ、店に帰ったら魔力の補給も食事――というか、ご主人様の料理はむしろ心の栄養だな。その補給もできるのだろう？　楽しみで仕方がない」

「そう言えば、よくお腹空いたとかいうけど、魔族なんだから減らないよね？」

魔族の生きる糧《かて》は魔力だ。

人間と同じように料理を食べて腹を膨らませる、という構造にはなっていないはず。

「人は料理を食べたい時に腹が減ったと言うだろう？　間違った使い方ではないと思うのだが。食いたいと思ったら腹が減ったと言うし、飯が食べられないと気持ちが死にそうな時は、餓死すると言っているよ」

「なんて独特な使い方してんの、それ」

人間の常識を魔族の生態に当てはめようとして、独自の解釈から導き出した使用方法なのかもしれない。

——やっぱり人間大好きだろ、この魔族様。

「でもまぁ、僕もお腹すいたなぁ。出てくる時に貰ったあれ……はんばーがー？　だっけ？　あれ、凄く僕好みだったんだよね」

「あれか。俺もあれは好きだ」

大口を開けてがぶりと噛みつけば、まず舌にびりびりくるマヨネーズの濃厚さとタレの甘辛い刺激。その後を追ってじゅわりと広がる肉汁。まるで清涼剤のように重たさを緩和させるレタスの存在。思い出しただけで、口の中に唾液が溢れてくる。

何より、片手間に食べられるのが良い。

ファストフードだったか。

リンが、時間をかけずに作れる料理なんですよ、と言っていたのを思い出す。

「基本的にはパンに挟むだけだし、具材を変えれば色んなバリエーションが出来そうだよね。トマトソースにかえてみるのも良いし、中をハンバーグじゃない別の……例えば鳥を炭火で炙《あぶ》ったのとか、美味《おい》しそうじゃない？　効果値を考えなきゃいけないから、分量とかはリンと相談なんだけど」

「それは夢が広がるな！」

マルコシアスも乗り気らしく、いつもより語尾を強めて賛同してきた。

美味しそう。

ハロルドは自分の口から出た言葉に、ふっと笑みを零す。

味なんてどうでも良い。効果が大事だ――なんて言っていたリンに出会う前の自分が、今の言葉を聞いたらどう思うだろう。

ハロルドは感じていた。彼女に会ってから自分は変わった、と。

それは嫌なものではなく、むしろ心地よい変化であった。

「店としてもメニューが増えるのは良いことだしね」

「ああ、あいつらか」

ジークフリードの部下、第三騎士団の面々が店にやって来てからというもの、騎士団員の来店も増えてきていた。

特にヤンを筆頭とする市民出の騎士たちは、「やったぞ昼休憩だ！」と言わんばかりの勢いで来店し、急ぎつつも味わって料理を食らっていく。

ハンバーガーをメニューに加えたら、彼らにとっても益になるだろう。

レストランテ・ハロルドの繁盛を願って、店長であるハロルド以上に取り組んでくれているのがリンだ。彼女のためにも、もう少し店長らしいことをしてあげたい。

「っと」

ハロルドはふいに顔を上げ――しかし、前方から来た人物に気付いて、すっと道端に身体を避ける。そして、胸に手を置き小さく頭を下げた。

さらりと流れるストロベリーブロンドが通り過ぎるのを確認した後、ようやく顔を上げる。

ああ、身体に染みついた癖とは恐ろしいものだ。

「今のは？」

「ユーティティア・ランバルト王女だよ。あの恰好ってことはお忍び中だし、普通に通り過ぎろとか思われていたかもしれないなぁ」

ユーティティアはダリウスと違い、あまり冗談が通じるタイプではない。

さすがのハロルドとて、彼女の前では猫を被って大人しくしていた。ゆえの癖だ。

出来る限り騎士団長らしく振る舞い、時が過ぎるのを待つ。

しかし、マルコシアスが気になったのは、彼女ではなかったらしい。

「王女の従者、か」

「ん？　ダンダリアンの方？　僕以上に面倒くさい性格してると思うよ、あれ」

ユーティティアに引っ付いている以上、必要最低限しか接触したことはないが、あれはあれで苦手なタイプであった。同族嫌悪に近いかもしれない。

人をからかうのが好きなハロルドではあったが、ダンダリアンのやり方はハロルド的ポリシーに反するのだ。

ハロルドは甘える相手を選んでいる。誰彼かまわず場を引っ掻き回すなどナンセンスだ。

「何？　何か気になることでもあったの？」

ハロルドの問いに、マルコシアスは少し考えるようなそぶりを見せたが、ややあって、首を横に振った。

「いや、良い。なんでもないさ。今はな。……ただ、余っているなら出来る限りくれ」

差し出される手。

ハロルドは「だから、店に帰ってからって言ってるだろ！」と、再度彼の手をパシンと叩いた。

＊　＊　＊　＊　＊　＊　＊

そろそろ頃合いだろう。

ライフォードは執務机から立ち上がり、椅子に掛けてあったマントを羽織る。丁度《ちょうど》その時、扉がノックされ「失礼する」という言葉と共にジークフリードが入ってきた。

彼は部屋をぐるりと見回してから、ライフォードの傍まで足を進める。彼にとってこの執務室は別段珍しい場所ではない。

では、なぜわざわざ部屋の中を確認したのか。答えは一つだ。

「リンはもう帰ったはずだぞ？」

「――ッ、いや、俺は」

びくりと肩を震わせ、視線をさまよわせるジークフリード。

分かりやすい男だ。くすりと笑みが漏れる。

いや、やっと素の表情を出せるようになってきたのか。

「お前のそんな顔が見られるなんてな。リンには後でお礼をしなければ」

「嫌みか」

「いいや？　純粋な感謝だよ」

「――お前は。まったく、仕方がないだろう。リン自ら王宮に足を踏み入れてくれたことに驚いたんだ。彼女にとってここは嫌な思い出しかないというのに。ハロルドから入城許可証が欲しいと言われた時は意外に思ったが、これを意図していたとするなら、さすがと言わざるを得ない」

聖女召喚にまきこまれたと判断され、王子から城を出ろと命じられた。リンもそれを了承し、自ら城下に下った。現場に居合わせなかったライフォードは、周囲の者からそう伝え聞いている。

残念ながら、どこをどう切り取っても良い感情を抱けるくだりがない。

頭を抱えたくなるほどだ。

それなのに、今日は王子を引き連れてこの場に現れたのだから、さすがのライフォードも驚いた。

「リンは強いな。黒の聖女とはまた別の強さだが」

「俺も、そう思う」

ふわり、とジークフリードは華やいだ笑顔を見せる。

また笑ってしまいそうになり、ライフォードは咳払いを零した。

リンに出会う前は――笑顔を浮かべたりすることは珍しくなかったが――どこかぎこちない、張り付けたような表情だった。けれど彼は誤魔化《ごまか》すのが上手《うま》い。長年兄として傍にいたライフォード以外、気付けた者は少数であろう。

リンの何がジークフリードを変えたのか。

彼女の作る料理か、人柄か、はたまたどちらもか。いつか機会があれば聞いてみたいものだ。

しかし今はそれよりもやるべきことがある。

ライフォードは兄としての顔を捨て、第一騎士団長としての仮面をかぶり直す。

「例の件。ややこしくなってきたぞ、ジークフリード」

「ハロルドから報告を受けたのか？」

「ああ。面白いことが分かった」

第三騎士団の遠征に合わせて、必要な薬が団員の手で割られた事件。

実行犯は第一騎士団で身柄を拘束している。普通ならば事件解決。あとは調書を取って裁きを下せば終わりだ。しかし、男の人柄や実行の状況に疑問視する点が出てきた。

おそらく、裏で手引きしている人間がいる。

第三騎士団員たちの話が真実ならば、ダリウス・ランバルト第一王子の可能性が高い。――なのだが、ハロルド独自の調査によって、新たな可能性が浮上してきた。

城内に、古《いにしえ》に滅びたとされる魔族の気配がある。そして魔族とは、自らの姿形を変化させる術が殊更上手《うま》いらしい。

そうなると、目撃証言は一気にあやふやなものへと変貌する。

「勿論《もちろん》、あくまで一個の可能性に過ぎない。ダリウス王子が魔族と繋がり、犯人の場合もある。今手にしている情報をもとに、いかにして口をつぐんでいる彼の強情さを崩せるかが鍵だな」

「すまない。俺がもっとしっかりしていれば良かったんだが……」

苦虫を噛み潰したように、ぎりっと唇を噛みしめるジークフリード。赤褐色の瞳が不機嫌そうに細められた。

未だ、なぜこのような事件を起こしたか語ろうとせず、ただ謝り続ける犯人の男。

自らの団員が犯した罪だ。責任感の強い彼が気にしていないはずがなかった。

皆の指針となる騎士団長。

ゆえに表面上はどっしりと構え、なんでもない風に取り繕っていても、心は重責に押しつぶされているに違いない。男の様子が様子なので、尚更だろう。

悩みがあるなら、なぜ気付いてやれなかったのか。そう自分を責めるのがジークフリードという男である。

「気にするな。狙われていたのは第三騎士団か、それともお前自身か。ともかくだ。お前は被害者に当たるのだから、責はない。私はそう思っている。だから気に病むな。……問題は」

「王子が本当に関わっていた時、か」

ライフォードは頷いた。

これから行うのは、ジークフリードの部下を同席させての事情聴取だ。ライフォード、そしてジークフリードは彼らの監視を目的としていた。

「今こうして話していても埒《らち》が明かない。そろそろ出るぞ、ジークフリード」

「ああ、気を引き締めてかかろう。出来るなら、この後の尋問で一気に解決となればいいのだが。まぁ、少なくともリンのおかげで前進はしている」

「そうだな。結局のところ、これらもリンが我々へお願いする権利を譲渡したから得られたもの。計算しているとは思わないが、まったく、魔女様の名は伊達《だて》ではないな」

魔女様。その言葉にふとあることを思い出す。

第一騎士団長としての仮面は一旦置き、兄として彼の背中をばしんと叩いた。

「ジークフリード、少し話がある」

「ん？　珍しいな、仕事の前に私用とは」

「いや、ちょっとした忠告だ。リンから聞いたぞ。お前、少し彼女を見すぎじゃないか？　身体の動かし方やら話す時の癖でわかる、だったか？」

「…………それ、は」

詰まる言葉とは裏腹に、彼の表情は雄弁に語っていた。

じわじわと染み込むように赤くなっていく顔。

頬、目頭、最終的には耳まで赤く染め、彼は俯いた。思案を重ねているのか、ぱちぱち、と瞬きを繰り返す。そして何か言いたげに小さく口を開けて——また閉じた。

「ふむ。その顔は自覚ありだったのか。兄として安心したよ。……ああ、いや、安心とも言っていられないんだが。少しは自重を——」

「忘れてくれ！　つい口を滑らせてしまった俺に非が……って違う！　ついつい彼女を目で追ってしまう癖がついてしまって……ああもう、そうじゃない！　ともかく、以後気を付ける！」

ライフォードからの追撃を逃れようと、ジークフリードはさっさと一人で部屋を出ていってしまった。

ドアが閉まると同時に、ライフォードは耐えきれず噴き出してしまう。おかしい。おかしくてたまらない。こんなにからかい甲斐《がい》のある男だとは、ついぞ今まで知らなかった。良い傾向だ。

本当に彼女――リンには感謝しかない。

「このまま生に執着をもって、無茶をしなくなれば良いんだが……」

ライフォードは息を大きく吸い込み、ゆっくりと吐いた。

凪いだ海を、そのまま閉じ込めたかの如く酷く静かな瞳。

ばさりとマントを翻《ひるがえ》し、第一騎士団の団長、ライフォード・オーギュストとして彼は一歩、部屋の外へと踏み出した。

＊　＊　＊　＊　＊　＊

第三騎士団副団長ノエル・クリーヴランドは、目の前の光景に口をつぐんだ。

一言たりとも声が出せない。息を吸うのすら苦しかった。

事の起こりは、一時間ほど前までさかのぼる。

ノーマン・ディルレイ。

第三騎士団の中では比較的年長者にあたり、副団長のノエルよりも年齢は上だが、気さくで気取らない、頼れる兄のような存在だった。

そして――ガルラ火山遠征時に防炎の薬を割った男。

ノエル、アラン、ヤンの三人が団長二人に連れてこられた場所は、窓のない薄暗い部屋だった。

ノーマンはその部屋の真ん中で椅子に座っている。両脇は第一騎士団の団員が固めていた。逃げられる状態ではないが、形式上一人で待機させるのはまずいのだろう。

両手を後ろで縛られ虚ろな目をしているノーマン。まさに無気力。精悍《せいかん》だった顔つきも今では頬が痩せこけ、見る影もない。力なく垂れた首《こうべ》はノエルたちが入ってきても上がることはなかった。

どうしてこんなに憔悴《しょうすい》しきっているのだ。

彼の尋問を担当しているのは第一騎士団。ノエルは驚いて、団長であるライフォードを見る。入り口付近で腕を組みながら佇んでいたライフォードは、やれやれと息を吐いた。

「自分にその資格はないと、食事をあまりとろうとしないのだ。昨日はジークフリードに頼んで、無理やり携帯食を口にさせた」

非人道的なやり方はしていない、と付け加えて、隣に立つジークフリードに目配せする。ジークフリードは壁に背を預け、苦々しげに首を小さく縦に動かした。

「私とジークフリードはここにいる。君たちは好きに尋ねるといい。食事をとらせたいと言うのなら、すぐに運ばせよう。……もっとも、彼に食べる気力があれば、だが」

ライフォードの言葉には微かな諦めが混じっていた。

彼自身、努力はしたのだろう。ジークフリードに頼らざるを得なかったのは、苦渋の選択だったのかもしれない。

ノエルたち三人は、ノーマンの前に用意されていた椅子に腰かけ、会話を試みる。

最初は些細な話から始めた。

現在の騎士団の様子。ヤンとアランが仲良くなったこと。食堂の魔女様の話。ノーマンの方も、旧知である第三騎士団のメンバーだからか、ぽつりぽつりと言葉を返してくれた。

だが、本題であるガルラ遠征の件について少しでも触れると、彼は途端に唇を結び、ひたすら謝罪の言葉しか口にしなくなった。

第三騎士団が独自に入手した切り札、「銀髪の男と言い争っている」という証言も突き付けてみたが、少し顔が強張《こわば》ったものの、それ以外はまた謝罪の繰り返しだった。

突き崩せない――ノーマンはここまで強情な男ではないはずだ。

一体何を守っているのか。

時間も無限ではない。

ノエルは焦り、アランは苛立ち、ヤンに至っては怒りで地面を強く蹴った。

「チッ、どーしたんだよノーマン！　確かにやったのはあんたかもしんねぇけど、なんか理由があんだろ⁉　あんたは俺たちを陥《おとし》いれるために薬を割ったわけじゃねぇ。んなことくれぇ分かってる！　なんだよ。何があったんだよ！　口をつぐんでちゃ、ずっとこのままだぜ？　あんた、嫁さんと嬢ちゃんのところ帰りたくねぇのかよ。嬢ちゃん、噂じゃ結構ヤベェって……言われてんだぞ。あんただって、知ってんだろ。嬢ちゃんが病気なのは、昨日今日の話じゃねぇし」

しかし、このヤンの言葉で全てがひっくり返った。

「いま……なん、て……」

ノーマンは勢いよく顔を上げ、信じられないものでも見るような目でヤンを見る。

先程まで何をするにも緩慢な動作だったのに。

それに驚いたのか、ヤンの背筋がピンと伸びた。

「えっと、どれのことだ？」

どの件を言われているのか分からない彼は聞き返すが、返事を待つよりも早くアランが割り込んでくる。

「僕たちは直接見たわけじゃない。町の人たちも、誰一人お嬢さんの姿は見ていない。皆、奥方に追い返されるんだ。どうか勘弁してください、とな。貴方《あなた》の奥方なら、彼女の言動からお嬢さんの様子ぐらい推しはか――」

「どうして⁉」

勢いよく立ち上がるノーマン。

後ろ手に縛られているため椅子が宙を浮くが、それすら気にならない様子だった。

「どうして。どうして！　黙って全ての罪を被れば貴方の娘を助けるために全力を尽くしてやろう、と！　必ず完治させてあげよう、と！　確かにそう言ったのに！　なぜ、なぜなんです、なぜ！　王子を。ダリウス王子をここへ呼んでください！　お願いします！」

「――ッ、ノーマン」

彼の気迫に押され、アランは椅子ごと後ろに下がった。途端、椅子の足が何かに引っかかり、ぐらりと後ろに倒れそうなる。

「お前たち、良くやった」

その背を支えたのはジークフリードだった。彼は前髪をぐいと掻き上げ、「ノエル」と呼んだ。長年彼の下にいたから分かる。後は俺に任せろ、の合図だ。

ノエルはさっと立ち上がり、ヤンとアランに対して後ろに下がるよう指示を出す。ヤンは不服そうに頬を膨らませたが、アランが彼の頭をスパンと叩き、首根っこを引っ摑んで下がらせた。

「すまん。少し後ろで待機していてくれ」

「はい。お願いします、団長」

頷くジークフリード。

その隣をふわりとマントをなびかせライフォードが通り過ぎる。彼はノーマンの傍まで来ると、澄み切ったコバルトブルーの瞳を細めて、鋭く言い放った。

「覚えている範囲で良い。君がした会話を再現しなさい。いいか、再現、だ」


ノエルは爪が肉を抉《えぐ》りそうなほど拳を強く握った。

苦しかった。喉に石でも詰まったと錯覚するほど、息をするのが苦しかった。空気が足りないから、と呼吸をしようとして、ひゅう、と喉が鳴った。

室内に響くのは、ノーマンの泣き叫ぶ声。どうして、どうして、と繰り返す彼の声は絶望の色が滲んでいた。

「事情はわかりました。もう休みなさい」

ライフォードは部屋にいる者全員に目配せする。

部下にはノーマンのことを任せ、ノエルたち第三騎士団には部屋を出ろと命じた。

ジークフリードはそっとノーマンの背を撫で、「出来る限り、手は尽くしてみよう」と声をかけてから自ら率先して部屋を後にする。

団長が部屋を出たのに、部下であるノエルたちが立ち止まっているわけにはいかない。ノーマンのことは気になったが、全てを吐きだした彼に悪辣《あくらつ》な対応はしないだろう。

全員が部屋を出たタイミングで、ライフォードに問いかける。

「王子が関わっていた、と。彼は証言していますが……どうされるおつもりですか？」

この可能性を、考慮に入れていたはずだ。銀髪の男――ダリウス王子である可能性を。ノーマンの口から彼の名が出た以上、それは確定事項になった。

あの王子が、全ての元凶。

しかしライフォードは凍えるほどに冷めた目でノエルを見た。

あまりの迫力に、思わず後ずさる。

「私は、彼に思い出せる範囲で再現しなさい、と言ったはずだが？　一文字一句間違いのないように、ね」

「そ、その意味は……」

「分からないのか？」

爽《さわ》やかな理想の王子様、なんて。嘘をつけ。

結局のところそれは、好感度を考えて外向けに作っている顔に過ぎない。団長としての彼は、自らにも部下にも完璧を要求する、氷のように厳しい男である。

ノエルの後ろで「第一騎士団やべぇ怖ぇ」というヤンの弱音が聞こえてきた。

悲しいが、今は彼に全面同意だ。

「ライフォード」

たしなめるようにジークフリードが呼ぶ。

心の底から第三騎士団で良かったと思った。

うちの団長は優しい。優しすぎて心配になるほどだけれど。

「お前だって気付いているだろう、ジークフリード。あれはダリウス王子ではない。口調が大分違う。焦る場面では素が出てしまうもの。彼の話を聞く限り、逆だった」

「ああ。そもそもあの王子が、騎士とは言え平民相手に丁寧な物言いをするはずがない。貴方、なんてもっての外《ほか》だ」

「まったくだ。天地がひっくり返ってもない。演技だろうと絶対に」

うんうん、と頷きあう団長たち。

なんだろう。王子の傲慢《ごうまん》、不遜《ふそん》に対する信頼度が半端ない。

あまり関わったことはないが「平民の分際で！」とかいうタイプなのだろうか。タイプ、なんだろうなぁ――ノエルはダリウス王子の顔を思い浮かべ、少し納得してしまった。

「半信半疑だったが、確証に変わった。どうやら七面倒なことになっているらしい」

「ライフォード、まずは……」

「分かっている。病気、らしいが、もしかすると病の類《たぐい》ではないかもしれない。まずはそちらの調査を行おう。手遅れになっていなければいいが」

「感謝する。――お前たち。お前たちは少し休憩してから訓練に戻れ。後のことは俺とライフォードが処理する。心配だろうが、堪えてくれ」

堪えてくれ、というジークフリードの方が、なんとも沈痛そうな趣《おもむき》をしている。

そんな顔を見せられては嫌とは言えない。

ノエルは「分かりました」と頷いた。「頼んだぞ、ノエル」「今回の捜査協力、感謝いたします」

そう言って去っていく団長たちの姿を、ノエルたちはただ見つめることしか出来なかった。


心が酷く沈んでいる。

雲一つない輝かんばかりの蒼穹《そうきゅう》が、目に痛い。

ノエルたち第三騎士団の三人は、ジークフリードの言いつけどおり、少し休憩をとってから訓練に戻ることにした。

この精神状態では、訓練に戻っても身が入らないことくらい分かり切っている。

副団長なのだから、団長の留守を預からなくてはならないのに。

ノエルは自らの不甲斐なさに嫌気がさした。

ああ、まったく情けない。

彼らは人通りのない中庭に腰掛け、空を見上げた。

「どうなってんだよ、一体。おい、俺より頭いいだろ。教えてくれよ、アラン」

「僕だって全てわかってるわけじゃない。ただ、ダリウス王子に魔法か変装で擬態し、ノーマンを騙した奴が黒幕……いや、実行犯の可能性もあるか。どっちにしろ、ライフォード様が面倒だと言うくらいだ。そうとう面倒なことになっているんだろう」

アランの回答に一言うめき声を漏らし、「わかんねぇことだらけだ！」と地団駄《じだんだ》を踏むヤン。近くにあった茂みがガサリと音を立てて揺れた。

猫でも鳥でもどっちでもいいが、驚かせるのはやめなさい。可哀想《かわいそう》だろう。

ノエルが注意すると、ヤンは「ゥッス」と小さく頭を下げた。

「でもよぅ、なら、お嬢さんの病を知って、ノーマンをターゲットにしたってことか？」

「病の類じゃないかもって、ライフォード様が言ってただろ。……ノーマンは家族思いだ。それをダシに使われた可能性があるってことだよ、分かれよ。もし病気じゃないなら、誰かのせいだって話になるだろ」

「だったらなんで約束を守らねぇンだ。そういう魔法かなんかをかけたんなら、解除くらいできんだろ。ぱぱっと」

「なんらかの理由があって解除できない、とか？」

どんなんだよそれ――むすっと唇を尖らせるヤン相手に苛立ちが勝ったのか、アランは彼の頬を摘み上げ、「少しくらい頭を使えよ！」と声を荒らげた。

「もー、なんでもかんでも僕に聞くな！　お前の頭蓋《ずがい》には何が詰まってるんだ。綿か？　綿なのか⁉」

「ひってぇ！　なにもそこまでいうことねぇだろ！」

ヤンも負けじとアランの頬を摘み返す。

子供同士の喧嘩《けんか》か。

ノエルは二人の間に割って入って、どうにか落ち着かせる。二人の喧嘩。いつも通りの見慣れた光景。気分が沈んでいたため、少しだけ救われたような気持ちになる。

「まだちっちぇ娘さんなのによ。このまま俺たち、指をくわえてろってのか。もしアランの言う通りだとしたら、ひでぇだろ。酷過ぎんだろ。まだ、あんなちっちぇのに」

「ヤン。君の気持ちもよく分かる。けど今、僕たちに出来ることはないんだ。団長たちを信じよう。うちの団長も、ライフォード様も優秀な方たちだ。きっと、娘さんのこともなんとかしてくれるはず。それに……」

ふと、ガルラ火山での出来事が脳内を駆け巡った。

ジークフリード団長には心強い援軍が控えている。彼女の作る料理は、薬の劣化代用品などではない。味も、効果も、飛びぬけて破格だ。誰も口にしないが、きっと誰もが思っている。聖女様でなければ女神様だと。魔女だなんて恐ろしい存在ではない。決して。

そして——。

「彼女の力もすごいけれど、彼女の料理に魅了されて集まった人たちも、すごい人たちが揃っているからなぁ」

きっと大丈夫。漠然と胸に巣くっていた不安は、魔女様の顔を思い描いた途端に消え去った。

あの人は、団長が困っていたらきっと手を貸してくれる。だから、今はどしっと構えて団長をサポートする。それが副団長ノエル・クリーヴランドに課された仕事だと、彼は思った。

二章　白の聖女と異世界ごはん

白の聖女、伏見《ふしみ》有栖。

彼女は酷く憂鬱な気持ちで城の外を歩いていた。

ネックレスのように首から提げた漆黒色の石。それを摘み上げ、太陽にかざしてみる。見れば見るほどただの石だ。こんなものに力なんてあるはずがない。

面倒だから捨ててしまいたいけれど。

――あの人から貰ったものだし、軽々しく捨てられないのよね。

有栖ははぁとため息をついて、石を仕舞った。

願いが叶う石だと言ってこれをプレゼントされた時は半信半疑だった。そんな都合の良い代物、存在するわけがない。しかし、願うだけならタダだ。何も起こらなくても、やっぱり眉唾物《まゆつばもの》だったと諦めることが出来る。

いわゆる遊び。一種の暇つぶしだった。

有栖はその石に「自分にとっての邪魔者が不幸になりますように」と願った。

そして――第三騎士団で例の事件が起こってしまった。

「なによ。なんか大変だったみたいだけど、わたしのせいじゃない。石に願った程度でそんな事件起こるわけないでしょ。わたしじゃない。わたしが悪いわけじゃない！」

どうして聖女である自分が、怯えなくてはならないのか。

事件の解決に動いているという第一騎士団の白い騎士服が視界に映るたび、見つからないようにと物陰に隠れたり、迂回《うかい》して鉢合わせるのを避けたりする日々。

「ほんと最悪。わたしは何も悪くないのに――あ」

近くで話し声が聞こえた。

有栖はとっさに息を殺し、二、三歩後ずさる。しかし、自分の矮小《わいしょう》さが許せなくなってぎゅっと握り拳をつくった。逃げる必要なんてないのに。

目の前に見えるのは、第三騎士団の団員だ。

一人は副団長のはず。残りの二人は記憶にないが、三人とも顔色が良くない。

「ふん、丁度いいわ。大変だっていっても、どうせ大したことなかったんでしょう？」

彼女は彼らの会話を聞いてやろうと、近くにあった茂みにこっそりと隠れて耳をそばだてる。

溜飲《りゅういん》の下がる話題が聞けると思って。

しかし、彼女は後悔した。

何も知らなければまだ幸せでいられたのに――と。


「どういうこと。どういうことなのよ！」

彼らに気付かれぬよう茂みから抜け出し、周囲に誰もいないことを確認してから王宮の壁を蹴っ飛ばした。

「小さい子？　病？　なにそれ。なんなのよ。私はそんなの願ってない！」

石に願った時は、ただただ軽い気持ちだった。

つまずいて転べばいいとか、上から鳥の糞《ふん》が落ちてくればいいとか、そんな、とりとめのない小さな不幸を願っていただけだ。

それなのになぜ無関係な少女が犠牲になる、という話になるのか。

そんなこと、許されていいはずがない。

「ううん。違う、違う。そんなの、私が関係しているかわからないじゃない。石なんて、ただの石でしょ。こんなの！」

有栖は首にかけていた石を両手で摘まみ、ぐっと力を込める。

まるで深淵を覗くかのような、深い黒。心の中に不安が溜まっていく。気持ちが悪い。何も考えず身に着けていたが、疑念を持って目を向けると、どうしようもない不気味さが漂っていた。

視線を感じる。

まるで、石に監視されているかのようだ。このままずっと見つめ続けていたら、ふと目玉が浮かんできそうな気がして、有栖は視線を逸らした。

「確認、しなきゃ……」

あの団員たちの話が真実とは限らない。

ふらふらとした足取りで、城壁の傍まで歩み寄る。

有栖の聖魔法は能力を強化すること。

それは、自らに掛けることも可能だった。もっとも、戦力の低い自分を強化するより、戦力の高い他人を強化した方が遥かに有意義なため、使う機会は滅多になかったが。

「黒の聖女様じゃないんだけど……」

門番に見つかるとややこしいことになる。

彼女は自らの足に強化魔法を施し、周囲の木々を上手《うま》く使いながら城門を飛び越えた。


「お願いです！　中に入れてください！」

目的地まではすんなり辿り着けた。

この辺りで病に臥せっている娘さんがいるご家庭をご存じないですか、と聞いて回ればすぐに見つかったのだ。城下でもかなり噂になっているらしい。

有栖は脳内までうるさく響いてくる心臓を服の上から叩き、意を決してドアを叩いた。

しかし――。

「ごめんなさい。娘の容体はとても悪くて、会わせられる状態ではないんです。お帰りください」

「いいえ、いいえ！　わたしは王宮からやってきました。きっと、きっとわたしならなんとか出来る！　だから、様子だけでも！」

奥さんの様子は酷いものだった。

食事もろくにとっていないのか、風が吹いたら飛ばされてしまいそうなほどやせ細っている。目の下には深い隈《くま》が刻まれ、唇はカサカサに乾いていた。

有栖は聖女だ。

本当に病ならばダリウスに良い医者と薬を用意させればいい。もし魔法か何かの類《たぐい》であれば、聖女である自分の出番だ。自分ならきっと治せる。

だって聖女だもの。聖女とは、そういうものでしょう。

有栖はそう考え、必死に食らいついた。

「分かりました。そこまでおっしゃるなら」

そしてついに奥さんの方が根負けした。

ドアを開き、有栖を中へ迎える。心なしか、家中が薄暗い気がした。

「こちらが娘の部屋です。どうか驚かないでくださいね。それと、このことはご内密に」

小さくお辞儀をして去っていく母親の姿を、やるせない気持ちで見送る。

確かに自分は王宮から来たと言った。嘘はついていない。しかしそれを全て信じきって、病気の子供の傍に一人で向かわせるのはいかがなものか。

普通は付き添うだろう。親ならば。

「なによ。病気なんでしょ。親なのに……」

有栖はむっと唇を尖らせたが、すぐに本来の目的を思い出し、ドアノブに手を掛けた。

ゆっくりと、驚かせないよう静かに開く。

「だれ？　おいしゃさん？」

透き通るほどに涼やかな少女の声が響く。ただ、やはり体調が良くないのか少し苦しそうだ。

有栖はくるりと一周、部屋を見渡した。

高価なもので溢れている有栖の部屋とは違い簡素な様子ではあったが、小物や布団の柄などは少女の部屋らしく可愛《かわい》らしさを覚えた。

壁に沿うようにして設置されたベッド。

布団の盛り上がりから、少女はそこに寝ていると分かり、有栖は部屋の中へ足を踏み入れる。

「えっと、こんにちは……」

「はいってこないほうがいいよ。うつっちゃうかもしれないから」

「いえ、病気くらいどうってこと——ッ、え……」

呆然とした声が漏れた。

有栖はその場にへたり込み、信じられないとばかりに首を小さく横に振った。

いや、信じられないのではない。信じたくなかったのだ。

「どう、して……」

一目見ただけで分かった。これは病などではない。

そんなものより、もっと、ずっと、おぞましい何かだ。

「ごめんなさい。こわいよね」

少女は寝ころんだまま、力なく笑った。

全身が黒だった。

手も、首も、布から露出している肌の部分は、顔の正面だけを残して全て黒に染まっていた。

きっと、あの布団を退けたら足の先までそうなっているのだろう、と簡単に想像がついた。

黒——有栖が首にかけている石と同じ、どこまでも深い、深い、闇の色。

「あ……ああ……ああっ!」

確証はない。でも分かってしまった。

――これはきっと、わたしのせいだ。

ずるずると床を這うように少女へと近づき、黒く染まった小さな手を握りしめた。

六歳か、七歳くらいの小さな少女。

彼女は困惑した顔で有栖を見つめ「ばいばいしたほうがいいよ。ほんとうにうつっちゃうかもしれないから」と寂しそうに言った。

「おかあさんも、さいきん、あまりそばにいてくれなくて。きっと、おいしゃさまにいわれたんだよ。うつっちゃうって。だから、……えっと、えっと、ごめんなさい。わたし、もうあまりみえなくて。おねえさん？　だよね？」

少女の言葉に、有栖の目から涙が零れた。

有栖の親はあまり家にいない人だった。

母親も父親も仕事をしており、二人ともその世界では地位も名誉もある人物だった。ゆえに有栖は家政婦に育てられたといっても過言ではない。

でも、悲しいだとか苦しいだとか、そういった感情は一切抱いていなかった。周りはなんでも言うことを聞いてくれたし、誰も有栖に逆らおうとはしなかったからだ。

有栖はそれを愛されていると感じていた。

だから我が儘《まま》を言った。

我が儘を言って、それが認められた時、愛されていると感じるようになっていた。両親相手だって同じだ。面倒くさがらず自分の意見を聞き入れてくれる。

それが、それこそが愛情だと。それが愛されている証《あかし》だと、彼女は思っていた。

我が儘は子供の特権。子供は愛されるべき。

なのに。それなのに、なんだ。

目の前にいるこの子供は。

「なに、それ。うつるから傍に寄るなって。あなた子供でしょう？　なんでそんな我慢するの。お母さんに傍に居てほしいんでしょう？　だったらそう言いなさいよ。ううん、言うの。言うべきなのよ。子供は我が儘を言うべきだもの！」

「で、でも、おかあさんにめいわくかけちゃうから……」

「いいのよ！　かけなさいよ！　子供なんだもの！　こども、なんだもの……」

有栖は小さな手をさらに強く握った。

怖くないと言ったら嘘になる。

怖い。怖いに決まっている。

全身が真っ黒になる症状。うつるかもしれないと言われたら、怖くないわけがなかった。

でも有栖は目の前の少女よりずっと年上だ。

子供は我が儘を言うべき。では自分の願いに蓋《ふた》をしてしまうこの少女は、誰に縋《すが》ればいいのだろう。症状を見られることを恐れ、母親は人を追い返す。しかし、うつるかもしれないからと、傍に居てやることすらしない。

——なら、わたししかいないじゃない。私のせいかもしれないのに、わたしが逃げたら、誰がこの子に愛情をあげられるの。

「子供は愛されるべきでしょう……？」

まるで自分に言い聞かせるように、ポツリとつぶやく。

「ありがとう、おねえちゃん」

「お礼は早いわ。わたしは、あなたの手を握るためだけに来たわけじゃないもの」

有栖は聖女だ。

聖女には浄化の能力が備わっていると、ダリウスが言っていたのを思い出す。これが何か悪いものの仕業《しわざ》なら、対処できるのは白の聖女である有栖か、黒の聖女である梓くらいだ。

少女の手を、自らの額に持っていく。そして、触れ合っている部分から聖女の力を流し込む。

効いてくれ。治ってくれ。

祈るような気持ちで少女の手を強く握った。

すると、力を流した部分からすうっと黒が引いていき、ゆっくりと肌色が現れてくる。

ああよかった。この子を助けられる。

しかし、有栖が安堵《あんど》した瞬間――。

「あ」

元に戻った部分が一瞬にして再度黒に覆われる。

少しでも気を抜けば、すぐに食われてしまう。まずい。これでは全身を浄化しきる前に自分の魔力が底をつく。いいや、それ以前に何十分何時間と集中力を維持できるかという点が問題だ。ほんの一瞬、気を逸らしただけで簡単に押し負ける。

どうする。どうすればいい。

有栖は奥歯をギリッと噛みしめる。理解した。

——今のわたしでは、この子を救えないかもしれない。

「認めない。そんなの絶対認めない……ッ！」

「ありがとう、おねえちゃん。なんかいっしゅんだけ、らくになったきがする。おいしゃさまじゃなくて、まるでせいじょさまだね」

「え？」

「うん。せいじょさまだよ。だって、わたしのこんなこわい手、ずっとにぎっていてくれたの、おねえちゃんだけだもん」

「ち……がう……ちがう、わたしは、……わたし、は」

屈託なく笑う少女の顔を直視できず、有栖は下を向いた。

何が聖女だ。何が国の希望だ。

こんな小さな女の子一人救えず、特別だなんて驕《おご》っていた自分が恥ずかしい。

物語のヒロインだと思っていた。なにか問題が起きても、最後はきっとうまくいくものだと思っていた。

違うのだ。これは物語でもなんでもなく、現実だった。

現実だから、都合よくピンチで覚醒する力も、駆けつけてくれる仲間も、寄り添ってくれる恋人も、なにもかも存在しない。そんな都合の良いストーリーは展開されない。

やっと理解した。

「わたし、は……」

——どうしようもなく無力だ。

必ず解決策を見つけます、と誓って少女の家を後にする。

魔力を使い過ぎたことにより、足元がおぼつかない。落ちていた小石につまずき、有栖は正面から地面に倒れた。

ぼんやりと前を見れば、糸が切れたのか、首から提げていた石が転がっている。彼女は条件反射でそれを掴み、思い切り地面にたたきつけた。

何度も、何度も、繰り返し。繰り返し。手が腫れるまで。

「こんなものっ！　こんなものっ！　壊れなさいよっ‼」

『残念。壊れないようになっているんだよなぁ』

「……え」

突如聞こえてきた男の声。

人通りのない道を歩いていたため、周囲を見回しても人の姿はほとんど見えない。声はすぐ傍から聞こえてくる。当然、有栖の傍に人などいない。

一体どこから。

『おっとすまねぇ、あんたの手の中だよ』

「ての、なか……？」

有栖の手の中には例の石しかない。はっとして手首をひっくり返し、石を見る。

先程と変わらない様子――ではなかった。

どうしようもない不快感。有栖は小刻みに震える手をもう一方の手で支えながら、石の向きをくるりと変えた。途端、黒がぐにゃりと歪み、一本の線が現れる。

何が起こっているのか、なんて考える暇もなくそれは見開かれた。

目だ。

真っ赤な一つの目。それが愉快そうに有栖を眺めていた。

「きゃあ！」

驚いて投げ出す。

乾いた地面に叩きつけられたそれは、カランと軽い音を立てて転がった。

『おいおい、ひどいじゃねぇか。まぁ、妥当な判断だが』

「なに？　なんなのこれ！」

『おや、そんな言い方ねぇだろ？　契約者様。つっても、あんたはただの仲介役みたいなもんだがね。……あ、これ言っちゃダメなやつだったか？』

「けいやくしゃ？」

有栖は恐怖に震える心を抑えつけ、もう一度石を掴み上げる。

契約者。

言葉の表す意味が想像通りならば、どうしようもなく最低な結末が待ちうけているだろう。聞きたくない。答えを聞いてしまえば、もしかして違うのでは、という逃げさえ許されなくなる。

けれど聞かなければいけなかった。

これは義務ではない、責任だ。

彼女は意を決して口を開いた。しかし、出たのは悲鳴のような吐息だけだった。心臓の音がうるさい。はぁ、はぁ、と泣きそうになりながら必死に空気を吸う。

そして一つ大きく息を吸い込み、彼女はついに腹を括《くく》った。

「やっぱり……あれは、わたしのせい？」

『かわいそうになぁ。確かにあんたは邪魔者が不幸になれ、と願った。でも、どういう方法を取るかの指定はしてないだろう？　そのミスを上手《うま》く使われちまったってわけだ。——あーいや、違うか。あの方はもとよりあんたを仲介役にするつもりだったんだろうさ。俺への願いを口にして、何かあったら肩代わりする役。ほんと、かわいそうになぁ』

可哀想。そう口にする男の声は、少しも哀愁の色を纏わせてはいなかった。本気で可哀想だとは思っていないのだろう。酷い男だ。いや、石なので生物ですらないのだが。

——ハメられたんだ。

有栖はやっと気づいて、空を見上げた。

先程まで突き抜けるような清々しい青空だったのに、今ではすっかり黒い雲に覆われていた。夕立かもしれない。ぽつり、と雨の雫が彼女の頬を叩いた。

このままでは雨に濡れる。

分かってはいたが、足が動かなかった。有栖はよろよろと立ちあがり、手の中の石を力いっぱい握りしめた。

まだ希望がないわけじゃない。

「わたしは絶対治すって誓った。なら、治さなきゃ。ううん、違う。治す義務があるの。治す以外の選択肢はないのよ……！」

『ははっ、さすが腐っても聖女サマだ。で、具体的には？』

「あの人に聞けば解決策だってあるかもしれない。このわたしをハメたんだから、絶対に協力させるわ」

『ほぅ、なるほど？　で、その人って誰だ？』

「誰って、あんたなら知っているんでしょ。あんたをくれた……え？」

白々しい男の回答に有栖は内心舌打ちをし、ふん、と鼻で笑う。しかし、その人の顔を思い浮かべようとして、あることに気付いた。

「あれ？　なんで……」

消えていく。

さらさらと砂のように散っていく。

顔も、声も、交わした会話も、出会った記憶も、全てが幻だったと言わんばかりに、脳から消去されていく。あの人との会話が、全て黒く塗りつぶされていく。

「まって。まって！　いや、いや、いや！　いかないで！　どうして！　消えないでお願い！　だめっ、だめ！　やめてぇぇぇぇ!!」

雨脚は次第に強くなり、雨に流されるかのように記憶が漂白されていく。

きっと算段の内なのだ。有栖が騙されていた事実に気付いた時、自分に関する記憶が全て抹消されるよう、仕組まれていた忘却の魔法。

打ち付ける雨は、容赦なく有栖を責め立てた。

「……だ、れ。だれなの……」

呆然とつぶやく。

思い出せない。この石を誰かに貰った記憶はある。この石に願いを込めたら叶うと言われた記憶もある。優しい声色で有栖の身を案じてくれた記憶だってある。

それなのに、その人物の情報だけが綺麗さっぱり抜け落ちている。

まるで白抜きのシルエットだ。男か女かすらわからない。

手元に残った情報は、騙されていた、という事実だけ。

「だれよ……だれなのよ……わたしをハメたのは誰なのよぉおおお‼」

有栖の叫び声は、激しくなってきた雨音にかき消された。

＊　＊　＊　＊　＊　＊

一体、聖女はどこへ行ったのだ。

降りしきる雨の中、ダリウスは王宮内を走り回っていた。雨のせいで全身濡れ鼠になり、張り付いた衣服が気持ち悪い。

前髪を掻き上げ、ため息をついた。

王子は中でお待ちください、と兵から何度も進言されたが、ダリウスは首を縦に振らなかった。

彼女の保護責任者はダリウスだ。安全な場所から悠々と報告だけを待っているわけにはいかない。

——そんなの、リィンに顔向けできないだろうが。

城内の捜索は既に終わっている。外ももうすぐ終わるだろう。ここまで探していないとなると、王宮の外に出ている可能性もある。

ダリウスはきびすを返し、城門へと移動した。

衛兵に声をかけ城の外へ足を踏み出す。当然のように止められたが「少しだけだ」と振り切って、彼は地面を蹴った。

ぱしゃぱしゃと足元で跳ねる水がうっとうしい。

「ん？　あれは、聖女か！　やはり外に――」

雨脚で視界が悪い中、目を凝らして良く見れば一人の女性が王宮に向かって歩いているのが見えた。足取りは重く、今にも倒れてしまいそうだ。

いつも尊大で、世界が自分中心に回っているとすら考えていそうな聖女。しかし、今はその片鱗《へんりん》すらうかがえない。一体何があったのか。

ダリウスは急いで彼女に駆け寄った。

「おい、聖女！　どこへ行っていたんだ！　城中大騒ぎで――」

「放っておいて」

伸ばした手は、力なく叩かれた。

「……何があった？」

「放っておいてってば！」

普段のダリウスならば「そうか」と言って立ち去っていた。けれど――ダリウスの脳内にはリィンの言葉が残っている。

一度手を取ったのなら離すべきではない。たとえ嫌われていたとしても。それが、召喚した者の責任。

ダリウスはもう一度手を伸ばし、有栖の腕を摑んだ。彼女は振りほどこうともがくが、ダリウスはそれでも彼女の腕をしっかりと摑み、離そうとはしなかった。

「僕は離さないぞ。君がなんと言おうと、この手を離さない。君が苦しんでいるのなら、その全てを聞かせろ。僕は必ず君の助けになる。誓おう。それが、君をこの世界に呼んだ、僕の責任だから。

──話してくれ、アリス」

聖女と王子という立場ではなく、一個人として話を聞く。その意思を込めてアリスと呼ぶ。ただ真っ直ぐに、誠実に。アリスという少女に向き合わなくてはならない。

「だり……うす……」

「うん」

「たす、けて……」

初めて吐いた弱音。

アリスはすがるようにダリウスの胸に両手を置くと、泣き腫らした目で彼を見た。

「おねがい……たすけて……」

ずるずると力が抜けるように、ダリウスの身体を伝って地面に膝をつくアリス。

「おねがいします……たすけて……たすけてください……」

彼女に何があったのかはわからない。

ただ、ダリウスは頷いた。

「わかった。僕にできることなら力を尽くそう」

＊　＊　＊　＊　＊

最近、あまり騎士団員さんたちの顔を見ないな。

レストランテ・ハロルド入り口についているドアベルを確認してから、私はカウンター横の椅子に腰掛けた。時期が時期だもの。ノエルさんたちだけじゃなくジークフリードさんの姿も見えないことから、忙しいだろうことは容易に想像がついた。

やっぱり、ガルラ火山の事件絡みで何か進展があったのだろうか。

無理をしていないと良いけれど。

「なになに？　ジーク待ち？」

「……からかわないでください」

カウンターからひょいと顔を出したハロルドさんが、テーブルの上にサンドイッチを置いてくれた。今日のまかない担当はハロルドさん。食器洗い担当がマル君である。

私はそれをぱくりと口に入れて、抗議の視線を送った。

間違ってはいないんだけど、からかわれるのは好きじゃない。

「冗談だよ、冗談。だからそんな怖い顔しないで！　ね？」

「そんな顔させているのはどこの誰ですか」

「まぁまぁ。でも、心配する必要はないと思うよ？　彼らだって一端の騎士団員だし。ジークだって――いや、あいつの場合、君が心配しないようそろそろ顔を出しに来る頃じゃない？」

「チッ。噂をすれば影とはよく言ったものだ。俺の分を寄越せ。しばらく隠れる」

常人の何倍も耳が良いマル君だ。人には聞こえない微かな音すら拾うのだろう。

ハロルドさんから奪うように昼食を受け取ったマル君は、くるりと身体を縮こまらせてカウンターの下に隠れた。

あの彼がここまで逃げ回るなんて。

ジークフリードさんのなでなで技術、恐るべしだ。

「よし。お出迎えの準備をしなくちゃですね、ハロルドさん。ハロルドさん？」

ハロルドさんの視線は、隠れているマル君に注がれていた。

この表情はあれだ。好奇心でワクワクしている顔だ。

大方、このままマル君とジークフリードさんを鉢合わせて、どんな撫で技術が使われたのか、マル君がどうなってしまうのか、実験してみたいといったところだろう。

「最近刺激が足りないからって、人の嫌がることはしちゃ駄目ですよ」

「あはは、やだなぁ。さすがの僕も無理強いはしないよ。マル君に嫌われるのは嫌だからね」

「その配慮がマル君限定でないことを祈ります――って、そんなことより！」

足音や声が聞こえたのならば、すぐ傍まで来ているはず。悠長なことは言っていられない。私は残りのサンドイッチを一気に平らげると、メニュー表を持って入り口へ走る。

息を整えて姿勢を正した瞬間、チリン、と涼やかな音と共に扉が開かれた。

現れたのはやっぱりジークフリードさんだ。タイミングはバッチリ。待ち構えていた私に驚いたのか、彼は赤褐色の瞳をぱちぱちと瞬かせている。

「俺は今日来ると君に伝えていただろうか？」

「ふふ、うちには耳の良い店員がいますからね」

それで合点《がてん》がいったらしいジークフリードさんは、店の中をぐるりと見渡してから「随分と嫌われたものだ」と苦笑した。ハロルドさんが実に楽しそうにカウンター下を覗いているので、多分、マル君の居場所はバレバレなのだろう。

「あまり顔を出せてなくて悪い。壮健のようで安心したよ。困っていることはないか？」

「大丈夫ですよ。この通り、元気いっぱいです」

「この僕がいるんだから、困ったことなんて起こるわけないじゃん」

む、と唇を尖らせるハロルドさんだが、自分が悩みの種にならないという自信はどこから湧いてくるのだろう。普段、私たちがどれだけ振り回されているかご存じないのかしら。

助けられていることも多いけど、尻拭いだって多いんですからね。

まったく。困った店長だ。

「ジークフリードさんの方は、少しお疲れですか？」

「ん？　ああ、まぁ……顔に出ているか？」

いつもより目尻が下がっている気がするし、うっすらと隈も見える。

私が頷けば、ジークフリードさんはちょっと困ったふうに眉を寄せた。

「わけあって、今動けるのが俺たちだけでな。本当は城に詰めているべきなのだろうが、ノエルに無理を言って出てきてしまった。ライフォードには内緒だぞ？」

「でも、大丈夫なのですか？　私のことなんて気にせず、休息をとった方が」

「何かあったらすぐ連絡が入るから問題ない。それに、ここが一番落ち着く」

ふ、と肩の力を抜いて微笑むジークフリードさん。

第三騎士団の皆で来店できないくらいには忙しい状況。

中でも団長であるジークフリードさんは、自身の性格も相まってあまり休んでいないのだろう。

その彼がノエルさんに頼み込んでまでこの店に来てくれた。

それはとても光栄だし、頬が緩むくらい嬉しく思ってしまう。

「ノエルにはゆっくりしてこいと言われたんだが、ヤンやアランからは団長ずるいと文句を言われてな。全て終わったら、また皆で来るよ」

「ふふ、私も早く皆さんの顔が見たいです。その時は全力でおもてなし致しますね！　では、お席にご案内します。ゆっくりしていってくださいね」

「ありがとう、リン」

この人は無茶をしがちだから。きっとノエルさんも笑って送り出したはずだ。

ここがジークフリードさんにとって憩《いこ》いの場になれているのなら――。

私のやることは一つ。お腹いっぱい食べてもらって、笑顔でお仕事に向かえるようにする。

それだけだ。

＊　＊　＊　＊　＊　＊

夜の帳《とばり》が落ち、しばらく経った頃。

少し寒さが厳しくなってきたからか、日が暮れると同時に客足も鈍くなってくる。

もともと客入りの少ない店だ。店内に木霊《こだま》するのは私とハロルドさん、マル君の声のみ。

今日はそろそろ締めようか、なんてため息交じりで相談し合っていた時、それは起こった。

「凛さぁぁあん……っ」

今にも倒れてしまいそうなくらいふらふらとした足取り。掠れた声で私の名前を呼びながらレストランテ・ハロルドにやってきたのは黒の聖女——梓さんだった。

いつもならば絶対に頼らないであろうライフォードさんの肩を借り、席に着くなり倒れ伏した彼女に、私は慌てて駆け寄る。

梓さんは強い人だ。

聖女パワーで大抵の魔物なら拳一本で吹き飛ばすし、騎士団長であろうが一国の王子であろうが物怖《ものお》じせず自分の意見をズバズバ言ってのける。つまるところ、物理的にも精神的にもタフな人なのだ。それがあろうことか、ライフォードさんに寄りかかる形で入店してくるなんて。

梓さんにとってライフォードさんは、自らを護衛する騎士団長として信頼はしているものの、弱みを見せたくない人物代表。

一体何があったというのだろう。ただ事ではないはず。

「どうしたんですか、梓さん！　大丈夫ですか⁉」

「りん、さんっ……！」

「うえっ⁉　あああの！」

梓さんは駆け寄ってきた私の腰をがっちり摑むと、そのまま引き寄せ、思い切り抱きついてきた。そして私のお腹辺りに頬を擦り付け、「癒されるぅ」と呆けた声を漏らす。

困った。くすぐったい。

「私はどうしたら……！」

引き離すこともできず立ち尽くす私に、梓さんの後ろで控えていたライフォードさんが小さく頭を下げた。

「申し訳ございません、リン。聖女様も気をしっかりお持ちください。お気持ちは分かりますが、リンが困っています」

「やだ。連れて帰るの」

「無関係の方に我が儘を言わないでください」

いやいや、ちょっと待ってほしい。連れて帰るってなんですか。私はペットか何かですか。まずはそっちにツッコんでほしかったです、ライフォードさん。

それにしても珍しい。

ライフォードさんの対応がいつもより何倍も甘い気がする。通常なら「聖女たるもの皆の手本とならねば」とかなんとか、お叱りが飛んできそうなものなのに。

「事情は後でお話ししますので、まずはこれを」

「はい。えっと、……え？　メニュー？」

恭《うやうや》しく手渡されたものはレストランテ・ハロルドのメニュー表。

未だ私を摑んで離そうとしない梓さんの身体を、ライフォードさんは丁寧に引き剥がしてふぅと一息ついた。

「急ぎで何点かお願いいたします。出来れば体力回復の効力が大きいものを」

「なんでも良いのですか？」

「ええ、リンにお任せいたします」

不思議そうに首を傾げる私に、彼は美しいコバルトブルーの瞳を細めて困ったように笑った。その表情に自嘲の色が見え隠れする。

いつもと様子の違う二人。気にはなるが、料理番として注文が入ったのなら、優先すべき事項は決まっている。今は、事情は後で話すと言ったライフォードさんの言葉を信じよう。

「わかりました。では――」

「はい！　それじゃあリンとマル君は急いで厨房《ちゅうぼう》に。僕もすぐに手伝いに入るから」

いつの間に立っていたのか。

いきなり背後から聞こえてきた声に驚いて振り向くが、ハロルドさんの顔を視界に捕らえるよりも早く腕を掴まれてしまった。そして私の身体は、丁度椅子から立ち上がったばかりのマル君へと投げ渡される。

気付けば、マル君に後ろから抱きしめられる形でキャッチされていた。なんなの。ペット扱いの次はバトンか何かなの。さすがの私だって、文句の一つくらい言いたくなります。

「ちょっと、ハロルドさん？」

「大丈夫だって。サボろうとしているんじゃないから。僕はただ――」

ピリ、と空気が張りつめた気がした。

ゆっくりと口角が持ちあがり、笑みの形になる。

「お前に聞きたいことがあるんだよ、ライフォード」

いつもはふにゃふにゃと気の抜けた笑みを浮かべているハロルドさんだが、今回のは違う気がした。目が笑っていない。

魔族であるマル君が認めるくらい頭のいい人だから、私なんかが正確に感情を読み取ることは出来ないけれど。ただ、瞳の中の光が、すっと冷めた気がしたのだ。

嫌だな。私があの目を向けられたら、耐えられなくて逃げ出してしまうかもしれない。

「……そう、でしょうね」

あのライフォードさんですら真正面から受け止めきれず、ふいと顔を逸らした。

「お前がついていながら何？　どういうことなの？」

「分かっています。この件は私の落ち度。このような事態になって申し訳ないと――」

「やめなさい」

梓さんの声が遮る。

彼女はライフォードさんを庇うように、彼とハロルドさんの間に手を差し入れて、ふるふると首を横に振った。

「これはあたしの選択。あたしの意志。勝手に背負おうとしないで。子供じゃあるまいし、自分のミスを他人に押し付けたりなんてしないわ」

「へぇ。カッコいいねぇ、聖女様」

同感だ。

この場面で、この二人相手に啖呵《たんか》を切れるなんて。さすが梓さんである。

ただ、伸ばした彼女の腕は少し震えている気がした。息も、最初よりだいぶ荒くなっている。

もしかして、事態は私が考えているより深刻なのかもしれない。梓さんの体調だって、ちょっと疲れた程度ではないのかも。

でも、それならまずお城で薬を飲むとか、お医者様に見てもらう方が先よね。

料理の効果でどうにかなるという判断だったとしても、相手は聖女様。デリバリーがあるのだから、わざわざ店に連れてこなくても良い。

今回は特例？

何か店でないといけない理由があるのかしら。

「よくわからないけど、急いだほうがよさそうですね。マル君」

「良い判断だ」

私は未だ支えてくれているマル君の手を取り、厨房へと足を向ける。「あ、そうだ。さっきはナイスキャッチありがとうございました」と、忘れていたお礼を述べれば、マル君は珍しく裏のなさそうな笑みでよしよしと頭を撫でてきた。

ペット、バトンときて最後は子ども扱いかぁ。

上の二つに比べれば幾分かましな気がするのだから、慣れって悲しいものだ。

「それじゃあ、あたしはゆっくり待たせてもらうわね」

「ったく、君たちの世界の女性ってみんなこうなの？　リンもだけど。君も強いよね。色んな意味で。ライフォードが振り回されるわけだ。うんうん。でもさぁ」

やせ我慢は良くないかな、と付け加え、ハロルドさんは梓さんの背後に回る。そして軽い力で彼女の背を押した。

本当に触れるだけ。たったそれだけ。たんぽぽの綿毛すら飛ばせなさそうな力だったというのに、梓さんの身体はいとも容易《たやす》くテーブルの上にぺったりと倒れ伏した。

「——もう、いやね。いじわる。……意地くらい張らせてよ」

「ごめんねー。僕そういうのよく分かんないから。甘えられる時に甘えておいた方が得じゃない？」

テーブルに投げ出されていた梓さんの手に、自分の手を乗せるハロルドさん。

すると、彼の手から淡い光が溢れだす。

「ん。あったかい」

「聖女の魔力はちょっと特殊だから、こんなの気休めにしかならないけど。まぁ、料理が出来るまでの繋ぎくらいにはなるかな」

「ごめん、なさい。あたし、ちょっと……」

「うん。しばらくお休み。食べる気力も湧かなきゃ意味ないしね」

温かくて優しい声。ハロルドさんの声に誘われるように、梓さんはゆっくりと目を閉じた。

ほんと、いつもこうなら頼れる店長様なんだけど。——って、今はそんなことどうだって良い。

梓さんのあの状態。ライフォードさんの言葉。いつになく真剣なハロルドさん。そして、料理の効果。全てが導き出す答えは——。

「まったく。ギリギリだというのに、気力で持ちこたえていたのならば大したものだ。ほら、指示をくれ、ご主人様。お前の命に従おう」

「ええ。準備はもう終わっています」

梓さんの様子を窺いながらも、手だけはちゃんと動かしていた。

レストランテ・ハロルドの料理番ですもの。注文が入ったのなら全力を出す。

そんなの、当たり前でしょう。

「それじゃあマル君、超特急でいきますよ！」

体力回復効果の高い料理、というのがオーダー内容だ。

そこにハロルドさんの対応を付け加えると、梓さんの状態は疲労からくるものと推測できた。

病気か何かだったら、さすがのハロルドさんでも「まず医者でしょ！」と言うはずだ。きっと。

たぶん。なんというか。やろうと思えばなんでも出来そうなのよね、あの人。

「マル君、そっちどうです？」

「パスタ残り一分ほど。ソースはもう温まっている。丁度良かったな」

肉料理は提供に時間のかかるものが多い。火を通さなければいけないからだ。

そこで私たちは、ハンバーガーとパスタを作ることに決めた。これらは準備さえしておけばすぐ出すことが出来る。

いや、それだけではない。

パンには効果を増幅させる力がある。体力回復効果の高い肉をパンで挟むハンバーガーなら、肉の量が少なめ――つまりすぐに焼き上がる量でも、高い効果を期待できるのだ。

そして今日の料理番気まぐれパスタが、お肉多めのボロネーゼソース。

オーダー内容にもバッチリ応えられるだろう。

「最近は騎士団員さんたちの来店が増えましたからね。たまたまですけど、お肉多めのソースにしておいてよかったです。……ただ、ああなるまで魔力を消費したのに、城じゃなくてうちの店に来るなんて。何か不測の事態が起こったのでしょうか？」

「ふむ、なるほど。まぁ、厄介事なのは間違いないだろうさ」

この世界の体力と魔力はリンクしている。聖女である彼女を、社畜よろしく体力の限界まで扱《こ》き使うというのは考えにくい。ならば、魔力の使い過ぎである可能性の方が高い。

ハンバーガー用に調整したお肉のパテを、フライパンの上でくるりとひっくり返す。

うん。良い感じに焼けてきた。

じゅうじゅう音を立てながら、ぱちぱちと肉汁がはねる。

夕食がまだだから、この匂いはお腹にくるなぁ。

でも、今は梓さんの方が重要。私たちの夕食なんて後回しだ。

「ん？」

ふと視線を感じて隣を見ると、マル君と目があった。

「なんです？　夕食ならこの後ですよ」

「確かに腹は減っているが、そうじゃない。お前もハロルドも可愛《かわい》げがないくらい会話が楽だ、と思ってな。察しの良い人間は好きだぞ。あとでよしよししてやろうか」

「もう、子ども扱いしないでください」

「仕方のない奴だな。もふもふの方をご所望か？」

「ちーがーいーまーす！　もう、ハロルドさんじゃないんですから」

くつくつと声を押し殺して笑うマル君。さすが魔族様。こんな時でもマイペースである。

ちなみに、マル君の尻尾《しっぽ》はとてもふわっとしていて手触り最高。枕にすると天国に連れていかれる――とはハロルドさんの談だ。

正直、興味がないと言えば嘘になる。

ただ、私は見てしまったのだ。呆れ顔をしたマル君の尻尾をがっちり掴みながら、気持ちよさそうに眠るハロルドさんの姿を。

衝撃的すぎて、なんのためにハロルドさんの部屋に行ったのか忘れてしまった私は、とっさに「お邪魔しました」と頭を下げてすっと扉を閉めた。

奥から「邪魔じゃない。邪魔じゃないから戻ってこい。というか離れないんだなんとかしてくれ！」とかなんとか言われた気がしたけど、もちろん聞こえないふりをして逃げましたとも。ええ。

あのだらしない姿を見てしまったら、喜び勇んで「もふらせてください！」なんて言えなくなったのよね。自戒大事。

「ほら、馬鹿なことを言っていないで仕上げにかかりますよ」

「オーケー。ご主人様」

「マル君……」

まったく。そういう軽口を叩くから、後に引けなくなって自分の首を絞める事態になると思うんだけど。次ハロルドさんに捕まっていても、また知らないふりして逃げちゃいますからね。もう。

本当、仕方のない人たちだ。

私はマル君にお皿を手渡し、ハンバーガーの仕上げにかかるのだった。


「お待たせしました」

そう言って、梓さんに最初の料理を出してからどれだけ時間が経っただろう。途中からハロルドさんもこちらに加わって、急ピッチで進められていった料理の提供。

とりあえず、結構な量が机の上に並んだので、私たちは一旦休憩に入ることにした。

詳しい事情を知りたいレストランテ・ハロルドの面子《めんつ》は全員、梓さんとライフォードさんの周りに椅子を用意して腰掛ける。

当の梓さんはと言うと、最初の方は体力の関係で細々と食べ進めていたものの、今では普段通りのスピードで普段の倍ほどの料理を胃袋に入れている最中だ。

事情を鑑《かんが》みなければ、ストレスによる暴食みたいで少し心配になる。ライフォードさんの分も考えていたのに、梓さん一人で平らげてしまいそうだからビックリだ。

「ふむ。やはり臭うな」

すん、と鼻先を動かしてマル君が言う。

彼の見つめる先には梓さんがいた。

「え？　何？　なんなの？　やだ、あたし臭う？」

「臭うとも。聖女相手にこれだけ染みついたとなると、随分と酷い状況だろうさ。あまり時間はないな」

彼の一言に、梓さんの表情が一瞬で強張《こわば》った。

魔族であるマル君の鼻は特別製。

私たち人間には分からない、何か嫌なものでも嗅ぎつけたのだろう。

決して梓さんが臭いわけじゃない。そんなの、この場にいる人たちなら百も承知だってことくらい分かっている。けれど、それとこれとはまた別だ。

私は念のため「私は臭いませんよ！　ぜんっぜん！」とフォローを入れておいた。

いくら違うといっても女性相手に「臭う」は駄目だと思うの。

「なるほど、臭うってそっちね。ありがと、凛さん。気を遣ってくれて」

「いえ、私は何も」

「ううん。そうやって自然と気にかけてくれるとこ、凄く癒されるの。ありがとう」

梓さんは私に微笑みかけてから、周囲を――正確に言うと、マル君とハロルドさんを見て盛大にため息を吐いた。

「ったく、前々から思ってたんだけど、ここってただの食堂よね？　店長さんといい、マルコシアスさんといい、魔法系のプロフェッショナルが揃い踏みってどうなってるのよ。なんで誰もツッコまないの？」

彼女はこほん、と咳払いを一つ零してから「まぁ、ただの食堂で、しがらみがないからこそ頼りやすいってのもあるんだけど」と、困ったように笑った。

私も最初の頃は不思議に思っていたんだけど、今ではもう慣れてしまったというか、この店の色に染まってしまったというか。

改めて真正面から言われると、なんとも言えない気持ちになるなぁ。

「もとより相談する気ではいたし、ご飯美味《おい》しかったですごちそうさまでした、ってわけにはいかないものね。そろそろお話しいたしましょう。事の発端は……そうね。あの嫌みなダリウス王子が私の部屋を訪ねてきたことから始まります。白の聖女である有栖を連れて、ね」

そう言って梓さんは、ハンバーガーに手を伸ばした。

おっと、まだ食べるんですね。

「口にものを入れたままお話しになられるのは、さすがに不作法かと。聖女様。ここからは私が。まだ本調子ではないのでしょう?」

「……んー」

もごもごとリスのようにハンバーガーを頬張りながら、梓さんは怪訝《けげん》そうな顔つきでライフォードさんを見る。そして、テーブルに散らばっていた料理を自身の周りに集め出した。

私は思わず笑ってしまいそうになり、慌てて口を押さえる。

聖女様が護衛の騎士からご飯を奪われるなんて、どういう状況ですか。

いくら顔に似合わず大食漢のライフォードさんだって、今の梓さんから食料を奪ったりはしないでしょう。

思った通り、ライフォードさんは呆れ口調で「取りませんよ」とため息を吐いた。

「ほんひょうにぃ?」

「本当です。まったく、貴女《あなた》は私をなんだと思っているのですか。あと、先程もお伝えしましたが、口に物を入れながら話すのはいけません。作法というのは日ごろの積み重ねから――」

「あーはいはい！　わかりましたわかりました！　飲み込みました。これでいいでしょう？　もー、仕方ないじゃない。凛さんの料理めちゃくちゃ美味しいし、疲れているからお腹が減って減ってどうしようもないのよ！　悪い？」

「誰も悪いだなんて言っておりません」

「なによぉ、それ」

今度はむくれて頬を膨らます。ただ、やはり食べ過ぎが気になるみたいで、お腹をさすりながらライフォードさんを睨みつけた。

「本日は体力回復に努めてください。後でいくらでも鍛錬に付き合ってさしあげますので」

「なぁに？　あんたが優しいと気持ち悪いんだけど」

「おや。私だって人並みの優しさぐらい持ち合わせておりますよ」

訝《いぶか》しげな梓さん。完璧な王子様スマイルで迎え撃つライフォードさん。

梓さんの気持ちも分かる。

別に胡散臭《うさんくさ》いわけではないのだけれど、場合によっては完璧すぎて逆に怖いのよね、ライフォードさんの笑顔って。でも、今は状況が状況だ。悪いようにはしないでしょう。たぶん。

「……はぁ。もう、わかったわ。任せる。ただし、間違ってそうなら口挿《はさ》むからね」

「ええ。どうぞご随意に」

ようやくまとまったらしい。

退屈そうに欠伸《あくび》をこぼしていたレストランテ・ハロルドの男衆たちは、「やっとぉ？　伝われば誰だって良いよもー」「同感だ。そこの金髪騎士ではなく、俺がその料理を奪うところだったぞ」

なんて言い合っている。

でもマル君。お客様にお出しした料理を店員が奪うなんて、絶対に駄目です。

「さて、少し長くなりますので私も失礼いたしますね」

そう言ってライフォードさんは梓さんの隣の席に腰掛け、事の経緯を話し始めた。

「先程、聖女様が仰ったとおり、今回の件はダリウス王子が白の聖女の手を引いて我々の元へやってきたことから端を発します。普段は我関せずと白の聖女の後ろに控えている王子なのですが、今回は彼主導の元、彼自身の判断で我々に「頼みがある」と声をかけてきたのです。何か心境の変化でもあったのか……」

ライフォードさんはちらりと私の顔を確認して微笑んだ。

コバルトブルーの瞳が、愛おしげに細まる。けれど、すぐさま表情を引き締め、「いえ、今は関係のない話ですね」と首を振った。

ライフォードさん曰《いわ》く、王子の頼みはどうやら黒の聖女である梓さんにしか解決できないもの。しかも王子ではなく、白の聖女である有栖ちゃんたっての願いだったらしい。

よほど切羽詰まった内容だったのか。

有栖ちゃんからはいつもの高圧的な態度が消え、今にも消え入りそうなくらい憔悴《しょうすい》しきっていたと彼は語った。

何かに怯え、王子の手を握って俯く少女。

憐《あわ》れみの情が湧かなかったと言えば嘘になる。

とは言え。——とは言え、だ。

今まで王子から受けてきた冷遇。白の聖女からの暴言。それらを踏まえると、いかに寛大な梓さんとは言え、はいそうですかと簡単には頷けなかったようだ。

「薄情に見える？」

梓さんが真っ直ぐに私を見てきた。

そんなの、答えは決まっている。

「いいえ」

私は考えるそぶりすら見せずに首を横に振った。

梓さんの状況や待遇を考えると、彼女の考えは至極真っ当。普通の反応だ。

「ふふ。凛さんの清濁併せ呑んでるとこ、好きよ」

梓さんは右手でさらりと黒髪を掻き上げ、満足げに笑った。

「あたしが言い淀んでいると、ビックリすることがおきたわ。あのダリウス王子がね『僕たちが今まで君にしてきた対応を考えると当然の答えだ。すまない。だが、僕にはこうすることしか出来ない』ってあたしに頭を下げたの。しかも『君もだ、アリス』って、あの子の頭を押さえて一緒にね」

「え？」

——あのダリウス王子が謝る？　しかも頭を下げて？

正直、パープル色の瞳を細めて嘲笑する顔しか浮かんでこない。

今までなら確実に「お前には私たちに協力する義務がある！」とかなんとか、上から目線で命令してきそうなのに。どうしたの。頭でも打ったのかしら。

それは梓さんも同じ感想だったらしい。

「頭打って人格変わったんじゃない？　って心配になったわ。逆に」

「聖女様、さすがに言い過ぎです」

「あらぁ？　あなたも似たようなご感想だったと記憶しているけれど？　騎士団長サマ」

「ははは。誰がそのようなことを。証拠がおありで？」

「あんたねぇ……！」

「さて、話を戻しましょう」

さすがはライフォードさん。

梓さんの暴露にも顔色一つ変えず、さらりと流して見せた。隙のない人だ。

「彼らの頼み。それは一人の少女を助けてほしい、というものでした。そして、その少女というのが例の防炎の薬を割った第三騎士団員ノーマン・ディルレイの娘。内容は――」

少しだけ言い淀み、ふいにマル君の方へと視線を投げる。

「君の方が詳しいかもしれませんね」

「ほう、この俺に解説をしろと？」

「分かるなら聞かせて」

一片の戯《たわむ》れすらない真剣なハロルドさんの声に、やれやれとマル君が肩をすくめた。

「ハロルドの頼みなら仕方ない。後で駄賃は請求するからな」

「ありがと、マル君」

「聖女にくっついていた残り香しか判断材料がないからな。少々雑な見解になるが、その娘は呪詛《じゅそ》がかけられている。それも精神に作用するものではなく、身体に作用するものだ。全身が黒に変わる呪い。全て覆われたが最後、異形へと変貌するだろうさ。人間でも魔族でもない半端ものを作り出すなど、何を考えているのやら」

嫌悪を覚えるな、と吐き捨てるようにマル君は言った。

人間でも魔族でもない半端もの。

年端のいかない少女が背負うには、あまりに重すぎる業だ。こんな結末、認めて良いはずがない。

ただ、どうして白の聖女様から梓さんへ協力要請があったのか。疑問が残る。

もし、少女の母親から国に助けてと連絡があったのなら、両方の聖女へ平等に通知が行くはずだ。

そうではなかった、という事は白の聖女――有栖ちゃんが個人的にその問題を抱えていたということになる。

ちょっとややこしいことになっているな。少し整理してみよう。

ガルラ火山遠征妨害事件の犯人――つまり防炎の薬を割った人物――であるノーマンさんの娘さんは病気で、かなり深刻な状況だった。

事件の実行犯は紛れもなくノーマンさんだろう。

でも、彼の後ろには黒幕の存在がちらついていた。ノエルさんたち第三騎士団員のメンバーの中では、ダリウス王子説が濃厚だったけれど――。

絡まった糸が少しずつほどけていく。

ノーマンさんは家族思いだった。

もしも王子の姿を似せた誰かに、娘さんの治療と引き換えに犯行を依頼されていたとしたらどうだろう。言いなりになってしまうかもしれない。

そして、私の仮説が正しければ今回の件で損害を被《こうむ》るのは二人。

一人はもちろん、ジークフリードさんだ。

薬なしでガルラ火山への強硬遠征。下手《へた》をすると、第三騎士団壊滅の危険性すらあった。怪我だけでなく、手腕に問題ありと評価が下ったかもしれない。

もう一人は、ダリウス王子。

彼の場合は単純明快。銀髪の男と言い争っていた証言。ジークフリードさんと不仲である状況。薬師《くすし》連盟のトップであり、倉庫の鍵を持つ第一王子という立場。

笑ってしまうくらい、状況証拠が揃っている。

今回、もしダリウス王子が黒幕だとされたら、彼の権威は地に墜ちるだろう。いや、それだけではない。ランバルト王家とジークフリードさんたちランバートン公爵家とに明確な対立構造ができてしまうかもしれない。

それは政治と武の対立に他ならない。かなり不味《まず》い展開になることは明白だ。

ほどけた糸は、ゆっくりと繋がっていく。

そして現れたもう一本の糸。

恐らく二人にあまり良い感情を抱いていない白の聖女が、突如舞台に躍り出てきた。無関係とは思えない。さりとて、まだ十六、七の少女が全てを企《くわだ》てたとも考えにくい。

病の少女を助けたいと願っているのなら、なおさらだ。彼女もコマの一つ、と考えるのが妥当だろう。もっとも中心に位置するが、何も知らされていない手駒。

誰かが有栖ちゃんをそそのかし、幼い少女を呪い、ダリウス王子に化けてノーマンさんを実行犯に仕立てあげ、ジークフリードさんとダリウス王子を陥《おとしい》れようとした。

現時点で推測できるのはこれくらいか。

全ての結論を出すには、糸の数が足りない。

――って、違う違う。

私は頭を振って、思考を飛ばす。

まとめ終了。

今重要なのは事件の真相ではない。私がいくら頭で考えたところで、所詮は食堂の一料理番。犯人探しはライフォードさん達、騎士団の仕事だ。領分はわきまえている。

そんなことより少女の容体が心配だ。

「状況は、思わしくないのですか?」

私の問いに、マル君は小さく頷いた。

「聖女の魔力は俺たち魔族にとって好ましいものではない。その聖女に染みついたとなると、相当呪詛《じゅそ》の根が張っているはずだ。猶予はあまり残されていない。だが、そこまで進んでいるとなると、いくら聖女であろうとも厳しいだろうさ」

「なるほど。呪い、呪いねぇ。ホント凄いわ。なんなの? あー、やだやだ。そこまで分かったんなら、なんであの子があたしに頼ってきたかもわかるわよね?」

「もちろんだとも、聖女様。答えは――足りなかったから、だ」

梓さんの問いに、マル君は芝居がかった仕草で前髪を掻き上げ、ぱちんと指を鳴らす。

ハロルドさんがやったら腹立たしさしか湧かない仕草だが、彼だと妙に様になっているから不思議である。口に出したら文句を言われそうだから、言わないけれど。

しかし、足りないってなんだろう。

意味がわからず首を傾げる私とは対照的に、この場にいる他の人々は、マル君の一言に揃って頷いた。

「足りない、か。……ええ、その通りよ。だからあたしに頼ってきたわけ」

「なるほど。状況は把握したよ。現状も大体推測できる。と言っても、リンにはさっぱりだろうから、僕がわかりやすーく解説してあげようかな。ライフォードには報告を上げているから聖女様共々理解済みだと思うけど、ちょっと我慢してね」

私一人だけ全く会話についていけてなかったのが、ハロルドさんにはバレバレだったらしい。

会話を中断させてしまって申し訳ないが、私でも役に立てることはあるかもしれないし、現状は把握しておくべきだろう。

「よろしくお願いします」

「うん。まずは呪詛とは何かってことだね」

「そういえば、前に名前だけ聞いたことがあります。たちの悪い呪いだって言ってましたよね？　詳しくははぐらかされてしまったんですけど」

ダンさんの事件後、別人のように礼儀正しくなった彼を不思議に思っていたら、ふいにハロルドさんが漏らした言葉。それが呪詛だったはず。

「そうだったっけ？　まぁ、僕もマル君と会うまでは、完璧な答えを持ち合わせていたわけじゃなかったからね」

ハロルドさんの言葉に、マル君は腕を組んで満足そうに頷いた。

俺のおかげだぞ、というのが全身から滲み出ている。

「呪詛とは魔族と契約し、何らかの対価を払って対象を呪うもの。そして魔族に対する最終兵器が聖女の魔力。だけど、あまりに呪いが進行しすぎてて白の聖女様の力だけじゃ足りなかった。だから、黒の聖女様の力を頼った、ってことさ」

なるほど。足りない、の意味がようやく分かった。

魔族にとって聖女の力は天敵。一人で足りないのなら、もう一人連れてくればいい。

白の聖女である有栖ちゃんと、黒の聖女である梓さん。

魔族が関わっている呪詛相手に、これほど心強いタッグはないだろう。

「あれ？」

そこでふと、私は違和感を覚えた。

「なんでマル君は過去形で話さないんですか？」

そうだ。二人がタッグを組んで浄化に当たったのなら、少女の病状は良くなったはず。

それなのに、マル君はなぜ「随分と酷い状況だろうさ」や「猶予はあまり残されていない」など、現在進行形で語るのだろう。

嫌な予感がする。

私は膝の上に置いておいた拳を、自然と握りしめた。

「――ライフォードのことだから回復薬を準備して行ったんだろうけど……それでも足りなかった。

そうだろう？」

ライフォードさんは苦々しく顔を歪め、その通りです、と言葉を絞り出した。

「回復薬の使用は一日三本まで。それが限度です。だから三本目は保険でした。でも、足りなかったのです。白の聖女はその少女に異様なほど入れ込んでいたのが傍目《はため》からでも分かっていたので、三本目使用後、私と王子で無理やり引き離しました。しかしまさか黒の聖女まで無茶をするとは」

「だってあともうちょっとだと思ったのよ！　もうちょっと、だったのよ。絶対そう。だから、次は失敗しないわ。いいえ、失敗できないの」

「お気持ちは分かります。ですが、それで貴女の命が危険に晒されるなど、あってはならぬこと。どうか、無茶はお控えください」

心からの願い。

普段の王子様然とした煌びやかなオーラは鳴りを潜め、ただ純粋に彼女の騎士――国を守る第一騎士団長としての表情を浮かべる。

梓さんは聖女に選ばれるような人。幼い少女を見殺しには出来ない。

けれど、彼の想いを無下にできるほど、二人の関係は浅くなかった。

「分かってるわよ、そんなこと……。でも……あ。そうだ！　今度は回復薬にプラスして凛さんの料理で体力と魔力を回復していけば！」

「無駄だと思うよ？」

さも名案とばかりに立ち上がった梓さんだったが、ハロルドさんが静かに否定する。

「魔物との戦いだって、一度で沈めないと対策を練られることもある。呪詛なんて対魔族みたいなものだよ？　いくら聖女の魔力とは言え同等の力で事足りる、なんて考えは甘いよ」

淡々と感情のこもっていないその声色に、彼女は閉口した。

驚くのも無理はない。この人は懐《ふところ》に入れた人間にはそれなりに世話を焼いたりするが、自分の手からはみ出る者には至極冷淡。

まるで籠《かご》に入った虫を観察するように合理的な判断を下す。

だからこそ、魔族であるマル君と気があうのかもしれないけれど。

「私たちだけで向かうのではなくて、店長さんたちに協力を求めた方が良かった、ってこと？」

「さぁ、どうだろうね。今更何を言ったって過ぎた過去は戻ってこないし、無意味だよ」

「ちょっと、ハロルドさん！」

「え？　何？　僕何か変なこと言った？」

何も間違ったことは言っていないし、全て正論だとは思うけど、もう少し相手の気持ちになって言葉を選んでほしい。

――まぁ、そうは言っても無理なんだろうなぁ。

誰かの気持ちに寄り添える人なら、ビックリするほど不味い料理で食堂を開業しようとは思わないもの。いくら普通の店より効能が良くても、胃の中に入れられないんじゃ本末転倒だって、分かるでしょう。普通は。

「すみません、うちの店長が……」

「ううん。もっと慎重になるべきだった。それは確かだもの。でもぶっちゃけ、団長さんにガミガミ言われるより堪えるわ。よくこの人の下についていられるわね。あたしならその内心折られそうよ。凄いわ、凛さん」

彼女はヒールを響かせ私の前まで来ると、乱暴な手つきで私の頭をわしゃわしゃと撫でくりまわした。そして「でも大丈夫。あたし、諦め悪いから」と言ってニヤリと不敵に笑った。

凄いのは梓さんの方ですよ。本当に。

「頭ぐちゃぐちゃです……！」

「ふふっ、ごめんなさい。さて、そろそろ帰るわ。早く対策を練らないといけないしね。のんびりしている時間なんてないわ。あたしが諦めるとすれば、それはもうどうしようもない状態になってから。まだ希望はある。そうでしょう？」

長い黒髪をくるりと翻《ひるがえ》し、彼女は真っ直ぐにハロルドさんを見た。

「でも……、でもね。もし、知恵があるなら貸してほしい。初動のミスを押し付ける形になって申し訳ないけれど、私は聖女です。この手に乗せた以上、小さな砂の一欠けらすら零れ落ちたりさせないわ」

漆黒の瞳に宿るのは決意の証。

胸を張って真っ直ぐにハロルドさんを見据える彼女の表情に、一片の曇りもなかった。

聖女としての矜持《きょうじ》。責任感。それに押しつぶされたりはせず、どこで間違えたと狼狽《うろた》えたりもせず、使えるものは全て使って救おうとする。

彼女を聖女に選んだ存在がいるとするのなら、有能としか言いようがない。たとえ突如異世界から呼び寄せられた元会社員だったとしても、関係ない。

彼女こそ紛れもなく聖女様だ。

まぁ、隅っこで胃を押さえているライフォードさんは見ないふりをしておこう。頑張れ、護衛騎士様。

さすがのハロルドさんとて、聖女様にここまで言わせて無理だと切り捨てたりはしない。小さく微笑んで、「うん」と頷いた。

「聖女様の頼みとあらば仕方ないね。少し考えてみるよ」

「ありがとう、店長さん」

私も何かお手伝いできれば良いのだけど。

話についていくのがやっとで、現状足手まといにしかなっていない自分が情けない。料理でフォローする案は既にハロルドさんから却下されている。

何か、何か他に、梓さんたちをバックアップできる方法はないのだろうか。

――雷の魔法は……使い道ないわよね。

とりあえずお見送りの準備でもしようと席を立ち、ドアノブに手を掛ける。

外はもう暗いから、ついでにクローズの看板も出しておかないと――なんて考えていたら、梓さんの声が響いた。

「凛さん、ちょっとまって!!」

「はい？　なんでしょう？」

「えーっと、えーっと、あ！　お、お土産《みやげ》もいいかしら？　ほら、夜食に！」

「梓さん……」

まだ食べるんですか。

まぁ確かに、これから作戦を練り直すのなら食べ物があった方が良い。お腹がすいたら頭が回らなくなるものね。

うん。なるほど。ならライフォードさんの分も用意しておこうかな。

お役に立てるなら、と私はドアノブから手を離す。途端、クシュン、という可愛《かわい》らしい女の子のくしゃみが聞こえた気がした。続いて「寒いのか？」という男性の声も。

店の外に誰かいるのだろうか。いるとしたら、何故入ってこないのだろう。今の時期、外はかなり寒い。風よけ目的だけでも大歓迎なのに。

何か入りづらい理由があるのかしら。

やっぱり魔女の噂が尾を引いているのかな。だとしたらショックだ。

「ん？　あれ？　でも……」

店内に慌てて入ってきたのは梓さんとライフォードさんの二人。

しかし、少女の治療に当たっていたのは聖女様二人のはず。いくらライフォードさんがついているとは言え、あれだけ疲弊した梓さんを放って、先に城へ戻るだろうか。

もしかして――。

「四人分、かな？」

私はふ、と笑って厨房へと足を向けた。

＊　＊　＊　＊　＊　＊　＊

お気をつけて、という優しい声を背に受けながら、梓とライフォードはレストランテ・ハロルドを出た。彼女の腕には大きな紙袋が抱えられている。

中には六つのハンバーガー。

これは凛に店のドアを開けられては困る梓が、彼女を遠ざけるため機転を利《き》かせて頼んだ夜食である。しかし、ちょっと多すぎやしないだろうか。

半分は何食わぬ顔でさらりと「私の分もお願いしますね。三つほど」と付け加えてきたライフォードのせいだから良いとして、残りの三つは全部梓用だったりするのだろうか。

魔力の使い過ぎで体力が気絶寸前まで落ちていたので、驚くべきスピードと食欲で大量の料理を平らげた自覚はある。自覚はあるが、まだこれだけ食べると思われたのなら少しショックだ。

ライフォードと同レベルではないか。

――せめて一個だと思うんだけどなぁ。大食いのイメージついちゃったかしら。

「君、今食べてきたばかりじゃないのか？　まだそんなに……」

横からスッと現れ、紙袋の中をのぞき見る男。

ダリウス・ランバルト王子。

透き通るような銀髪が風に乗ってさらりと揺れ、パープルの瞳が呆然と丸まった。綺麗な顔立ちをしているので、鑑賞物としてなら及第点をあげても良い。

まぁ、一言でも喋ったら台無しなのだけれど。

誰のせいでライフォードと同類にされかけていると思うのだろう。デリカシーはないのか。デリカシーは。

梓は片手で彼の頬をぐいと押しやった。

「近い。邪魔。半分は団長さんのだし、そもそもあんたたちと凛さんが鉢合わせしないよう気遣ってあげたの。これはその結果。わかる？　おかげで凛さんに「この人どんだけ食べるの？」みたいな目で見られたあたしの気持ちわかる？　あの凛さんによ！　へこむわ！」

「す、すまない。……じゃあ、君が食べるわけではないのか？」

ダリウスの視線が紙袋に注がれている気はしたが、梓はぷいとそっぽを向いた。

すまない、と謝れるだけ成長は感じられるが、それはそれ。今まで積み重なってきた数々の暴言などが頭を掠め、素直に優しくなんてできなかった。

そもそも、簡単に許してしまっては、この程度だったと思われかねない。

それは駄目だ。

立場のある人間が他人を思いやれないなんて最低である。自分の間違いはしっかり心に刻みつけてもらわないと。失った信用は、簡単には取り戻せないのだ。

もっとも、それは彼女にも言えることなのだけれど。

ダリウスの陰に隠れている少女。自身を限りなく小さく見せるよう両足を折りたたみ、それを抱きかかえる形で俯いている。

白の聖女、有栖だ。

「今の時期、外寒いでしょ。先に帰ってればよかったのに」

「別にこのくらいどうってことないもん。わたしのせいなのに、梓を置いて一人で逃げ帰るなんてしたくないし……くしゅん！」

「ったく。あんたはもぉ、梓お姉さん、って言ってるでしょ。あーあー、こんなに手、冷たくしちゃってまぁ」

しゃがんで膝の上に紙袋をのせる。そして有栖の両手を摑み、ぎゅっと握りしめた。

「大丈夫だってば。くしゅん！」

「全然大丈夫じゃないじゃない。風邪ひいたらどうするのよ」

「十分前くらいからくしゃみが止まらないだけ。風邪なんてひかない」

「十分前くらい？　……そっか」

梓は紙袋の中身を再度確認すると、なるほど、と頷いた。

――くしゃみ、凛さんに聞こえちゃってたのかぁ。

ということは、だ。

彼らの存在を気付かれないよう梓が頼んだ夜食は、結局のところ意味はなかったのかもしれない。

ダリウス王子と有栖に苦しめられたのは、何も梓だけではない。むしろ「お前はいらない」とばかりに城を追い出された凛の方が、彼らに対して苦手意識を抱いているはずだ。

凛が彼らに気付いたら気を悪くすると思って、気を遣っていたのだが。

敵《かな》わない。

梓はふ、と小さく笑った。

「はい。これ。きっとあなたのよ？」

「え……？」

紙袋からハンバーガーを一つ取り出して、有栖に渡す。

許すとも許さないとも言っていないから、王子と有栖用の料理が用意されていたとしても、凛が全てを水に流したとは言えない。そもそも、彼らの分だと明言されておらず、梓が勝手にそうだと解釈しただけだ。

簡単には許さない。けれど、気遣いは忘れない。

「……い、要らない。頼んでないし！　わたしは元気だもん。この世界の料理なんて、元気なのに無理して食べるものじゃないでしょ。梓の方が食べるべきじゃないの？」

「あたしはいっぱい食べてきたわよ。そりゃもう、いっぱいね！」

「それに、それ、お金がない人が食べるものでしょ。名前くらいは知ってる」

「何。あんたどこのお嬢様よ」

「お嬢様ですけど」

む、と唇を尖らせる有栖。

聖女様だなんだとちやほやされることに未だ慣れない梓と違い、有栖は最初から持ち上げられることに慣れていた。不思議に思っていたが、本物のお嬢様だったのなら納得だ。

——美味《おい》しいんだけどなぁ。

梓は手の中にあるハンバーガーを見つめる。

すると、どこからか腕が伸びてきて、それを奪っていった。

「君は要らないのだろう？　アリス。仕方がないから僕が貰ってあげよう」

「え。それはなんか嫌」

「なぜだ!?」

ダリウスの手からハンバーガーを奪い返した有栖は、それを両手でぎゅっと抱きしめる。

ダリウスはなお「アリス」「なぁ、アリス。半分ダメか？」と追いすがるように交渉を持ちかけては素っ気なくノーを突きつけられ、誰から見ても分かるほど肩を落としていた。

失礼だが、いい気味――いえ、面白くて笑ってしまいそうになる。

「何？　お腹空いてんの？　ほら、あんたにもあげるわよ」

「ぼ、僕の分もあるのか⁉」

「ちょっと食いつきが凄いんだけど！　落ち着きなさい！」

紙袋からハンバーガーを出すなり、目にも留まらぬ速さで奪われる。

どれだけ必死なのか。

確かに今日、ダリウスは随分働いていた。体力が限界に近いのかもしれない。ならば仕方がない。一つくらい恵んであげよう。――そう考えた梓だったが、彼の表情を見て違うと確信した。

パープルの瞳を愛おしげに細め、花が綻《ほころ》ぶような微笑みを浮かべる。頬は薄らと桜色に染まり、誰がどう見ても特別な感情を抱いていると分かった。

あまりにも繊細な手つきで触れるものだから、まるで希少なガラス細工だと勘違いしてしまいそうになる。ハンバーガーなのに。食べ物なのに。

――凛さん、また何かやったのね。

凛が城へ直接デリバリーに来たのは数日前。そう言えば、その時に持って来てくれたのはハンバーガーだった。

なぜ気付かなかったのだろう。

王子の性格が急に丸くなったのだって、何か関係があるかもしれない。

「あー、えっと、まぁ、有栖がいるって分かったんなら、必然的にあんたもいるって分かるでしょ。凛さんって勘が鋭いし。だからこれは、多分あんたの分だと思う。ほんと、心が広いわよねぇ。あたしだったらあんたの分なんて絶対用意しないけど」

「……そんなの、僕が一番わかってる」

どこか寂しげで、どこか覚悟の決まった声。

ダリウス自身、凛が彼を許していないことを理解しているのだ。

理解しているからこそ――。

「では残りは私が」

涼やかな声と共に紙袋が手から消えた。

声の主はもちろん、ライフォードである。彼は袋の中を覗き、満足そうに微笑んだ。ダリウス程ではないにしても、随分と気の抜けた表情である。

騎士団長として誇りと規律が服を着て歩いているような男にこんな顔をさせるのだから、彼女の料理は凄い。しかし、それをどう勘違いしたかは分からないが、ダリウスの手がライフォードの持つ紙袋に伸びた。

「少し横暴じゃないか？　僕は一つなのに」

「残念ですが王子、これはリンが私に作ってくださったものです。ええ、本当に残念ですが、彼女の厚意を裏切るわけにはいきませんので、いくら王子でも差し上げることは出来かねます」

「だったら少しくらい残念そうな素振りを見せたらどうだ！　あと言い方が一々癪に障るのだがわ

ざとだろう！　そうだろう！」

「さすがに被害妄想かと」

子犬のようにキャンキャン吠えて突っかかってくるダリウスを、容易《たやす》くいなして完璧なつくり笑
顔を浮かべる。

しかし、あの顔に騙されるなかれ。

ライフォードは弟であるジークフリード以外にはとことん厳しい。それは彼自身も含まれるのだ
が——ブラコンもいい加減にしろ、と何度思ったことか。

男二人が「中の声は聴いていたぞ。お前の分は三つのはずだ！　なら一つ余るはずだ」「だから
と言って王子に差し上げる義理はありませんが？」「素！　お前っ、それが素か！　いつもの優等
生面《づら》はどうした！」などと漫才を繰り広げている隙に、梓はもう一度有栖の前に座り込んだ。

「大丈夫。味は保証するわ。だから食べてみなさい。美味しいものを食べて英気を養わないとね。

心が死んだら終わりよ。だから、ほら、冷めないうちにね」

普段お高く留まっている第一王子に、優等生面をした騎士団長様。彼らがこぞって奪い合ってい
るので、少しは興味が湧いたらしい。

有栖はハンバーガーをくるんでいる紙を慎重に剥がすと、一口かぶり付いた。

「おい、しい」

ぽつりと零れ落ちた言葉。

一口。また一口と、ハンバーガーが欠けていくたび、彼女の瞳に涙が溜まっていく。

有栖にとっては懐かしい味、というわけではないのだろうけれど、それでも舌が美味しさを覚え

ている。それは遠い異世界に来て聖女という役割を負わされた彼女にとって、きっと力になったはずだ。

「うん。じゃ、それ食べたら城に帰って作戦会議ね。城の魔導師全員集めて情報収集！　聖女様の強権発動しちゃうんだから。今夜は寝かせないわよぉ！　ほほほほほ！」

「……っ、ぅん」

ぼろぼろと涙をこぼしながら、それでもハンバーガーを食べる手は止まらないらしい。

この世界に来て、心から美味しいと思えるものを食べたことなどなかったのだろう。

食事は体力を回復するもの。効果量のみが重要視される世界。

国の重要人物である聖女ならば、それは尚のこと。味なんて度外視したものばかりを出される。

梓はまだレストランテ・ハロルドのデリバリーサービスを利用していたので、心の栄養は確保できていた。

今思っても、なんという幸運か。

「頑張りましょう。ここが踏ん張りどころよ。大丈夫って信じているうちはまだ大丈夫。だから、おねーさん達にまかせなさい！」

「たち？」

「ええ。もしかすると城の全員を動員しても敵わないくらい、優秀な人たちを味方に付けられたからね。……はぁ、ほんと、なんなのかしらね。この食堂は」

「小国くらいなら軽く崩壊させられるくらいの戦力はあるでしょうね」

ダリウスから無事ハンバーガーを守ったらしいライフォードが、会話に混ざってきた。彼の背後に唇を嚙む王子の姿が見えた気がしたが、あえて見ないふりをする。

正体は不明だが、魔法のエキスパートで天下の騎士団長様たちから頼られる店長、ハロルド・ヒューイット。飄々《ひょうひょう》とした態度で煙に巻きがちだが、凛やハロルドに手を出すのなら容赦はしないであろう高位の魔族、マルコシアス。

この二人だけでも戦力的には十分なのだが、そこに凛と凛の料理が加われば、中から突き崩すとも容易になるだろう。

実に恐ろしい集団だ。

ある意味、彼らが経営しているのがただの食堂で良かったのかもしれない。

「え？　どういうこと？　ここって食堂じゃないの？　戦力？」

「あんたもすぐに分かるわよ。まぁ、ともかく悲観してばかりじゃいられないってこと。あたし達もあたし達の出来ることをしましょ！」

梓は軽く有栖の肩を叩くと、レストランテ・ハロルドを見上げたのだった。

＊　＊　＊　＊　＊　＊　＊

本日、レストランテ・ハロルドはお休みである。

定休日以外を休みにすることはとても稀《まれ》なのだが、今朝ハロルドさんの一存で臨時休業が決まった。採算度外視の個人店だからこそなせる業《わざ》だ。

もっとも、ハロルドさんが休みにしなくとも、私から休業を提案していたけれど。

梓さんが、あんなにも身体を張って呪詛に立ち向かっている。なら、私だってただ指をくわえて見守っているわけにはいかないでしょう。

聖女の力などない私では役に立たないかもしれない。

それでも——苦しんでいる少女のため、私は私のできることをしたい。

「ハロルドさん。何か解決の糸口、見つかりましたか？」

四人掛けテーブル席の上に、古びた本が山となって積まれている。

元はハロルドさんの自室にあったものだ。彼は「こっちの方が広いから」と、それらを上から持って降りるなり、朝からずっと読みふけっている。

パッと見、ただの古い本。

しかし、王立図書館などで厳重に保管されていてもおかしくないレベルの文献資料らしく、いくら召喚者ボーナスで翻訳機能が付与されている私でも、全く読むことが出来ない代物である。

というか、なんでそんなもの大量に所持しているんですか。

私は彼の邪魔にならないよう本の間を縫って、そっと紅茶を差し入れる。

「ありがと、リン。でも駄目だね。一度読み終わってるものばかりだから、新たな発見っていうのはそうそう見つかるものじゃないさ。やっぱ、マル君が頼りかなぁ」

ハロルドさんは手に持っていた本を閉じると、右手で目頭を揉み解《ほぐ》し、もう片方の手で紅茶のカップを持ち上げた。

現在、マル君には少女の容体を確認しに行ってもらっている。

私たちが正面から面会を希望しても、素っ気無く断られるだろう。だからハロルドさんの提案でマル君一人に任せることにした。

もちろん、魔族の影移動でそろっと少女の部屋に侵入し、様子を見てきてもらうだけだ。

でもこれ、不法侵入よね。駄目なやつですよね。

――本当は注意の一つくらい、しておくべきなのかもしれないけど。

私は状況と良心を天秤に掛けて、口をつぐむことにした。仕方がない。今回はやむを得ない状況だ。正攻法ばかりにこだわって手遅れになりました、なんて許されない。

大丈夫。子供ではないもの。

正しいだけが最良の選択肢ではないことくらい、理解している。


「戻ったぞ」

椅子に座って紅茶を飲んでいるハロルドさんの影。そこからずるりとマル君が這い出てきた。

何度見ても慣れない光景だ。ホラー映画のワンシーンみたいで、ちょっと心臓に悪い。

夜中だったら悲鳴を上げてしまいそうだ。

対してハロルドさんは既に見慣れているのか、視線すら寄越さずに「おかえりー」と気の抜けた返事をした。

「おかえりなさい、マル君。どうでした？」

「少し待て。まずは――」

彼は机の上に積まれている本の山を一瞥《いちべつ》すると、はぁとため息をついてハロルドさんの頬っぺたを突っつき始めた。

「ちょ、痛っ、いひゃい！　にゃにすっ、マル君！」

「誰が片付けると思っているんだお前」

「えー、手伝ってくれるんでしょ？」

何の悪びれもなく満面の笑みでマル君を指差すハロルドさん。断られる可能性を一切考慮に入れていない言い方だ。もとよりマル君に頼る気満々だったわけですね。

片付けくらい、子供じゃないんだから自分で出来るでしょうに。

しかし、当のマル君はなぜか「仕方がないな」と呆れ顔で頷いたのだった。

何も仕方なくないと思うんですけど。断らないんですか。

「貸しだからな。後で駄賃は請求するぞ」

「あはは、マル君のそういうとこ好きだよー」

甘いぞマル君。ちょろいぞマル君。

この人――じゃなくて魔族様、尊大で俺様なくせに世話焼きなんだから。

なんですか。貴方《あなた》は駄目人間製造機か何かですか。

まったくもう。ハロルドさんは基本面倒くさがりだから、甘やかすのは厳禁なのに。お世話なしに生きていけない人になったらどうしてくれるんですか。

まぁ、頭が良くて騎士団長たちからも頼りにされる天才魔導師様な上、基本ちゃんとお礼の言える人だから甘やかし甲斐《がい》があるのは分かるけど。

私だって何度か折れてしまっているし。

蕩けるような金色の瞳で「してくれるよね？」などという視線を向けられたら、抗《あらが》いがたいのだ。世話焼き属性のある人物には殊更《ことさら》効くのだろう。多分。

しかし。――しかし、である。

「あれ？　どうしたのリン。怖い顔して」

「今回は私事ではありませんし、必要経費だと割り切って私も片付けくらいは手伝います。で、す、が！　お世話になっている人が堕落している様を、ただ黙って見ているわけにはいきません。お二人にはこの件が終わったらお話があります」

私の言葉にハロルドさんは「堕落⁉」と妙にショックを受けており、逆にマル君は「なるほど。俺の好みとはかけ離れているが、こういう堕落のさせ方も……」なんて真顔で何か納得していた。

堕落勝負でもしていたのかしら。

だとしたら、既にハロルドさんの完敗だと思う。

「ともかく。今は目の前の件が最優先です。ほら、とっとと隣のテーブルに移動ですよ。本だらけでは話も出来ませんし。マル君も。報告をお願いします」

私の剣幕に押された二人は、無言で頷き隣のテーブルに移動してくれた。

ちなみに、隣も四人掛けのテーブル席なのだが、二人とも私の横に座ろうというそぶりすら見せず、仲良く私の向かい側に腰を下ろした。

もう。失礼しちゃうな。

「では、俺の見解を述べよう」

「お願いします」

マル君は咳払いを一つ零して口を開いた。

「基本は昨日言った通りだ。聖女にまで残り香が染みついた呪詛《じゅそ》だからな。やはり相当浸潤していた。とは言え、最初の見立てでは二、三日が峠だと予想していたが、もう少しは持ちこたえられそうだ。恐らくは一週間」

「一週間……」

「聖女のおかげで思っていたよりは進行は抑えられている。ただ、あくまで抑えているだけだ。

――いや、お前ら相手に濁しても仕方がないな」

彼の言葉にハロルドさんの眉間に皺《しわ》がよる。

既に察しはついているのか、ガリガリと頭を掻いて盛大なため息を吐いた。

あまり良い報告ではなさそうだ。

「相手は随分慎重な奴だ。聖女から二度目の攻勢があると踏んで、迎撃の方に力を割いていると見た。急いで侵食を進めるより、もう一度聖女の力を弾いてから確実に全身を蝕《むしば》んでやろう、という魂胆だろう」

「うっわ。意地悪ぅい」

「本音は？」

赤い目が緩やかに細まり、ハロルドさんを捉えた。

「……手強《てごわ》いね。たとえるなら鉄壁の城塞に一週間で攻め入ろうってことでしょ？　それも、こちらの手札はほぼ全て切り終わっていて、相手は対策済みときた。普通に考えたら無理でしょ。そんなの。いくら対処時間が伸びたところで、スズメの涙さ」

「そんなっ！　だって、それじゃあ……」

少女が異形のモノへと飲み込まれていく様を、ただ見つめることしか出来ない――声に乗せることが出来ず、私はぎゅっと唇を噛んだ。

「ハロルドの言う通りだ。正攻法で攻めるのは不可能。いくら同族とは言え、契約を結んだ呪詛に手は出せん。俺やハロルドに出来るのは、せめて人である内に――」

「マル君」

ハロルドさんの手がマル君の口を塞ぐ。

言わなくても良いことだ。ハロルドさんが首を横に振った。

気を遣ってくれているのだろう。でも、私だって能天気な楽天家ではないから分かってしまった。

いざとなったら、彼らは汚れ役を引き受けるつもりなのだ。

梓さんや有栖ちゃんは当然として、騎士団長であるライフォードさんやダリウス王子に任せるべき仕事でもない。

「気を遣わないでください。私は魔女ですよ？　仲間外れは嫌です。ちゃんと、道連れにしてくださいね」

「――リン。……もう、君は馬鹿だなぁ」

「ハロルドさん程じゃないですよ」

「ええ。こんな美形で頭良くって完璧な男捕まえて、馬鹿だっていうの？」

ハロルドさんは身体を乗り出して、私の頭をわしゃわしゃと撫でまわした。

困ったように眉を寄せ、それでもどこか嬉しそうに目を細める姿は父親のようであり、兄のようでもあった。

ああ、そっか。こんな人だから、ついつい世話を焼いちゃうんだよね。

これじゃあマル君を怒れないや。

「さて、こんな湿っぽいのはやめやめ。最終手段なんて本当は考えない方が良い。だから、ここからは建設的な話をしよう」

「まだ何か助けられる方法があるんですか⁉」

「言ったはずだよ、リン。正攻法じゃあ無理だとね。正面からの突破は諦めよう。だけどまだ、一つだけ可能性が残されている。外が無理なら内側からさ」

「内側？」

私は両手を自分の胸においてみた。

外側。つまり城門や城壁を人間に当てはめると、皮膚やそれに付随するものとなる。聖女の魔力を直接皮膚に触れて浄化するのは不可能。

ならば、内側から攻め入るその内側とは——私はハッとして唇に手を当て、周囲を見回す。

そうだ。内側ならばうちの専売特許ではないか。

「さすがリン。気づいたようだね。さぁて、レストランテ・ハロルド、腕の見せ所だ。やるぞぉ、お前たちー！」

体内から浄化していく。

確かに、敵が外側の守りに徹しているのならば一番の対処法だ。

けれど、そう上手《うま》くいくのだろうか。ハロルドさんの言い方が楽観的だから惑わされそうになるけど、越えなければいけない問題は山積みのはず。

「呪詛を浄化するための素材探し、弱った身体でも取り入れられる調理方法。最低でもこれらを一週間足らずでクリアしなければならない。お前のことだ、理解していないわけではあるまい？」

「当たり前じゃん。僕を誰だと思ってるの？」

マル君の問いかけに、ハロルドさんは不敵に笑って席を立つ。そして、迷いのない足取りで調理場までやってくると、魔法で冷気を閉じ込めた疑似《ぎじ》冷蔵庫を開いた。

ふわり、と冷気が白いもやとなって空中を漂う。

基本的にレストランテ・ハロルドで使う食材が仕舞われているそれだが、一番下の小さなスペースだけハロルドさん専用の保管庫となっていた。

「これを使うってわけさ」

ハロルドさんは私たちの傍まで戻ってくると、疑似冷蔵庫から取り出したものをテーブルの上に置いた。瓶に入った赤味を帯びた飴色の液体。

ナチュラルビーの蜜だ。

魔力を通してあるので、キラキラとラメのような輝きを内包している。

夏場ほど日差しを気にする人が少ないため使用機会は減ってきているが、それでもうちにとってはなくてはならない貴重な食材である。

「これ、いつも使っているのとは違ってね。ダン君がリンから無理やり奪って食べたやつの残りなんだ。なかなか興味深い研究対象だったから、残しておいたのさ」

「お前、本気か？」

「もちろん」

マル君は眉をひそめ、蜜の入った瓶から逃げるように身体を引いた。

何か嫌なものでも見る様な目つきだ。

「ダン君の態度が変わったのは呪詛のせいだ、ってリンには前に話したよね？　では、その呪詛を退けたものは一体なんだったのか？　彼自身、腹に穴は空いたけど目が覚めた、この蜜には特別な効果があってそれが自分を救った、って言ってたけどさ。それ、正解だったんだよね」

ハロルドさんは瓶の蓋《ふた》をトントンと指で叩いて、唇の端を持ち上げた。

「これなら、可能性はある」

配分の問題はあるけどね、と付け足して、彼は私の肩を軽く叩いた。

その辺りは私任せってことですよね。

食材のステータスが見えるという、私の特殊能力が重要となってくる。何せこのナチュラルビーの蜜、配分を間違えると最悪胃に穴が空くレベルのマイナス効果が付与されるのだ。

「ちなみに聞くが、これが毒に変貌する割合はどれくらいからだ？」

「一度確認します」

ナチュラルビーの蜜は、日焼け防止効果のある特製ドリンクにも使用している。けれどハロルドさんは、ダンさんの胃に穴を空けた蜜をわざわざ保管していた。

いつも使っているものと何か違いがあるのかもしれない。

私はそう考え、改めて鑑定し直す。

単体で食べる分には問題はないが、その場合効果はなし。手を加えて料理という形にしないと、効果は表れない。これは他の食材と一緒だ。

「大体、全体の30パーセント以上を占めると毒に変貌します。それから――あっ！　浄化効果、付いています！　どうして？　いや、今はそんなの後回しね。えっと、全体の29パーセントに近ければ近いほど効果を発揮します！」

凄い。

普段、ナチュラルビーの蜜には炎の魔力を通し、火の耐性を付けてから利用している。でも、浄化効果なんて付いていなかった。

そんな珍しい効果が付いていていたら、いくら私でも記憶の片隅に残っているはずだ。

どういうことなのだろう。

魔力を通す時、私に内緒で何か特別な仕掛けを施してたのかしら。

まぁ、ハロルドさんならやりかねないけど。

「ん？　29パーセント？　待って。確か一番危ない分量って、確か……——ッ」

私は慌てて画面を確認し、ぐっと唇を噛んだ。

現実とはままならないもの。どうして光明が見えた途端、暗闇に包まれてしまうのだろうか。

「なるほど。近いか」

「はい。毒が、最大効力を発揮するのは……30パーセント、です」

私は吐きだすように、喉の奥から言葉を絞り出した。

最大、むしろ最悪の効果を発揮するのが30パーセント。ではギリギリ29パーセントの調整でいけるか、と言われれば首を縦に振ることは出来ない。

なぜなら、その付近でも高いマイナス効果を発揮するからだ。最大の浄化効果を盛り込むためには、最悪に近いマイナス効果も同時に付与される、ということになる。

毒の効果が薄ければ、まだ手の打ちようはあった。

でも、これじゃあ――。

「ハロルドさん、これは諸刃の剣ですよ⁉」

私の叫びに、マル君が頷く。

「内側から崩すには、限界まで効力を高めなければいけない。しかし、効果を高めたければ毒を甘んじて受け入れなければならない。良薬は口に苦し、とは言うが、苦いどころじゃ済まんぞ。どうするつもりだ？」

「そんなの、一瞬で毒の効果を回復させるしかないでしょ」

「子供だぞ。呪詛に侵され、今でさえギリギリだというのに、保つかどうかは賭けだ」

「良くて四割かな。でも、可能性があるだけマシじゃない？　戦果的に言うと上々だと思うけど」

「……お前」

マル君は目をぱちくりと瞬かせたあと、小さくため息をついた。

ハロルドさんの言葉は実に理性的だ。

ゼロに近い賭け値が四割も回復したのだから、成果としては高い方。しかし、だからといって喜べるほど人の感情は合理的にできていない。

最初からそうだった。

彼は自分も他人も、容赦なく実験対象として見ていた。今でこそ私が無茶をすると叱ってくれたりもするが、他人や自分の身体には基本的にドライな人なのだ。

魔族であるマル君の方が、まだ人間的な反応を返してくれる。

「おい、リン。これは本当に人間か？」

「私に聞かないでください！　でもハロルドさんがこういう人だって、貴方《あなた》も知っているでしょう。ああもう！　せめて、せめてもう少し確率を上げないと……」

ぐしゃぐしゃと髪を掻きむしり、両手で抱えるように頭を抱く。

すると、急に上から重しが乗ったように体重をかけられた。

マル君の手だ。

「ハロルドはこれ以上役には立つまい。ここが限界点だと諦めるか、その先を目指して完全な勝利をもぎ取るかはお前にかかっているぞ、ご主人様」

「分かっています、足がかりが見つかったのに諦めるなんてできません。まだ、時間はある。まだ、まだ、何か――」

浄化の力は聖女の力。つまり聖魔法の力。

この聖魔法の効果を増幅させる何かがあれば、少量でも効果が発揮されるかもしれないけれど。

そんな都合の良い材料がポンと現れるわけが――。

「あ」

ふと視線を上げたその先。

観賞用にとカウンターテーブルに飾っておいた一輪の花。

ゆらゆらと遊ぶように色味を変える、古《いにしえ》の聖女が気に入っていたというリリウムブラン。

確か、この花の効果は『魔力のみ回復、小』。

そして『聖魔法効果増幅、大』。

「ああ！　あったー!!」

私はカウンターに駆け寄って、花瓶ごとリリウムブランを抱きかかえる。そして私の行動を見守っている二人の元へと急いで戻り、テーブルの真ん中にドン、と置いた。

オパールのように、光の加減でゆらゆらと色味を変える花弁。まるで宝石だ。たった一輪でも吸い込まれてしまいそうな輝きがある
「最初に食べた時、特殊な効果はあっても使用に難あり、と思っていたんです。でも、これをなんとか使える形に持っていけば――」

「食べたんだ」

「食べたのか」

ハロルドさんとマル君から、同時に冷ややかな視線を向けられた。

「なんですか、その目は」

仕方ないじゃないですか。

食材の効能が分かるという特殊能力を最大限発揮するためには、一度食べてみる必要がある。

気になった食材は口にして、今後のレシピに役立てたいと思うのは、料理番として当然でしょう。だから、そんな「もう少し考えて行動しなよ」「こいつなんでも食うんだな、子供か」みたいな目で見られるのは心外です。

今回、それが功を奏して行き止まりを打ち砕いたようなもの。いわばファインプレーだ。

褒めてくれても良いと思うんだけど。

「これ、あれでしょ。昔召喚された聖女が気に入っていたっていう花。君が貰ってきた時は、ビッ

クリしたよ。まさか王都で目にするとは思わなかったもん」

「昔はそこらじゅうで見かけたものだが」

「いつの話だよ、いつの。……で、さ。これにはどんな効果があるの？」

ハロルドさんはリリウムブランの花弁を容赦なくぶちりと千切って光にかざした。キラキラと反射する花弁と同じように、彼の瞳も好奇心で輝いている。

さすが。花より団子ならぬ、花より効能ですね。

もっとも、私だって人のことは言えないのだけれど。

「まず、このリリウムブランには効果が二つあります」

「二つ？」

「ええ。そのキラキラしているコーティングの部分と、中身の柔らかい部分は別物と考えられるからです。コーティングは『魔力のみ回復、小』。そして中身が『聖魔法効果増幅、大』です」

聖魔法効果増幅、という言葉にハロルドさんの眉がピクリと動いた。とは言え、今までの流れからおおよその見当はついていたのか、驚きとしては平坦な反応だ。

ちょっと物足りない。

まぁ、相手はハロルドさんだものね。大袈裟《おおげさ》な反応を期待するだけ無駄である。

彼は考えを巡らせるように視線をぐるりと一周させた後、「でもさ」と口を開いた。

「使用に難あり、なんでしょ？　君がそう判断するくらいだ。特別面倒くさい制約でもあったりするんだろうね」

さすがハロルドさん。話が早い。

「残念ながらその通りです。花弁なのですが、これには『効果はコーティングを元にされる』と注釈があるんです。ですから、花弁の効果はコーティングに作用し、コーティングの効果が人に作用するみたいなんです」

「はっはーん。つまり?」

「ええ。つまり、頑張って周りのコーティングを削りましょう!　おー!」

これが私の考えた作戦――コーティングに作用するなら、コーティング自体を変えれば良いじゃない作戦、だ。

まずは周りのコーティングを全て削ぎ落として花弁を丸裸にする。そして、その花弁にナチュラルビーの蜜を薄くかけて固めれば、少ない分量でも聖魔法『浄化』の効果を高められるはずだ。

「こりゃ骨が折れそうだ」

口では文句を言いつつ、大人しく席についてくるくるとリリウムブランを転がすハロルドさん。どの辺りから削れば効率が良いか考えているのだろう。

こういった面倒な作業を嫌うマル君だが、逃げる前にハロルドさんに服の裾を掴まれ身動きが取れなくなっていた。よし。ナイスですハロルドさん。

恨めしそうなマル君の表情はこの際無視です。無視。

時間がないのだから、労働力を減らすわけにはいかない。

そして私たちはリリウムブランのコーティング剥がしに取り掛かるのだった。

しかし、数十分後。

「リン。これちょっと僕は無理かも」

「同じく」

花弁を傷つけないようスプーンとナイフを使ってコーティングを削っていた私に、男性陣からギブアップの声が寄せられた。さすがに忍耐力がなさすぎるでしょう――と、彼らが持っているリリウムブランに目をやって、私は間違いに気づいた。

ハロルドさんもマル君も、私と一緒にコーティングを削っていた。たまにサボっていないか確認するため、こっそり仕事ぶりを覗き見していたから絶対に間違いはない。

だというのに、彼らの持つ花弁には傷一つ見当たらなかった。

それどころか、削っていた場所に、新しいコーティングが張り直されているのだ。それも、先程のとは段違いに美しいコーティングが。

ハロルドさんの手にある花弁は、一部分だけがキラキラと眩《まばゆ》いばかりに光っている。もともとオパールのような輝きを持っていたが、それとは明らかに違う。

まるでダイヤモンド。それも、理想的な輝きを放つようカッティングされたものに近い。

反対にマル君の手にあるものは、一部分が真っ黒に変色していた。

海底に沈んでもなおほの暗い輝きを纏うブラックパールみたいだ。静かながら力強い輝きに満ちている。

「……宝石加工工場か何かですか、ここは」

「このリリウムブランって花。さすが聖女が気に入っていただけあって凄いよ。たぶん、周りの魔力を吸い取って固形化――コーティングして花弁を守っているようだね。魔力の質にも色々あるからさ、僕はこういう色が出たってわけ」

「普段は空気中の魔力を固形化させているのだろう。俺もハロルドも魔力量は多い。削るスピードよりもこいつのコーティングスピードが上回ったということだな」

二人はリリウムブランをテーブルに置くと、興味深そうに私の手元を見つめてきた。

二人の推測が確かなら、私だって多少なりとも魔力があるわけだし、コーティング現象が起きてもおかしくないのだけど。

幸い、私の持つリリウムブランは大人しく削られたままになっていた。

「おかしいなぁ。君の魔力量って多い方なんだけどなぁ」

「相性が悪かった、とかですか？　雷ですし」

「うーん。今の段階じゃなんとも言えないかな。どうする？」

「やりますよ。もちろん！」

「一人で大丈夫？」

少し心配げなハロルドさんの声に、私はもう一度力強く頷いた。私しか可能性がないのなら、頑張るしかないでしょう。一人きりになったって、やりきってみせる。

それから私は黙々と削り続けた。

日が落ち、夜が深くなっても手は止めなかった。

これで少女の命が救えるのなら、疲労など感じている暇はない。

ハロルドさんやマル君の言った通り、このリリウムブランという花は周囲の魔力を集めて固形化し、コーティングに変えているようだった。でも、どうやら私の魔力を利用することは出来ないみたいで、彼らのように宝石工場と化すことはなかった。

まぁ、それでも私の魔力を利用できないだけ、だったのだが。

「そうよね。空気中に魔力が含まれている以上、元通りのコーティングには戻っていくわよね……」

私が三削れば二コーティングされる、という状況。

まるでイタチごっこだ。

朝の光が差し込んで、眩しさに目が潰れそうである。徹夜なんていつぶりだろう。ガルラ火山遠征についていくと決めたあの時以来かもしれない。

「駄目だ……こんなんじゃ、時間が足りない……。何か、別の方法を……、一気にコーティングを剥がせる方法、とか……ない、かなぁ……。これ、王子に貰ったものだから、彼なら何か……」

――ん？　ダリウス王子？

思考に霞がかかって薄ぼんやりとしている。

眠い。とんでもなく眠い。

ああ、でも、何か思い出さなくてはならないものがある気がして、私は必死に頭を動かした。

「今日って何日……あ」

その時、私は大事な用事を忘れていることに気付いた。

「あああ！　今日ってダリウス王子と約束している日じゃない⁉」

＊　＊　＊　＊　＊　＊

連日行われている呪詛《じゅそ》対策会議。

基本的なメンバーは、白と黒の聖女、ダリウス、ライフォードに加え、魔法特化である第二騎士団の団長アデルの五名だ。

日によって彼ら騎士団長たちの部下が加わるが、今この会議室にいるのは上記五名のみである。

「聖女サマ、そろそろお開きにした方が良いんじゃないか？」

彼――アデルの言葉に、黒の聖女の手がようやく止まる。

第二騎士団団長、アデル・マグドネル。

ダリウスより幼い顔立ち、小さな体躯だというのに五つ以上も年上で、なんとあの元団長ハロルド・ヒューイットを尊敬しているらしい。

少々自己評価が高いきらいがあるが、性格は至って真面目。部下からの信頼も得ている。だというのに、ダリウスの中で彼が変わり者枠から抜け出せないのは、ひとえにハロルド信奉具合からくるものだ。

あの男を尊敬する人間に碌《ろく》な奴はいない、とはダリウスの言い分である。

「分かったわ。とりあえず、また夜に集まりましょう。ちょっと根を詰め過ぎたかもしれないしね。有栖なんて眠っちゃってるし」

黒の聖女はふぁ、と欠伸《あくび》をこぼし窓の外を見た。

さんさんと煌めく太陽が部屋の中へ明かりを運んでいる。夜通しで行われたこの会議も、聖女たちの体調を考慮して一時中断となった。

ダリウスは部屋の隅に運ばせておいたベッドへアリスを運び、上からそっと布団をかけてやる。

本当は自室にあるベッドの方が寝心地も良いのだろうが、ここ最近はずっとこの会議室で黒の聖女と一緒に寝食を共にしていることから、この場所の方が良いと判断したのだ。

「へぇ、王子もちょっとくらい気が利《き》くようになったんじゃない？」

「君には感謝している、黒の聖女。最近は君が傍で一緒に寝てくれるからぐっすり眠れる、とアリスが言っていた」

「あら、嬉しいこと言ってくれるわね。お姉さんの隣は安心するの？」

「いや、お姉さんとは一言も……ああでも、お母さんとは――」

「シャラップ！　いい？　時には知らなくて良いこともあるのよ。だから貴方《あなた》も内容を精査し、伝えるべき事項は見極めなさい？　分かった？」

彼女の迫力に押され、ダリウスはこくこくと反射的に頷いていた。

お母さんは駄目で、お姉さんは喜ばれるのか。いまいち理解できないが、いつか取り返しのつかない失敗をしそうな気がして、心に留めておくことにした。

「さて、と」

「おい。護衛騎士がいなくなった途端、一人でも続けようとするのは駄目だからな」

全く休もうとせず魔族についてまとめられた資料に手を伸ばそうとする黒の聖女を、アデルが制止する。

会議終了と共に、ライフォードは部下の様子を見てくると部屋を出ていった。いくら副官が優秀だとしても、長い間放置し過ぎるのも良くないと考えたのだろう。

幸い、この場には第二騎士団長であるアデルもいる。

彼は黒の聖女にとって土魔法の師。聖女たちを任せるに最も適した人物だ。

「んー、でもさ、あたしたちはここにいる皆と違ってこの世界について知らないことが多すぎるでしょ。それなのに、あなたたちでも解決の糸口を探し出せないことについて議論するんだもの。ちょっとやそっとの頑張りじゃ足りないわ」

「馬鹿。ほんっと馬鹿。そういうのをなんとかするのがオレたちの仕事なんだよ。いいから寝ろ。疲れてちゃ頭も働かないだろ。これは師匠命令だ。いいな？　……ちゃんと、キミが起きるまで傍にいてやるから」

「アデル君……。あなたってほんと、ちっちゃくて可愛いのにカッコいいわよねぇ」

「誰がちっちゃいだ！　可愛いもやめろ！」

最も適した人物、のはずだ。多分。

アデルの頭をぐりぐり撫でまわしながら、だらしのない笑みを浮かべている黒の聖女を見ると、なんとも言えない気持ちになってくる。

途中で痺れを切らしたアデルが立ち上がるまで、彼女のなでなで攻撃は続いた。

悲しいが、あれでは師弟ではなく姉弟だ。

彼女の護衛騎士がライフォードで良かったと改めて思う。

彼でなくては、御《ぎょ》しきれなかっただろう。聖女という存在は、どうしてこうも個性派揃いなのだろうか。ダリウスが思い描いていた聖女とは全く違う。

彼の理想に近いのは、むしろ――。

ダリウスは窓から空を見上げた。

今日はリィンと会う約束をしている日だ。そろそろ時間だが、来てくれるだろうか。

彼女は一度かわした約束を無下にするようなタイプではない。だが、状況が状況だ。来られなくなった、という一報だけで会えない可能性も高い。

そもそも、聖女たちが頑張ってくれているのに、自らの欲を優先させて良いのだろうか。

彼女の貴重な時間を、自分なんかに消費させていいのだろうか。

ダリウスはぎゅっと拳を握った。

けれど――。

こんな時だからこそ彼女に会いたい。会って、話がしたい。顔が見たい。声が聞きたい。

馬鹿みたいだ。こんな感情、重りにしかならないのに。

「ったく、聖女サマは世話が焼けるな。寝ろっつってんのに」

「アデル」

「うぉあぁ!?　お、王子！　いらっしゃったのですか!?」

いるに決まっているだろう。出ていっていないのだから。

昔のダリウスなら「不敬《ふけい》だぞ」と怒りをあらわにするところだが、今のダリウスは違った。

白の聖女、黒の聖女、そして最後にアデルと視線を彷徨《さまよ》わせた後、申し訳なそうに瞳を伏せて「頼みがある」と口にした。

「ダリウス王子がオレに頼み？　はあ、珍しいこともあるものですね。なんでしょう」

「予定がある。しばらく彼女たちをお願いできるか？」

「ご予定、ですか」

アデルは瞳をぱちぱちと瞬かせ、「かしこまりました」と不敵に笑って見せた。

「就任から日が浅いとは言え、第二騎士団長を任されている身。聖女様たちの護衛はわたくしにお任せください。どうぞ、何一つ憂いなくご予定を優先くださいませ」

平然とした口調でそう告げるアデル。しかし彼は今、椅子に座っている聖女の頭に毛布を被せ、もがく彼女を上から押さえつけている状況だ。

前任のハロルドと違って状態異常系の魔法は不得手だと聞いているが、なるほど、魔法で解決できないのなら実力行使というわけか。

小さい小さいと侮っていたが、さすがは騎士団長。それなりの腕力は持ち合わせているらしい。

前言撤回だ。

この聖女を聖女とも思っていない扱い。なかなかやるじゃないか。

彼にならこの場を任せても良いだろう。無理をしがちな黒の聖女を、なんとか休ませることくらいできそうだ。

ダリウスはアデルに礼を述べてからリィンとの約束の場――裏庭の庭園へ急いだ。


ダリウスが目的の場所へたどり着くと、リィンは既にそこにいた。

誰が使用するわけでもないのに、未練たらしく設置したままになっていた木造のガーデンベンチ。

ぽかぽかと暖かい日差しが降り注ぐ中、彼女はそのベンチに座って穏やかな寝息を立てていた。

ダリウスはほっと胸を撫で下ろしてから、リィンの隣へ座る。

「はは、だらしない顔だな」

気持ちよさそうに眠っている彼女を起こす気にはとてもじゃないがなれなかった。

きっと、自分の知らないところで頑張ってくれているのだろう。だから、もう少しだけこのまま寝かせておいてあげよう。

さらさらと揺れるアッシュブロンドを手ですくい、そっと唇を落とす。

——知っているさ。これは幻覚なんだろう？

背後にいるであろう自称天才魔導師の顔を思い浮かべて、ダリウスはふん、と鼻を鳴らした。

まさかあいつに感謝する日が来ようとは。人生何が起きるか分からないものだ。

最初から何もかも間違えた馬鹿な男には、偽物くらいで丁度《ちょうど》いい。この姿も、この関係も、何もかもが偽りだけれど、そうでなければ近づくことすら出来やしない。

初めてあった時、デリバリーやらアイドルやら、この世界にない言葉をぽんぽんと口にして。迂《う》闊《かつ》にもほどがある。

脳内で自動的に翻訳が実行され、瞬時に理解した。

高度な翻訳機能を掛けられている人間は、聖女たちを除いてただ一人。

全ては国のため。小事は切り捨てる。自分は彼女を切り捨てた。

今更だ。

今更これほどまでに胸焦がれようとは。

「どうかこのまま騙し続けて欲しい。どれだけボロをだそうが、君がただの市民だと言うのなら僕はそれを信じよう。君がリィンである限り、僕は君をリィンとして扱おう」

そうしなければ、側にいることすらできない。

もしあの時、君を聖女だと認めていたら。もしあの時、君を城に招き入れていたら。もしあの時、もっと誠実な対応がとれていたら。

もしもばかりが溢れかえって息が苦しくなる。

――もしも僕が、王子じゃなくてジークフリードの立場だったら。

ダリウスは大きく息を吐いて、髪を掻き上げた。

「駄目だ。全然思い浮かばないな」

結局のところ、どう足掻いたって過去は変わらないし、彼女と親しく笑いあえる未来など存在しない。精々今の関係が上限値。

そもそも、これ以上を望む方がおこがましいのだ。それくらい酷いことを彼女にしてしまった。人は間違えたのなら謝るべきだ。しかし、それが許されぬ立場もある。

王とはそういうもの。そうやって育てられた。

些事ならば謝りもしよう。しかし、聖女召喚の儀で間違いが起きましたでは許されない。聖女は民衆にとっての希望。国の根幹を揺るがす大事態になりかねない。

「個人的な謝罪なら君の気が済むまで頭を下げよう。そんなものに、価値があるかは分からないけど」

ふ、と自嘲めいた笑みが漏れる。

いくらダリウスが間違いを認めても、それが公《おおやけ》になることはない。彼女は聖女召喚にまきこまれた一般人のまま。立場は改善されない。

「君は優しいから、僕が謝ったら表面上は許してくれるかもしれない。でも、たぶん、もうこんな風には会ってくれなくなる。今の僕にはその覚悟がない。耐えられないんだ。だからもう少しだけ知らないふりをさせてほしい。この気持ちにけじめがつけられるまで」

君に、二度と会わない覚悟を決めるまで。

君に、ちゃんとさよならを言えるまで。

「弱くてごめん」

よほど疲れているのか、話しかける程度では起きる気配すら見せない。

たまにむにゃむにゃと唇が動いて「じ、く、……と、さん」と、寝言を漏らす。なんの夢を見ているのか一瞬で理解し、チクリと胸が痛んだ。

――夢の中まであいつ一色とは。

「ほとほと勝ち目がないよなぁ」

笑えるくらいの負け戦《いくさ》にダリウスは空を仰いだ。

こんな鬱屈とした気分でも、空は変わらず青かった。突き抜けるような青空が、どこまでも、どこまで続いているような気がして、思わず手を伸ばす。

眩しいくらいキラキラと輝く太陽も、穏やかに流れる雲も、澄み切った青空も、何もかも触れられやしない。虚空を摑んだ手はだらりとベンチの上に落ちた。

ふと隣を見ると、リィンの身体がずりずりと横に倒れかかっていた。背もたれしかないベンチの上だ、眠ったままではバランスがとりづらいのだろう。

ダリウスは急いでリィンとの距離を詰め、彼女が倒れてしまわないよう肩を差し出す。そしてすぐ、ダリウスは身体を強張らせた。

振り向けば真横にリィンの顔。首筋にかかる小さな吐息。

——マズイ、だろ。これ。

ダリウスは心臓の辺りを服の上からぎゅっと握った。

耳が熱い。心臓が早鐘のように打つ。こんな感情今まで知らなかった。

たった数十分の短い逢瀬。それだけで何が分かるのかと言われればそれまでだが、王子としての重圧を少し剥ぎ、はりぼての虚勢を壊してくれた。

それだけで十分だった。

恋をするのに、これ以上の理由なんてない。

「好き、だ」

堪えきれなくなった言葉が、ぽつりと零れた。

不思議な気持ちだ。好きという言葉を口にするときは、もっと多幸感を味わえると思っていたのに。恋とは、ただ幸せなだけではないのだな——と、ダリウスは知った。

憧れていた古の聖女と王族との恋物語は、結局のところ他人の物語でしかない。

ダリウスは少しだけリィンの方へ首を傾けた。

——恋の言葉を君相手に口にすることはないかもしれない。困らせるだけだと知っているから。

「ありがとう——……リン」

それでも。それでもいつかこの言葉だけは、本当の彼女に面と向かって言えるように。真っ直ぐ、彼女の目を見て言えるように。

彼は心の中でごめん、と謝りながらしばしの間目を閉じた。

＊　＊　＊　＊　＊　＊　＊

花弁のコーティングを削る――そんな地道な作業を一日中続けていたものだから、睡魔に負けてしまったらしい。ぽかぽかと暖かい日差しの中、ぼんやりと意識が浮上するのを感じる。

起きなきゃ。

いくら疲れていたとしても半ば仕事で来ているのだ。寝ている場合じゃないでしょう、私。

「……ん、……んん？」

絹糸のようなもので頰を撫でられている感じがする。くすぐったい。でも、柔らかくて良い匂い。

なんだろう、これ。

払いのけようと右手を持ち上げたところで、それが髪の毛だと気付いた。

太陽に透けてキラキラと輝く、銀色の髪。

「ぎん、いろ……？」

嫌な予感しかしない。

恐る恐る顔を横に向けると、驚くほどの至近距離にダリウス王子の顔があった。目を閉じ規則的な吐息を漏らしていることから、眠っていると分かる。

「ひぅわぁあ⁉」

どうしてこんなことに。

慌てて飛び起き、距離を取る。

しかしここは三人掛けの小さなガーデンベンチ。勢い余ってそのまま地面に転がり落ちてしまった。お尻が痛い。おかげでスッキリと目は覚めましたけど。

なぜ私は王子の肩に頭を預けていたのか。王子は王子で、なぜ私の方に首を傾ける形で眠っていたのか。意味が分からない。一体何があったというの。

「おい、大丈夫か」

混乱したまま俯いていると、ふいに手を差し伸べられた。

いつの間に目を覚ましたのだろう。

見上げると、真っ直ぐな瞳で私を見下ろしているダリウス王子の姿があった。さすが腐っても王子。寝起きとは思えないスマートさだ。

私は「問題ありません！」とその場で立ち上がり、服についた土をはたく。

大失態の連続に気絶してしまいそうだ。しかもダリウス王子相手に。

隙は見せたくないのに隙だらけじゃない。

「お、おはようございます？」

「おはよう。まったく、お前の変な叫び声が目覚まし代わりとはな。……悪かった。起こそうとは思っていたんだけど、うっかり僕まで眠ってしまったみたいだ」

「あはは、王子もお疲れだったんですね」

「まぁな。……不幸中の幸いというか、それほど時間は経っていないようだ」

少しむっとした顔でベンチに座り直す王子。

そりゃあ、約束の場所に着いたら取引相手は日差しが気持ち良くて眠っていました、なんて怒りますよね。時間の無駄だってなりますよね。

ごめんなさい。社会人失格です。

私は身体を小さくしてベンチの端にちょこっと腰掛けた。

「なんでそんなに遠いんだよ。取って食うわけじゃないんだから、もっとこっちに座れば？」

「取って食うって、物騒な言い方しないでくださいよ」

「言葉のあやだ。そのまま受け取るなよ」

「分かっています。でも、なんていうか、その……」

「ったく、強情っぱりめ」

こいつテコでも動かないな――と察したのか、ダリウス王子はため息をついて自ら距離を詰めに来た。拳一個分開けて、すぐ隣に座り直す。

なぜわざわざ近づいてくるのだろう。声が届かない範囲でもないのに。

「あの……？」

「ジークフリードだったら良かったか？」

「え？」

「僕じゃなくて、ジークフリードが傍にいたら良かったな、って言ったんだよ。そうしたら、さっきも手を取っていただろうし、隣にだって座ったんだろう？」

「いやいやいや、良いわけないじゃないですか！　無理です無理！　彼の前であんな恥を晒したならその場で穴掘って埋まりますよ！　むしろ目が覚めた瞬間逃亡してます！　ああ、想像しただけでも胃がキリキリする！」

「そ、そんなにか？」

私は思い切り頷いた。

もちろんです。私にとってジークフリードさんは尊敬とか、憧れとか、そういう値が振り切れていて、どうしようもなく大切な人。

王子とはまた違った意味で隙は見せたくないのだ。

誰だって憧れの人の前で間抜けな寝顔なんて晒せないでしょう。しかも驚いて尻餅までついちゃったし。恥ずかしすぎて耐えられない。

「憧れの人ですから」

――そう。憧れで、大切。

私にとってのジークフリードさんとはそういう人。のはずだ。

彼なら私のミスにも笑いながら手を差し伸べてくれるだろうとか、その笑顔が子供っぽくて可愛らしいだろうとか、そういう想像で胸が跳ねたとしても、きっと気のせいなのだ。

「……ほんと変な奴」

「普通の一般市民ですよ」

「お前みたいなのがゴロゴロいたら、世の中もう少し幸せになれるだろうさ」

ふ、と小さく笑う王子の顔は穏やかだった。

馬鹿にされているのかと思ったが、どうやら純粋に褒めてくれているらしい。それにしたって、もう少し言い方ってものがあるでしょう。皮肉屋なんだから。

出会った当初を考えれば、心身ともに成長しているのは分かっているけれども。

王子も頑張っている。それはちゃんと理解している。

「ジークフリードは、お前の前ではあれだよな」

「あれとは？」

「いや、お前の前でというか、基本的に人当たりが良く、世話焼きで、頼りがいのある優しい人物……だよな？　そういう評をよく耳にするけど」

「ええ、もちろんです！　あの方は――」

「待った。それ以上は大丈夫だ。長くなりそうだし」

そんな。賛辞の言葉なら湯水のように溢れてくるというのに。

私は喉に引っかかっていた言葉をごくりと呑み込み、つまらなそうにため息をついた。

王子からの視線が冷たい。

まぁ、確かに長くなること請け合いだったので、止めてもらえて正解だったかもだけど。

「それで、ジークフリードさ――様がどうかしたんですか？」

「いや、どうかしたってわけじゃないんだけど」

「わけじゃないんだけど？」

「あいつ、僕の前でだけ鬼みたいに厳しいんだよ。なぜだ？」

「ええ、ジークフリード様がですか？　実は別人だったとかじゃなく？」

「そんなわけあるか。そもそも王宮内で赤髪といったらジークフリードだけだ。見間違うわけないだろう！」

王子は鼻息荒く腕を組んだ。

——ジークフリードさんが厳しい？　ライフォードさんではなくて？

どういうことだろう。

ジークフリードさんは基本、人を甘やかすタイプだ。

無茶をした時に叱られることはあっても、それが厳しいと感じたことはない。心配と優しさが混ざった怒り方なんだもの。当然だ。

ハロルドさんの悪戯《いたずら》では済まされない実験にも怒りをあらわにすることはないし——うん。やっぱり甘い対応の方が多いと思う。

もちろん、部下である第三騎士団の皆からも優しいと評判である。

でもまぁ、思い返してみると確かに、王子相手には言葉の節々に棘《とげ》が含まれていたような気がする。初めて王子に出会った時も仲が悪そうに見えたっけ。

「何かしでかしたんですか？」

「さも当たり前のように僕が悪いと言ってくるよな、お前」

「あ、失礼いたしました。王子相手に」

「いい。今さらだろ。世辞はいらんし、機嫌を気にする必要もない。——あ。言っておくが、距離を感じるから絶対にするなよ！　絶対だからな！」

追いすがるように私の服の端を握りしめてくる王子。その表情があまりにも必死で、私は自然に頷いていた。

迷子になった子供みたい。こんなの、振り払えるわけないじゃない。

「わ、悪い」

「かまいませんよ、お気になさらず」

王子はぱっと手を離し、恥ずかしそうに後頭部を掻いた。

「あいつ個人には何もしていない。ただ、今から思えば少々横柄な態度を取っていたり、他者を見下していた気はするが」

「あー……」

「それですね、みたいな顔はやめろ」

しまった。顔に出てしまったらしい。

私はとんとんと胸を叩いて表情を作り直す。

今はマシになっているとは言え、以前の王子はそりゃあ酷かったもの。苦言を呈したくなる気持ちも分かる。

「あいつ、顔を合わせるたびに王子がそのような態度では、とか、もう少し慎みを持って他者を思いやる心を、とか、まるで教育係のように注意してきてな。それから苦手意識が強い。……まぁ、子供の頃の話なんだけど」

「なるほど。それであんまり顔を合わせないようにしていたんですね」

「うぐっ」

レストランテ・ハロルドでお世話になるほんの少し前。城から追い出され、二人で並木道を歩いている時に、ジークフリードさんから「王子の良い噂は聞かない」なんて話を聞いた覚えがある。

つまり、聖女の件で対峙するまで、あまり接点はなかったということだ。

ジークフリードさんから避けなければいけない要素は見当たらず、そもそも、いくら第三騎士団長とは言え王子相手に顔を合わせないよう手を回すのは難しい。

となれば答えは一つ。

避けていたのはダリウス王子の方、というわけだ。

「図星です？」

「今となっては反省している！　あいつの言い分をちゃんと聞いておけば、もう少しくらい」

いいや、過ぎたことだ。王子はそう言って頭をふった。

なんだかよく分からないけれど、自己嫌悪で顔を歪ませる王子を見ていると、ちょっと力になってあげようかな、という気持ちがわいてくる。

なんと言ってもまだ十代の子供だものね。

素直に助けてと言えるような性格じゃないことくらい分かっているし。困っているのなら、少しくらい大人が手を差し伸べてあげてもいいと思うの。

「関係の修復って難しいですもんね」

「例えばだが、その、お前なら、二度と会いたくない、むしろ消えてくれってほど嫌っている相手を許せるまで、どれくらいかかる？　……いや、やはり無理か？」

「私ですか？　うーん、そこまでいくと最低二年？」

「……許せる、のか？」

「そりゃあ、まぁ、関係修復を望まれているのなら、ですが」

「そうか。……うん、そうか。二年か……それなら、僕でも」

消えてほしいレベルってよっぽどだと思うけど。

そこまで関係に亀裂が入っているのなら、修復まで最低二年くらい必要でしょう。

ただ、よく考えてみて欲しい。

他人と関わるのは、どのような場面であれ労力がいる。

少なくとも、昔のジークフリードさんは王子を嫌っていなかったはず。だって立場的に口を挟む必要はないもの。どうでもいい人相手に忠言したりはしない。

「なんだか昔のお二人って、今の第一騎士団長様と黒の聖女様みたいですよね？」

「あの二人と？」

「ほら、ライフォード様もよく聖女たるもの、とか、礼儀作法がどうの、とか、言ってるじゃないですか」

「あぁ……」

ダリウス王子は「兄弟か」と呟いてがっくりと項垂《うなだ》れた。

兄弟といっても血は繋がっていないらしいんだけど。こういう話を聞けば、やっぱり似たもの兄弟なんだな、と頬が緩んでしまう。

「ライフォード様のあれは愛の鞭《むち》みたいなものです。ジークフリード様だって一緒ですよ、きっと。だから大丈夫です。そんなに嫌われてないと思いますよ？　だから、絶対に取り返せないわけじゃない。今からでも遅くありません。王子はちゃんと変わろうと頑張っていますよ」

「……はぁ」

「なにゆえため息⁉」

「それも問題と言えば問題だから間違ってはいないんだが……そうだよな。普通そうとるよな」

王子はガシガシと後頭部をかくと、トドメといわんばかりに盛大なため息を漏らした。

この反応。私、変な回答をしてしまったのかな。

絶望的に話が噛み合っていなかったとか。だとしたら申し訳ない。

「あの、王子……」

「すまん。お前の助言が悪かったわけではないんだ。これから少しずつ頑張っていくよ。二年以上かかってもいい。生涯許さないと言われるよりずっとましだ。ありがとう。……ところで、何か僕に用事があるんじゃないか？」

「え？」

「今、お前の店が忙しいのは知っている。それでもなお僕のところに来たってことは、そういうことなんだろう？」

私事から仕事へ。王子の表情が切り替わった。

そう。私は王子とおしゃべりに来たわけではない。どうしても彼の持つ知識が必要だから、眠い目を擦りつつここまで来たのだ。

私は居住まいを正した。

「王子、お話があります」

本当は、少しだけ怖い。

効果量的に一粒じゃあ足りないことは分かっている。ここでなんの情報も得られなかったら、どれだけ睡眠時間を削っても間に合わないかもしれない。助けられないかもしれない。

今はまだ可能性があるから立っていられる。でも、もし可能性が潰《つい》えてしまったら。

――なんて、考えるだけ無駄なのに。

馬鹿だな、私は。結局答えなんて一つしかないんだから、躊躇《ちゅうちょ》するだけ無意味だ。

ぎゅ、と拳を握る。

「この間、王子に頂いたリリウムブランについて。これのコーティングを剥がす方法、ご存じではありませんか？」

「コーティング？」

「……はい」

王子は不思議そうに首を傾げた。この様子だと、コーティングが何か理解していなさそうだ。

私は持ってきていたリリウムブランの花弁を王子に手渡し、この花は花弁にコーティングがなされていること、コーティングは周囲の魔力を固めて作られていることなどを話した。

可能性は薄いかもしれない。それでも、リリウムブランは王子が育てた。

コーティングを理解していなくとも、成長過程で何かヒントとなる出来事があったかもしれない
――そんな期待を込めて、私はそっと王子の表情をうかがう。

「なるほど、コーティングねぇ」

「削っても、コーティング速度が速くて間に合いそうにないんです。一気に剥す方法などあればと思いまして」

「リィン。最初に言っておくけど、この国ではあまり植物についての研究は盛んではない。この表面についているものが魔力の塊だなんて、僕も初めて知った」

「そう、ですか」

私が必死にコーティングを削っている間、ハロルドさんたちはリリウムブランについて調べてくれていた。しかし、結果は芳《かんば》しくなかった。

魔法の研究と植物の研究とでは、力の入れ具合に大きな差がある。

当たり前と言えば当たり前だ。

どちらが生きる上で必要な知識かと問われれば、おのずと答えは見えてくる。

過去の書物を当たっても何も出なかった。

リリウムブランが珍しいといわれている今の時代、この花について詳しく知りたいだなんて、難しい話だったのかもしれない。

「すみません。いきなりこんな話……」

「おい、こら。まだ僕の話は終わってないぞ」

「え？」

「まぁ、条件は厳しいかもしれないが、ないこともない」

今、なんて言ったのだろう。

――ないこともない？　つまり、小さくても可能性はあるってこと？

「うそ。本当に？」

「嘘をついてどうする」

信じられなくて目をぱちぱちと瞬かせる私に、王子は目を細めて力強く頷いた。

良かった。本当に良かった。

こんなところで折れちゃいけない。踏ん張らなくちゃ、と自分を奮い立たせていても、時折足元が抜けるような、立っているのもやっとの時があった。

私は近くにあった王子の手を握り、彼の目をじっと見つめる。

彼は諌《いさ》めるように「僕は逃げないぞ？」と言って、苦笑した。

「え、あ！　す、すみません、つい。あの……お話、聞かせていただけますか？」

「勿論《もちろん》だとも」

コホン、と咳払いを一つ零す。

「それは、ある嵐の晩だった。雨風が凄まじく、空が光り、近くで落雷の音を聞いた。あまりの音に、城にいた女子供は震えていた。しかし、丁度《ちょうど》リリウムブランが花を咲かせたばかりの頃で、僕は心配になってこっそり外へ飛び出したんだ」

「王子様が何やってるんです⁉」

「安心しろ。その後、各方面からしこたま叱られた」

ふふ、と当時を懐かしむように笑う彼の顔は、妙に誇らしげだった。

駄目だ。あんまり反省してないぞ、この王子。

「もう」

「良いだろ。それが今に繋がっているんだから。自暴自棄になっていた過去も、まぁ、何かの役に立てるのなら報われるってもんだろ」

「そう言われると反論できないというか」

「そうだろそうだろ」

良いか悪いかは置いておいて、駄目だと思っていた過去を笑い飛ばせるようになったのなら、それは一種の成長だと思う。うん。素晴らしいことだ。

今はそういうことにしておこう。

私の考えを見抜いているのか、王子は満足げに「本題に戻すぞ」と言ってこの話題を切り上げた。

「ともかくだ。僕はこっそり城を抜け出し、この中庭までやってきた。今でもしっかりと目に焼き付いている。扉を開けてリリウムブランを目にした瞬間、辺り一面がパッと明るくなって、花のすぐ傍に雷が落ちたんだ」

「え？　雷が？　落ちた？」

「そこで僕は見たんだよ。雷に怯えたリリウムブランがぽろぽろと泣くところを」

待ってください。どこからどうツッコめばいいのか分からない。

まずリリウムブランのすぐ傍に雷が落ちたなら、王子もその近くにいたってことですよね。危なすぎるでしょう。

周囲の心配と迷惑を考えると、やっぱりちゃんと反省した方が良いんじゃないかしら。魔法と違ってコントロールできないのだから、下手《へた》をすれば自分に落ちていた可能性だってあるのに。

まったく、この子は。そりゃあ各方面からしこたま怒られるわけだ。

そして謎なのが——。

「花が泣いたんですか？」

「うん。そうだ。不思議だろう？　と言っても子供の頃の記憶だからな。あの時の僕は、怖くて泣いていた、という可愛《かわい》らしい理由をつけて勝手に納得したんだろうけど」

「つまり本当は泣いていたのではなくて……」

なるほど。そういうことか。

なぜ私の魔力だけコーティングに利用されなかったのか。雷に怯えた――かどうかは分からないけど、少なくともリリウムブランにとって好ましいものではなかったのだろう。

私は落ちていた小石を拾い、リリウムブランのすぐ傍にそれを置いた。

「雷は狙って落とせるものではないが、お前のところの店長に話せば何かのヒントくらいには……って、リィン？　何をしている？」

「危ないので、王子は私の後ろに下がっていてください」

「危ない？　何をする気だ？」

「ちょっとした実験です。ささ、もうちょっと後ろに」

王子の手を取って私の後ろへ下がってもらう。

私はハロルドさんみたく魔法の命中力が高いわけではない。だから目印が必要だ。リリウムブランの隣に置いた石を目印にして、私は魔法陣を構築していく。

ええと、どんな呪文だったっけ。

ハロルドさんが練り上げた呪文を必死に思いだし、言葉を紡いでいく。

「き、きたれ暗雲？　……ええと、蒼天を覆い隠し、うーん……」

「たどたどしすぎて怖いんだけど⁉　何の呪文だリィン！　――え？　なんだ？　急に空が……」

ゴロゴロと低く唸る声が聞こえる。

先ほどまで澄んでいた青空に、どこからともなく薄暗い雲が集まってきた。

太陽が隠れ、影が落ちる。見上げれば、この庭園の上空だけ、今にも雨が降りそうなほど淀んだ天気になっていた。

大丈夫。間違ってはいない。

置いた小石の周囲に、魔法陣が展開される。

これで準備は万端だ。

「なんだ？　どういうことだ？　どうなってるんだこれ⁉」

「王子、耳を塞いでいてくださいね！　それじゃあ――落ちろ！」

一瞬の雷鳴。

同時に、王子の叫び声が大音量で響き渡った。


「うん。上手《うま》くいった」

曇天《どんてん》から真っ直ぐに落ちた光の筋は小石に直撃。轟音と地面の焦げを残して消え去った。

暗雲は霧が晴れるように散って、青空が顔を出す。これで終了だ。

問題なく位置の指定が出来た。ハロルドさんの指導の賜物《たまもの》である。感謝しなければ。

さて、リリウムブランの様子を確認しよう。

花壇に近づいて膝をつく。瞬間、王子に肩を掴まれた。

「逃げろ」

「え？」

昨日の疲れからあまり頭が回っておらず、リリウムブランのコーティングのことしか考えていなかった私は、なんのことやらと首を傾げる。

「お前は馬鹿か！　雷と僕の叫び声で誰か来るに決まっているだろう！　もう少し後先考えろ馬鹿！　いいから早く逃げろ！　もう馬鹿！　寝ぼけているのか！」

「あ」

そこまで言われて、ようやく自分のしでかしたことに気が付いて背筋が凍った。

そうだ。ここは城下の町ではなく王宮で、隣にいるのは第一王子。

気軽に雷を落として良い場所でも、相手でもない。

人のことを言えた義理か。私ってば、なんてことをしでかしてしまったの。王子の行動を軽率だと叱る資格すらないじゃない。一週間分の馬鹿を浴びた気がするけど、それはそれ。気にしている場合じゃなかった。

「疲れているのは分かった。この件は僕が収めておく」

そして王子は、手近にあったリリウムブランを数本引き千切って私に持たせ、庭園から放り出してくれた。

「あのっ、王子！　本当にすみませんでした！」

「もう良い。分かったから！　慌てて転ばないよう気を付けるんだな！」

さりげない気遣いに頭を下げ、私は走り出す——が、すぐにぴたりと足を止めた。

まずい。人の気配がする。足音からして一人。迷いなく進んでくる力強い足取りは、使用人のものではない。近衛兵《このえへい》か、騎士団か。

どうすれば良い。

逃げ出す場面を見られたらアウト。だからといって留まるのも得策とは言えない。

「チッ、早すぎるだろ。リィン、とりあえず僕の後ろに！」

「失礼する！　こちらで不審な魔力反応、および雷鳴と叫び声を――ッ、君は」

燃えるように真っ赤な髪がふわりと風に揺れる。

それを視界に捉えた瞬間、胸がきゅうと締め付けられた。

「あ、なた、は……」

最悪だ。

木々の陰から現れたのは、まさかのジークフリードさんだった。この速度で駆けつけてくるなんて。さすがです。ダリウス王子ですら優秀と言わざるを得ないわけだ。

――でも今だけはその優秀さ、控えめにしてほしかったです！

彼は私と王子の姿を交互に見やると、考え込むように顎に手を置く。しかし、すぐさま表情を引き締め、淡々とした口調で「状況は把握いたしました」と告げた。

ビクリと肩が震える。

いつもはリンとして甘い対応をしてくれていたが、今の私はリィン――いや、ただの不審者だ。

ダリウス王子の手前、正体をバラすわけにもいかない。

するりと細まった赤褐色の瞳が冷たくて、胸が潰れてしまいそうである。

けれど、もしかしたら。

ジークフリードさんなら、歩き方や身体の動かし方なんかで私だと気付いてくれるかもしれない。

動ける範囲は限られているから、ええと、左右に動くとか。

いや、カニか。私はカニか。どう考えても怪しさ倍増じゃない。

ああもう。どうしたものかとあたふたしていると、不意に手を差し伸べられた。

「え？」

「お手を。城の外までは私がお連れする。ただし、王子。貴方《あなた》には後でしっかりと状況の説明をしていただきます。よろしいですね？」

「ああ。問題ない」

王子の返答を聞くなり、ぐいと引き寄せられマントの中に隠される。そして急《せ》き立てるように強く手を引かれた。急ぎ戻って対応策を考えなければいけないのだろう。

無言でずんずんと進むジークフリードさんの横顔は、怒っているような、憂いているような、そんな険しい表情だった。忙しいと聞いていたのに。迷惑をかけてばかりで嫌になる。

騒ぎになったのは私の責任だ。

せめて少しでも対応しやすいよう、私がリンだと説明しておいた方が良いだろう。

怒られるかもしれないと思うと足がすくむが、我が儘《まま》は言っていられない。

「わ、私、決して怪しい者ではなくて――」

「言いたいことも聞きたいことも山のようにある。だが、咎《とが》めるのはやめておこう。君のことだ。この変装も、雷を落としたことも、そして王子と一緒にいたことも、きっと意味があることなんだろう？　――リン」

困ったように微笑んだジークフリードさんは、とても優しい目をしていた。

ほっとして肩の力が抜けると同時に、彼の手をぎゅっと握りしめる。すると、安心してくれと言わんばかりに強く握り返してくれた。

ぶわっと頬が熱くなる。

「……ッ、バレていたんですね」

「当たり前だろう。声も顔もそのままじゃないか。誰だってすぐ気付く」

残念ながら、一目で私だと気付いたのはジークフリードさんだけです。ガルラ様からも「じっくり観察しなければ私だと気付けない」というお墨付きをもらっているはずなんですけど。

一瞬で気付かれてしまいましたよ、ガルラ様。

さすがジークフリードさんだ。観察眼が常人の域を超えている。

「雷鳴が落ちた時刻にそそくさと城を出た者がいれば、疑惑の目がいく。俺が付き添えば危険だから非難した一般人で通るだろう。ライフォードへの説明も容易だしな」

「すみません。私が考えなしだから……」

「もとはと言えばこちらが無理やり巻き込んだんだ。大丈夫。後の処理は任せてくれ。さて、それでは急ごうか」

そして手を引かれるままに城門まで案内され、退城の手続きを済ませる。

驚くほどスムーズ。衛兵さんには不審な目を向けられるどころか、逆に「お気をつけて」と心配されてしまった。

こうして私は、王子とジークフリードさんのおかげで無事帰路につくことが出来たのだった。

＊　＊　＊　＊　＊　＊　＊

ジークフリードが庭園へ戻ってくると、ダリウスは一人腕を組んで待っていた。

局地的な雷、魔法の痕跡、そして叫び声。兵たちが集まる要素は十二分に備わっている。しかしこの場にいるのはダリウスだけ。

何があったのか。そう尋ねると、彼は「ライフォードが」と顔を渋らせた。

「お前と入れ違いに来たんだ。既に第三騎士団長と私が対応に当たっている、と言っただけで色々察したらしく、では人払いをしておきますねと爽《さわ》やかに去っていった」

普段のライフォードからすると、妙に聞き分けが良いように感じるが——なるほど。雷を魔法だと仮定するならば、おのずと誰の仕《し》業《わざ》か分かる。

雷属性なんて稀《け》有《う》な魔法を扱えるのは、自分の知る限りでは彼女一人。

あいつめ。ダリウス王子とリンの関係を知っていたな。ゆえに、現場の状況とダリウスの様子から全てを察して裏方に回るべきだと判断したのだ。

さすがは第一騎士団長。しかし、リンとダリウスが普通に会って会話をする仲になっていたなんて。知っていたのなら、一言くらい報告してしかるべきだろうに。

先ほどから胸の辺りがもやもやして落ち着かない。

ジークフリードは下唇を噛んだ。

「そんな目で睨むなよ。お前が思っているような関係じゃない。僕が知っている彼女の姿や名前は全て偽物。まがいものの関係だ」

「彼女の正体、気付いていらっしゃったのですか？」

「さてな。……安心したか？」

ダリウスは意地が悪そうに片眉を吊り上げる。

安心したか。その言葉に心臓が跳ねた。

確かに、胸の違和感は薄まったように思う。二人が一緒にいる場面を目撃しただけで、こうも心を乱されてしまうとは。情けない。

リンが自分で選んだ行動だ。口出しする権利はない。苦手が減るのならばいいではないか。言い訳のような言葉が頭に浮かんでは消えていく。

見苦しい。これではまるで嫉妬だ――考えて、ジークフリードは首を横に振った。

「別にそういうつもりでは」

「ここに乗り込んできたときの視線、あれはそういうことだと認識しているが？」

「心当たりがありませんね」

「二年の贖罪《しょくざい》を経たら、僕だって本気を出す。……まぁ、最低二年だからもっとかかるかもしれないけど。何年だってかまわない。それでも、良いんだな？」

若さからくる無鉄砲さか、本当の悪意を知らない純真さか。何にせよ、彼の真っ直ぐな言葉はあまりにも眩しい。少し、羨ましく思ってしまうほどに。

「ほら、またその目だ」

「――ッ、そんな、ことは……」

慌てて眉間を摘まむと、王子は「自覚なしか」と呆れたようにため息をついた。

「あいつもあいつだが、お前もお前だな」

「どういった意味でしょうか？」

「一度手を掴んだのなら離すな、だそうだ。もう握り込んでいるんだろう？　だったら今更突き放すなよ。いつまで逃げているつもりだ？」

逃げている。

鋭い針で心臓を一突きにされた気分だ。じくじくと広がっていく痛みは、魔物相手に負ったどの傷よりも鮮烈だった。きっと心当たりがあったからだ。

彼女の幸せを願いながら、その手を離せないでいる。自分では幸せにできないと理解していながら、他の男に触れられたくないと思ってしまう。なんて、自分勝手な。

深入りする勇気がないのなら、握り込むべきではなかったのに。

「ジークフリードジークフリードって、うるさいくらいキラキラした目でお前のことを話すんだ。こんなに一途に思われているんだぞ？　覚悟ぐらい決めろ」

「……私は」

「ん？」

「私はきっと、神の祝福から最も遠い位置にいる。ずっと、彼女を巻き込むまいと思っていた」

「はは！　お前、案外馬鹿だったんだな。あれがそんなもの気にすると思うのか？」

「それは……」

思わない。

ダリウスの言葉に、ジークフリードはゆっくりと顔を上げた。

リンの顔を思い浮かべる。きっと彼女なら「関係ない」と言ってくれるのだろう。あの、花が綻《ほころ》ぶように可憐で、力強い笑顔と共に。

想像してふ、と笑みが漏れた。

「安心しろ。もしお前に何かあったら、後続には僕がいるからな！」

「ご冗談を。一度手を摑んだのなら離すな、なのでしょう？」

「うぐ。手放す気はないということか」

む、と唇をとがらせてそっぽを向くダリウス。

嫉妬心を隠すまでもなくぶつけてくる真っ直ぐさに、ついつい笑い声が漏れてしまう。

「何がおかしい」

「いえ。最近変わりましたね、王子」

「それは誉め言葉だろうな？」

もちろん。ジークフリードは返事の代わりに彼の頭を撫でた。

意味があっての行動ではない。ただ、自然と手が伸びたのだ。

すぐに弾かれてしまうだろう。それならそれでいい——と考えていたが、しかし、予想に反して文句ひとつ言われなかった。彼は一瞬ぽかんと目を丸くした後、照れたように俯いただけ。

「あの、失礼しました。つい」

「別に、かまわない。撫でたいなら、撫でればいい。……ただし！　口裏を合わせてもらうぞ。リィンに疑いが向かないようにな！」

「はい、仰せのままに」

ジークフリードは胸に手を置き、小さく頭を下げた。

＊　＊　＊　＊　＊　＊　＊

「ただ今戻りました！」
四、五本のリリウムブランを腕に抱え、レストランテ・ハロルドの扉を開ける。
まず飛び込んできたのはハロルドさんとマル君の姿。

彼らは真ん中のテーブルに陣取り、指先でリリウムブランの花弁を突《つつ》いていた。

「いっそのこと潰してしまうか？」

「いやいや、それはさすがに駄目でしょ。おかえり、リン。珍しい花なのに、よくそんなに貰ってこれたねぇ。しかもあのダリウス王子から」

ハロルドさんの判断で昨日から臨時休業中の店内には、当然ながらお客さんの姿はない。

お手上げとばかりに床に突っ伏しているマル君は、私の顔を見るなり怪訝《けげん》そうに眉をひそめた。

そういえば慌てて城から逃げてきたので、幻術を解くのを忘れていた。

私はすぐさまリィンからリンの姿に戻り、「私です、私」と彼らの元まで歩み寄った。

「ああ、そういえばそうだったな。匂いはお前だから、一瞬脳が混乱した。しかし、幻術の魔石なんて珍しいもの、よくもまぁ、ぽんと人にやれるな」

「君に言われたくないんだけど」

ハロルドさんは、自身の膝の上で気持ちよさそうに目を閉じているクロ君を撫でた。

警戒心ゼロ。もはやただの黒いもふもふだ。とても可愛い。

確かに。自分の分身をぽんと押し付けてきたマル君にだけは言われたくないわね。

「小さいし、効果も限定的だからそんなに高価なものじゃないよ。それより、息が乱れているけど何かあった？」

「あはは、その、ちょっと、やらかしてしまって」

私は庭園に雷を落とし、王子を絶叫させてしまったことを話した。

本当になんてことをしでかしてしまったのか。

ジークフリードさんにも迷惑をかけたし。反省してもしきれない。

「……というわけなんです」

王子とジークフリードさんのファインプレーがなければ大騒ぎになっていたかもしれない。

がっくりと肩を落として椅子に腰かける私に、ハロルドさんとマル君の二人は揃って手を差し伸べてきた。慰めてくれているのかな。珍しいこともあるものだ。

ほんのちょっぴり感動しながら顔を上げると、二人は微笑んで――ではなく、唇を弧に釣り上げてニヤニヤと意地の悪い笑みを浮かべていた。

「あの……」

「おめでとう。お前も随分とこちら寄りになってきたじゃないか」

「歓迎するよ！　いらっしゃぁい！」

「嫌すぎる！」

そうでした。こういう人たちでした。片方は人じゃないけど。

私が二人を止めるストッパーにならなくちゃいけないのに、同類になってどうするの。

手に持ったリリウムブランを、ため息と共にテーブルへ置く。

「えー、何そのため息。傷付いちゃうなぁ」

「絶対嘘ですよね」

「あはは！　ま、でも、君が意味もなく魔法をぶっぱなすとは考えにくいからね。雷が何かのヒントになったのかな？」

「え？」

「だって、反省はしているけど、悲壮感は漂っていない。でしょ？」

さすがハロルドさんだ。鋭い。

私はダリウス王子から聞きだしたリリウムブランについての情報――近くで落雷すると涙のようにコーティングが外れる――を話した。

「なるほど。だからリンの魔力だけコーティングされなかったのか。でも、雷が落ちるってだけでも稀なのに、リリウムブランの近くに落ちて、しかもそれを見ている人間がいないと分からないなんて、そりゃ今まで解明されてなかったわけだよ」

「そもそも、近くで雷が落ちたのに花に注視する人間など普通いないだろう。なんというか、この時代はおかしな人間が多すぎるな。実に飽きん！」

マル君はハロルドさんと私を順に見た後、心底可笑《おか》しそうに笑った。

待ってください。私も仲間に入っているんですか。

「そんな顔するなよ、ご主人様」

「そんな顔させているのは誰ですか、もう！」

「ははは！　さて、さっそく試してみるのだろう？　リリウムブランのコーティングが外れたからといって、蜜が馴染《なじ》むとも限らん。さぁ、やろうか」

上手く逃げたな、この。

マル君はそそくさと立ち上がると、店の奥からナチュラルビーの蜜を持ってきてテーブルに置いた。

「試してみるといっても、店の中で雷ぶっ放すわけにはいかないですし」

「ふっふっふ、誰に向かって言っているの？　ここで重要なのは、リリウムブランが怖がっているのは雷自体なのか、雷の音なのかってことだね。リンの魔力すら嫌っているから、前者の可能性が高いけど」

つまり実験だよ、とハロルドさんはコインを一枚ポケットから取り出した。

なるほど。ただ雷を落とせば良いと思っていたが、それだと場所を選ぶところから始めなければならない。店の近くだと、またよからぬ噂が広がる可能性もあるし。

これ以上レストランテ・ハロルド、ひいては魔女様にマイナスイメージを植え付けるわけにはいかない。今でさえ店長を差し置いて店を仕切っているだとか、人間のペットを飼っているだとか、不名誉な噂がくっ付いているのに。

晴天の空から雷が落ちた、なんて超常現象も良いところだ。

誰も見ていない店内だけで完結するなら、それに越したことはない。雷の音が不要なら、リリウムブランのすぐ傍に電流を流せばいいだけだものね。

「このコインを目印にして、いつものように電流を飛ばせばいいんですね？」

「さっすがリン！　理解が早くて助かるぅ」

ハロルドさんはリリウムブランの隣にコインを置くと、マル君の背を押してテーブルから少し離れた。

「雷を落とすのと違ってこっちの命中率は低いので、ほんと気を付けてくださいね！」

魔物に向かって打つ時は百発百中だけど、無機物はちょっと難しい。生き物と違って電流が流れているわけじゃないから、それをマークして魔法を打つという手が使えないのだ。

とにもかくにも私の腕次第。

緊張で指先が震える。

「テーブルにも周囲にも、もちろんリリウムブランにも防壁を張っておくから、黒こげにしちゃう心配はしなくて良いよ。僕もマル君も、自分の身は自分で守れるし。ね？」

「当たり前だ。誰に言っている」

「ありがとうございます。……ふぅ、よし！」

ちょっとくらいの失敗なら余裕で受け止められるよ、と言わんばかりの盤石な態勢に頭が下がる思いだ。普段はあれだけど、やはりハロルドさんは優秀な上司だと思う。安心感が違う。

「では、セット」

簡略化した呪文を唱え、指先に魔法陣を描く。

後は命令コマンドを仕組んだ魔力を流して打ち出すだけだ。

大丈夫。大丈夫。落ち着いて。

私はしっかりとコインに狙いを定め、魔法を放つ。

パリパリ、と指先から放たれた電流。それはバッチリとコインに命中——すると思いきや、直前で少々狙いがぶれてテーブルへと直撃した。

ほんの二、三ミリ。それでも失敗は失敗だ。ハロルドさんが張ってくれた防壁のおかげで、直撃したテーブルには焦げ一つない。それだけが救いだった。

「うぅ、あともうちょっとだったのに」

「何言ってんの。いつものノーコンが嘘みたいに成長したじゃん！」

偉い偉い、とハロルドさんは私の頭をぐしゃぐしゃ掻き混ぜてくる。

なかなか褒め上手だな、この人は。

駄目だと思ったら突き放す冷淡さはあるけど、いけると思ったらしっかり面倒を見てくれるのよね。お城で働いていたらしいけど、評価は真っ二つだったと思う。

分け隔てなく親切だったら、もっと評判も良かったんだろうけど。

まぁ、皆に優しいハロルドさんっていうのも、それはそれで気持ち悪いか。

「さて、リリウムブランの様子はどうかな」

私はハロルドさんと一緒にリリウムブランの様子を覗き込んだ。

表面の光沢が歪みはじめ、じんわりと水滴に変化していく。

時間がかかるのかなと考えた瞬間、それは一気に溶けだし、大きな雫となって花弁から剥がれ落ちる。しかし地面——テーブルへたどり着く前に霧散し、空気に溶けて消えた。

リリウムブランによって無理やり固められた存在だ。

本来あるべき姿に戻ったのだろう。

「良かった、大丈夫そう。雷の音ではなくて、その存在自体を苦手としていたんですね」

「よしよし、ここまでは順調だね。僕の仮説は正しかったというわけさ！」

「お前ら、悠長に会話している場合か。再コーティングが起こる前に事を済ますぞ」

一人冷静なマル君。

いつの間に準備したのか、秤とお皿をテーブルに並べ、さくさくとリリウムブランを秤量し、必要なナチュラルビーの蜜を計算。使う分の蜜をボウルに入れて、私に手渡してきた。

この手際の良さ。さすがである。

更には「さっすがマルくーん！　優秀！」とご機嫌なハロルドさんの首根っこを掴んで、リリウムブランから引き離してくれた。

リリウムブランは周囲の魔力を取り込む。

魔力量の高い二人が傍に居ると、コーティングが早まるという配慮だろう。

ハロルドさんじゃないが、「優秀！」と親指を立ててグッジョブサインをしたくなる。

「普段は魔力をコーティングに利用しているみたいだけど、さて、この蜜はお気に召すかな？」

ここからは正しく力業《ちからわざ》だ。

リリウムブランの花弁が、普段コーティングに使用しているのは空中を漂う魔力。

でも、ステータス画面の注釈をみるに、コーティング素材の指定はない。

「ふふふ、無理やり固めてコーティングにしちゃえばいいんですよ。魔力も込められているから、余計に固まりやすいでしょう」

この魔力を込めたナチュラルビーの蜜。

実は十五度にして細かい振動を加え続けると固まるという性質がある。だから、うっかり十五度になってしまわないよう、普段は冷蔵庫で冷やしているのだ。

ということは――つまり、リリウムブランに蜜を纏わせて、十五度にまで冷やしながら振動させればいい。そうすれば、強制コーティングの完成だ。

「わー、顔が怖いよリンさん。……まぁ、実はそれだけじゃないんだけど」

冷やすため少し離れたところで魔法陣を展開しているハロルドさんの口から、意味深な言葉が発せられる。どういう意味だろう。

気になって振り向くと、隣にいたマル君から「集中」と短いお叱りが飛んできた。

そうですよね。失敗したらまた一からやり直しだ。今はハロルドさんに惑わされている場合じゃない。私はリリウムブランの花弁を菜箸で摘まみ、一つ一つ丁寧に蜜を纏わせていく。

すると――。

「あれ？　なんか様子がおかしくないですか？」

リリウムブランが一回り大きくなっているような気がする。

私は首を傾げながら、花弁を摘み上げた。

うん。やっぱり大きくなっている。たとえるなら、空気をパンパンに入れ過ぎて破裂寸前の風船だ。心なしか、ボウルに入った蜜もかなり減っている気がする。

――まさか、纏うんじゃなくて吸い込んでる？

ちょっと待って。それじゃあコーティングに利用できないじゃない。

「ハロルドさ――え？」

二人に助けを求めようと口を開いた途端。

リリウムブランがパチンと弾けた。

「は？」

何度も言うが、パチンと弾けたのだ。

とろりと粘度のある液体が箸の隙間から滑り落ち、すとんとボウルに落っこちた。

なんだこれは。どういうことなの。

リリウムブランが、表面の薄皮だけを残して液状化してしまったんですけど。

「え、え、えええええ？」

「なるほどなるほど、そうくるかぁ」

「そうくるかって、ハロルドさん⁉　まさか予想してたんですか⁉」

ハロルドさんは「まぁ、ある程度は」と頷いた。

「さすがに液体化するっていうのは予想外だったけど、何かしら起こるだろうとは思っていたよ。リリウムブランがコーティングに利用できない魔力は、雷のほかに聖魔法系も当てはまるって仮説を立てていたからさ」

「そういうことは先に――って、聖魔法系？」

「そうそう。だって、聖魔法を利用できたのなら君が削っている時点でコーティングに利用され……――あー、いや、ええと、僕の独自調べだよ！　あはは！　君が頑張ってる間にね、僕も頑張っていたわけだよ！　さすが僕！」

また何か誤魔化《ごまか》したな。

この人は面倒くさいことや、自分が分かっていたら問題ないことなどは、わざわざ説明しようとしないのだ。悪い癖だと思う。

私はきゅっと唇を噛んで、ハロルドさんを睨んだ。

「失敗すると分かっていたんですか」

「あれ？　もしかして怒ってる？」

「今のはお前が悪い」

マル君はハロルドさんの頭を軽く小突くと、私の傍へ来てリリウムブラン――だった液体をじっと見つめた。

彼の言う通りだ。今のは大方ハロルドさんが悪い。せめて、もう少し説明が欲しかった。希望から絶望に落とされるのと、覚悟して絶望に落とされるのでは、心構えが違う。

「ふむ、可能性を否定する気はなかったので、あえて口にしなかったということか。相変わらず性格が悪い」

「マル君までそういうこと言う」

「残念ながら、ほとんどの人間はそう言うぞ。なんせ魔族である俺が思ったんだからな」

「うぐ」

魔族であるマル君にまで性格が悪いって言われるの、相当だと思う。

怒りと憐れみが混ざった視線を向けると、ハロルドさんは「そんな目で見ないでよ」と、頰を膨らませた。そんな目以外で、どう見ろというんですか。

拗《す》ねた子供ですか。

頼りになる時は良い上司なんだけど、やっぱりハロルドさんはハロルドさんだ。やる気ともう少しの親切ささえあれば、本当に完璧なのに。

マル君がフォロー役に回ってくれるなんて。彼が店にやって来たときには考えもしなかった。

「マル君、店からいなくならないでくださいね……」

「どうしたんだいきなり。疲れているのか？　もふもふで甘やかしてやっても良いが、きっちり仕事をこなしてからな」

「え？」

「どうやら完全な失敗ではないみたいだぞ。この液体、まかり間違っても口にはしたくない」

マル君はボウルを持ち上げ、赤い瞳をゆるりと細めた。

マル君が口にしたくない、という事は。

「餌を前にした子犬のような顔で見るな。その通りだ。浄化の効果は消えていないし、この様子だと、リリウムブランの持っていた増幅効果も織り込まれているな」

「本当ですか⁉　増幅効果もちゃんと機能しているんですね！　良かった。……でも、最初のたとえは余計です。なんですか、子犬って」

私、そんな物欲しそうな顔をしていませんよ。多分。

マル君は喉の奥でくつくつと笑いを噛み殺しながら、私にボウルを手渡してきた。

味を確認してみろ、ということかな。

浄化の魔力が籠もっている液体だ。魔族であるマル君には毒に近いのかもしれない。

いくら液体になってしまったとは言え、食べられないほど不味《まず》いものを出すのは気が引ける。

腐っても食堂だもの。

私はキッチンからスプーンを持ってくると、一口すくって口に入れた。

「ううーん、食べられない程じゃないけど」

味だけで言うなら、リリウムブランが持っていた酸味と、蜜の甘さが合わさって中々なのだが。

なんだろう。ゼリーとかプリンとかを作る前の原液を飲んでいる気がする。

美味《おい》しいとは言い難い。なんというか、固めたい。

「まぁ、色水みたいになっちゃったけど、効果があれば問題ないでしょ。なんなら冷やしちゃう？

飲みやすいかもよ」

ハロルドさんの提案に、小さく頷く。

リリウムブランの花弁は、グミやアロエのような弾力があって美味しかった。それに固めたナチュラルビーの蜜が合わさることによって、お菓子感覚で食べられると思ったのだけど。

結果はこれだ。料理ですらなくなってしまった。

「リン？」

「……いえ、生ぬるいよりは飲みやすいですよね。一回冷やしてみましょうか！」

「了解。病人相手だからね、ある意味良かったんじゃない？」

そうだ。よく考えれば相手は病人。しかも子供だ。

固形物よりこのほうが口に入れやすいはず。

効率を重視すれば、悪い変化とは言い切れないだろう。ただ、何故かドロドロとしているので、
喉に詰まらないよう気を付けてあげなければいけないかな。

せめてゼリーみたいになってくれたら、ちゅるっと食べやすい上に、料理番としての矜持《きょうじ》も守られたのに。なんだか調薬店に片足ツッコんでいる気がして、複雑な気持ちだ。

でも、今はそんなこと言っている場合じゃない。

大切なのは少女の命だもの。

「それじゃあ、いっくよー」

リリウムブランが固まるくらいの温度になったら一度味を確認してみる——という話でまとまったので、ハロルドさんの魔法でボウルごとゆっくり冷やしていく。

別に冷たくなるなら何度でも良かったんだけど。念のため、出来ることは試しておこうとハロルドさんが言ったのだ。元々それくらいまで冷やす予定だったしね。

今のところ変化は見られない。

このまま普通に冷えるだけかな、と思っていたのだけれど。

「そろそろだね。固体にならないよう気を付けないと……ん?」

「あ、ちょっと固まっていませんか⁉　駄目です駄目！」

「うわわわわ、ストップストーップ！」

慌ててハロルドさんが魔法を解除するが、液体は固まってしまった。というか、プルプルと震えている気がする。これはまるで——。

「ゼリー？」

「なに？　ぜりい？」

「ぜり……ふむ、菓子の一種か。興味深いな」

私に掛けられた翻訳魔法が、二人の脳内にゼリーの概要を流し込んでくれたらしい。

本当に便利な魔法である。

いつの間に出したのか、尻尾《しっぽ》をぶんぶんと大きく振るマル君。お菓子と聞いてテンションが上がったみたいだ。いつも尻尾を出してくれていたら表情も読みやすいのに。

私はボウルを持ち上げて揺らしてみた。

やっぱり表面がプルプルと震えている。

ゼリーになってくれたら、とは思ったけど、まさか本当になってしまうとは。

「味見、してみます？」

「もちろん！」

瞳を輝かせて頷くハロルドさんにスプーンを手渡し、私たちはそれを一口すくってみた。

透けるような透明感と、ぷるんと震える弾力は、どこをどう見てもゼリーそのものだ。

しかも全てが完全に固形化しているわけではなく、少し水分も残っている。このおかげで口に含むとつるりと口の中を滑っていった。

コクのある甘味がふわっと広がったと思えば、柑橘《かんきつ》系に近い爽《さわ》やかな酸味が洗い流してくれる。

後味サッパリ。蜂蜜アロエゼリーみたいな感じかな。

食べやすさ、味、共に問題なし。

「ハロルドさん！」

「ふふ、満足いくものが出来上がったみたいでなにより。ってか、美味しいねこれ！」

なんだ。私が納得いっていないこと、気付いていたのか。

私は少し恥ずかしくなってハロルドさんから視線を外した。

「さて、こちらの準備は整ったわけだ。どうする？　リン」

戦いを仕掛けるなら電光石火。ハロルドさんの得意戦法だ。

とは言え、聖女様たちの体調も考えなくてはならい。二人が万全な状態でないと、いくら体内浄化を試みても成功確率は落ちるだろう。

これがラストチャンス。絶対に負けられない。

「ハロルドさん、ライフォードさんに連絡を。そちらの準備が整い次第、攻勢に出るとお伝えください」

「オッケー。ちょっくらライフォードを捕まえて話してくるよ。僕個人としては明日くらいに攻め込みたいんだけど」

「聖女様たちには今日ゆっくり身体を休めてもらって、体力を万全にしてもらうってことですね。了解です。こちらは念のため、マル君と一緒にゼリーの量産を……」

マル君に許可を貰おうと、顔を上げて彼を探す。

彼の姿はすぐに見つかった。なぜか、スプーンを片手にボウルと睨めっこしている姿だったが。

尻尾は真っ直ぐ水平に伸びている。

「マル君!?」

「ハロルド、時には罠だと分かっていても飛び込まなくてはいけない時があるんだ」

「いやいや駄目に決まってるでしょ！　死ぬよ!?」

私とハロルドさんはマル君の左右に回り、二人がかりで彼の腕を固定する。しかし、さすが魔族様。非力な料理番と腕力に自信のない店長とでは、赤子の手を捻るようなもの。

ぴくりとも動かない。

マル君はスプーンを握る手に力を込め「でも、美味《うま》いんだろう？　ぜりい……」と、切なげな視線をよこした。

これ、駄目なやつでは。

誰が餌を前にした子犬だ。今のマル君の方がずっとそれに近い顔じゃないですか。押しきられてしまいそうな感情を必死で繋ぎ止め、私はハロルドさんに助けを求めた。

美味しいものへの執念が強すぎる。

「リン、絆されちゃ終わりだからね！　とにかく説得！　説得するしかないよ！」

「わかりました！　マル君、とにかく落ち着いてください！」

ハロルドさんと二人で「マル君がいなくなっては困る」「傍に居てください」「また別のデザート作ってみるので」と必死に説得を繰り返し、結局、ハロルドさんの「感覚共有魔法で味なら体験させてあげられるから！」という一言で決着したのだった。


次の日の早朝。

私は大きく息を吸い込み、店から持ってきた四角い箱を抱きしめた。

中には浄化の効果が込められた特製ゼリーが入っている。

ライフォードさんと協議した結果、ハロルドさんの希望通り明日——今となっては今日なのだけど――攻め入ることとなった。

ゼリーの出来には自信がある。

きっと上手くいく。いいえ、絶対に上手くやらなければいけないのだ。

バク、バク、バク、と身体が震えるくらい高鳴る心臓。

緊張を抑え込もうと、私はもう一度大きく息を吸った。

「君が作ったものだ。きっと大丈夫。俺も、微力ながら力になろう。ハロルドたちも何かあったらすぐ動けるようにと言ってある」

「はい、ありがとうございます。ジークフリードさん」

「ああ」

さらりと揺れる赤い髪から、赤褐色の瞳が優しげに細められる。

ジークフリードさんが隣にいる。それだけで、自然と心が落ち着いていくのだから不思議だ。

実動隊として私、梓さん、有栖ちゃん。そして私たちの護衛としてジークフリードさん、ライフォードさん、ダリウス王子の計六人が件《くだん》の家の前に集合している。

本当はレストランテ・ハロルドから付き添いをお願いする予定だったのだが、昨晩、私の様子をうかがいに店まで来てくれたジークフリードさんが立候補したことで、なし崩しに彼に決まったのだ。

ハロルドさんは少し不服そうだったけど。「まぁ、僕がフリーっていうのも策としてはありだしね」としぶしぶ領いていた。

どうせ珍しい症例だからこの目で見たかった、というのが本音だろう。

ただでさえ得体の知れない食堂メンバーが参戦するのに。これ以上、向こうに不信感を与える人間を増やせば、家に入れてもらえないかもしれない。

そう考えると、ノーマンさんの上司であるジークフリードさんが傍に居てくれるのは、これ以上なく心強かった。

ああ、そうだ。不服と言えば。

「なんでしょう?」

先ほどから不躾《ぶしつけ》な視線を寄越してくるダリウス王子。

彼は居心地が悪そうに私の方をチラチラと見ては、ため息を零していた。

ちょっと失礼じゃないでしょうか。

「お前が、来るとは思わなかった」

「本日は魔女の力をご所望《しょもう》と伺いましたが?」

「そう、だな。……ああ、その通りだ。……すまない」

彼はそっと私から視線を外すと俯いた。

リィンが働いているのはレストランテ・ハロルドだとバレている。少し、彼女が来ることを期待していたのかもしれない。

騙すような形になって本当にごめんなさい。リィンも魔女も、どっちも私。でも、リィンと魔女をイコールにするつもりはない。今回、呪詛を払うのに必要なのは魔女の力。ならば、私が出る以外に選択肢はないでしょう。

苦手意識は随分と薄らいだ。後はもう、気にしなければいいだけのこと。

「リン、平気か？」

「ええ、もちろんです。心配させるような顔をしていましたか？」

「いいや、全く」

ジークフリードさんは悪戯《いたずら》っぽく笑って、家の前で仁王立ちしているライフォードさんの隣に立った。

「さて、人目につかない早朝にしたのは良いのだが、まず奥方からの説得からだな。全く、二度目となると骨が折れそうだ」

「ライフォード、俺が行こう。この件に関しては全く役に立っていなかったからな。元上司の俺ならば話くらい聞いてくれるだろう」

「何を言っているんだ。私やアデルが動けなかった分、全てお前に負担がいっていただろう？　ありがとう。そして、すまない。お前が交渉をしてくれるのなら、スムーズにいくかもしれない」

任せてくれ、とジークフリードさんは頷き、家の戸を叩いた。

さて、いつになったら部屋に入れてもらえるだろうか。

前回、家を訪問した時は本当に大変だったと聞いた。

家の中に上げてもらうまで一時間、少女の部屋に入れてもらえるまで更に一時間、延々と母親を説き伏せたらしい。相手は罪人じゃない。聖女と騎士団長の組み合わせと言えど、強制的に押し入ることは不可能。当たり前と言えば当たり前だ。

あのライフォードさんでさえ、それだけ時間がかかったのだ。さすがのジークフリードさんでも交渉は難航するだろうと予想していたのだが――。

「なんというか。驚くほどトントン拍子に話が進みましたね」

気付けば少女の部屋の前まで案内されていた。

さすがジークフリードさん。これが上官の信頼度と仁徳の成せる業《わざ》か。

王子とライフォードさんが「納得はできるが、納得できない」「王子、落ち着いてください。まぁ、私も少し自信喪失です」と、二人してため息をついていた。

「これで良かった……んだよな？」

「勿論ですとも！　お疲れ様です、ジークフリードさん」

「そう、だよな。うん。気遣い感謝する」

時は金なり。スムーズに進むほうが良いに決まっている。

複雑そうな顔をしていたジークフリードさんだったが、私の言葉に安心したのか、照れくさそうに笑ってくれた。なぜこの世界にカメラはないのだろう。あったら連写機能を使って、コンマゼロ秒単位で記録しておくのに。

ではなくて。落ち着け私。欲望はご退場願おう。

とりあえず第一関門突破です。問題はこの次。

個々の能力はもちろん大事だけれども、ある程度の連携も必要となってくる。

梓さんとなら大丈夫。でも、有栖ちゃんとは難しいだろう。周りの様子を確認しながら、私の方から合わせていくのが良いかもしれない。

「あの……」

ふいに服の裾をひっぱられた。誰だろう。

振り向くと有栖ちゃんの姿があった。

まるで叱られて反省している子犬のような表情だ。

ふんわりとした茶髪に、とろりと蕩けてしまいそうな瞳。誰もが口を揃えて美少女だという可憐さはいつも通りなのだが、どこか元気がないように見えた。

「なんでしょう」

「私のためじゃないってことくらい分かってるけど、ちゃんと謝ってお礼いっときなさいって梓が言っていたから。ごめんなさい、色々嫌なこと言ったの謝る。だから、その……助けに来てくれて、ありがとうございます。最後まで、お願いします」

びっくりした。変わったのは王子だけじゃないのね。

多少話には聞いていたけれど、こうして目にするとやっぱり驚いてしまう。

ただ、憔悴《しょうすい》しきっているようにも見えるので少し心配だ。

最後に出会った時より痩せている気もするし。

この世界の料理はお世辞にも美味しくはないから、あまり食べていないのかな。

ああ、だったら。一つ良い案を思いついた。

「そうだなぁ、言葉だけっていうのも信用できないなぁ」

「うっ、……そ、そうよね。そうだよね。言葉だけの謝罪なんて」

近くにいる梓さんの眉が「あまり苛《いじ》めすぎないでやってね」と言わんばかりに、八の字になる。

大丈夫ですよ。苛めるつもりはないので安心してください。

「実は私の店、よくない噂が流れていて、そこまで繁盛しているわけでもないんだよねぇ」

「わ、私、そんな噂は流してないよ！」

「あはは、分かってます。分かってます。それは身から出た錆《さび》みたいなものだから気にしてません。そうじゃなくて、ね。良かったら食べに来てくれると嬉しいなぁって」

彼女について思うことがない訳じゃない。

しでかしたことは、子供の悪戯《いたずら》なんて可愛いものじゃないことも理解している。でも、ある程度の報いは受けていると思うし、きっとこれからも受け続けるだろう。だから今私がやることは、追い詰めて罪悪感を植え付けることじゃないと考えた。甘いかもしれない。

それでも私が受けた実害はせいぜい暴言程度。今さらねちねち責めるのも大人げないでしょう。梓さんみたいに、毎日嫌でも顔を付き合わせなくちゃいけなかったわけでもないし。

もちろん、彼女の行動で被害にあった人たちが何かアクションを起こすのなら、私は支持するだろう。でも、だからといって私が代理のように正義を振りかざすのは違うと思うのだ。

店の常連になってくれたら、動向を監視するという意味でも有用だしね。まさに一石二鳥だ。受けた被害分くらいはビジバシ厳しく見守りますとも。ええ。

「お店ってレストランテ……えっと、ハンバーガーが美味しかったお店だよね？」

「へぇ？　美味しかったんだぁ」

意地悪そうに尋ねると、有栖ちゃんは大きなブラウンの瞳を限界まで見開いて「あ、いや、ちが……わないけどっ！」と震える声で頷いた。

耳まで赤くなっている。素直になるのが恥ずかしい、みたいな感じなのかな。

うん。なんとなく梓さんが世話を焼いてしまう気持ちが分かったわ。

「お店で待っているから。約束だよ？」

「うん、約束する」

「ふふ。良かった。ちょっと元気になったみたいだね」

「え？」

「それじゃあ、皆で女の子を助けましょうか！」

私は有栖ちゃんの背をぽん、と叩いた。

不安がっている有栖ちゃんの手前、怯えた顔をすることは許されない。

私は梓さんと視線を合わせ、頷きあった。自分たちが自分たち自身を信用できなくて、どうして成功すると言えるのだろう。強がりでも、胸を張って前を向かなければ。

事前の打ち合わせ内容は、ジークフリードさん経由で聞いている。

少女の部屋はそれほど広くないので実動隊である私たちだけが中に入り、男性たちは扉の前で待機。何かあった場合は、すぐに動ける私が皆を呼ぶという形だ。

「行ってきます」

梓さんがドアノブを回す傍ら、私はふいに視線を感じて後ろを振り向いた。

固唾《かたず》をのんで見守っている男性陣の奥。廊下の突き当たりに立っていた少女の母親が、静かに頭を下げた。

きっと、心配していないわけじゃないのだ。夫が拘束され、娘が原因不明の病で医者すら匙《さじ》を投げる状態。もはや立っているのもやっとなのだろう。

人を拒み追い返していたのも、下手《へた》な噂を立てられないため。内々で解決してしまいたかったからかもしれない。人は、噂話が大好きだ。一度風に乗れば、瞬く間に広がってしまう。彼女にはもう、善意と好奇心の区別がつかなかった。何もかもが悪意に見える。だから、全てを拒むしかなかった。

気持ちは分かります、なんて言葉、とてもじゃないが口には出来ない。

私はゼリーの入った箱をぎゅっと抱いて、頭を下げた。そして、部屋の中へ入る。

途端——。

「な、んですか、これ……」

あまりの息苦しさに一歩後ずさってしまう。

肺を鷲掴みにされているような、胸を土足で踏みつけられているような、言いようもない不快感と威圧感に満ちている。

「この前きた時よりも酷いわね。……ふふ、随分手荒な歓迎じゃないの。全力で叩きのめしてあげるから、覚悟しなさいよ」

「梓、それ全然聖女っぽくない」

今回ばかりは有栖ちゃんに全面同意だ。やる気というか、殺《や》る気に満ちていますよ、聖女様。

私たちはお互い顔を見合わせ、指定の位置に向かう。

ベッドに横になって浅い息を繰り返している少女。口の周りから鼻、左目を残してほとんどが黒に浸食されている。話には聞いていたが、なんて酷い。

絶対、助けるからね。もう少しだけ我慢してね。

そっと彼女の頬に触れると、ぴくりと眉が動いた。ゆっくりと開いていく瞼《まぶた》。しかしその瞳は真っ暗で、何も映していないようだった。

私はゼリーを彼女に食べさせる役なので、振動が起きないようゆっくりと枕元に腰掛けた。向かって左に有栖ちゃん、右に梓さんがいる。

「だ、れ……？」

「こんにちは。聞こえていますか？　よく今まで頑張りましたね。今ここには聖女様が二人と、えー、付き添いの料理番がいます」

「りょうり、ばん？　さん？」

「はい」

食堂の魔女、という名前の方が知られているかもしれないけれど。弱っているところに魔女が来たなんて言われたら、逆に不安を覚えるかもしれない。そう考え、あえて料理番と名乗る。でもまぁ、やっぱり違和感あるわよね。

私はお薬的なものを運ぶ係ですよ、と説明した。

「おくすり……。ごめん、なさい」

「どうして謝るんですか？」

「みんな、かなしそうなかお、するから。なにをしても、わたしがよくならないから。みんな、みんな、かなしいかおするの。ごめんなさい。もういい。もういいの。わたし、もうだいじょぶだから」

「大丈夫じゃない！」

突然、有栖ちゃんが声を張り上げた。

「助けるから！　絶対絶対助けるから！　約束したもん、私が絶対助けるんだって！　私たちは諦めない。だから！」

ほぼ一息に言い切り、ぎゅうと少女の手を握りしめた。

失敗の記憶が頭の隅を掠めるのか。今にもガタガタと震えだしそうな身体を、歯を食いしばることで耐え、大きく息を吸う。

梓さんは何も言わない。ただ、有栖ちゃんを見つめている。

「あなたが駄目だと思ってても、わたしは駄目だと思わない。だから、……待ってて」

喉の奥から、必死になって絞り出した声。

風に吹かれれば掻き消えてしまいそうなか細さだったが、そこには絶対倒れまいとする芯の強さが見え隠れしていた。

少女はしばらくの間黙っていた。

一分だったか。五分だったか。あるいはもっと長かったかもしれない。

何を伝えるべきなのか。なんと言葉にすればいいのか。

たっぷりと時間をかけた少女の答えはただ一言。「うん」という短いものだった。

「ありがとう。今度こそ、負けないから」

「それでは、梓さん有栖ちゃんは浄化作業を開始してください」

二人は「オッケー」「任せて」と返事をくれたあと、各々の作業に移った。

よし。それじゃあ私も自分の務めを果たしましょう。

持ってきた箱を地面に置き、蓋《ふた》を開ける。ふわりと漂う冷気の霧。その中からお目当てのもの
——浄化ゼリーを取り出す。

食べやすいよう一口大に切った蜂蜜色のゼリー。

ぷるんと震えるそれをスプーンですくい、少女の口元へ持っていく。

「はい、それじゃあこれが中から悪いものを出す食べ物です。あーんしてくれますか？」

「あ、あーん？」

「そうそう。良い子ですね」

スプーンから舌へ。ゆっくりとゼリーをのせる。

こくり、と少女の喉が動いた。

「……ん。あまい。おいしい。これなぁに？　ほんとうにおくすり？」

「ゼリーっていうお薬……いや、デザート？　かなぁ？」

「ぜりい？　ぜりいおいしい」

唯一動く左目をうっとりと細めて、少女は笑った。

まだ浄化作戦を開始したばかりだというのに、随分と柔らかい表情だ。病は気からと言われるくらいだ。まず気力で勝たなければ勝利は遠のく。

有栖ちゃんの真摯《しんし》な言葉。そして浄化ゼリー。この二つが少女の気持ちを上に向かせたのかもしれない。良かった。これなら——。

「駄目よ、凛さん。こいつめっちゃ性格悪いから。油断したら一気にもってかれるわよ」

「うーん。でも、前回よりすっごい楽じゃない？　まるでこっちに割く力がないみたい。押し返し

てこないもん」

「まぁ、それはそうなんだけどさ」

ふむ。なるほど。

二人の話から察するに、恐らくお腹に巣くっているものが呪詛《じゅそ》の中枢。

それをゼリーで直接攻撃しているから、防戦するのに精いっぱいで聖女二人の力を押し返している余裕がないということか。

「ゼリーまだまだ一杯ありますから。お腹いっぱい食べましょうね！」

「わぁい、やったぁ」

自分で動かせる場所はもうほとんど残っていないのに、その少ない部分を必死に動かして喜びを表現する少女があまりにもいじらしい。

こんなに可愛い子の身体を蝕《むしば》むなんて。許せない。全力で叩き潰して綺麗に浄化してあげるから待っていなさい。

私はにっこり微笑んで、スプーンを手に取った。


それから、どれだけ時間が流れただろう。

私は一度ゼリーを置き、少女に許可を取ってから布団をめくった。黒に覆われていた皮膚のほとんどは健康的な小麦色へと戻っている。

「本当、どうしたのってくらいスムーズだわ。浄化スピードも速いし。これなら——ねぇ、有栖。最後の仕上げ、お願いしても良い？」

「うん。ありがとう、梓。任せてくれて」

「しっかりやんなさいよ」

有栖ちゃんは「うん」と力強く頷き、少女のお腹に手を置いた。

ぼんやりと淡い光が彼女の手から発せられる。

既に息苦しさは消えていたが、今この瞬間、清らかな空気が部屋を覆った。

違和感を覚えるのは、有栖ちゃんが手を置いた一ヶ所だけ。最後のあがきとばかりに黒い靄が溢れ出し、ぐねぐねと奇妙な動きをしはじめる。

まさか有栖ちゃんに攻撃を加えようとしているのか。

梓さんの方をちらりと確認すると、大丈夫だと頷かれた。有事の際はすぐに動けるよう臨戦態勢は崩していないらしい。

さすが梓さんだ。私も何かあった時、動けるようにしておこう。

靄の動きを観察するため、じっと注視する。

そこで気付いた。

—あの靄、何か言葉を発している？

「あり——」

「全て、覚悟の上よ。いいからさっさとこの子から出ていって！」

私が有栖ちゃんに声をかけようとした瞬間、彼女の手から目が眩むような光が発せられた。それは光の粒子となって少女の身体を包み込む。

全てを癒し、穢《けが》れを排除する聖女の力。

靄は風に飛ばされる砂のごとく、さらさらと空気に溶けて消えていった。でも、なぜだろう。消える直前、ぐにゃりと歪んだそれは、笑っているようにも見えた。

計画通りと言わんばかりに。

「呪詛が再侵攻する気配はなし。ふふ、完全勝利ってやつ？」

梓さんの言葉にハッとして、二人の様子を確認する。

少し疲れているようだけど体調に変化は見られない有栖ちゃん。身体の黒ずみは全て消え去り、すやすやと可愛らしい寝息を立てている少女。

問題はなさそうに見える。

「勝った……んですよね？」

「ええ、大勝利よ。だから、凛さんは何も気にしなくて良いわ」

大勝利。そうだよね。梓さんが言うのなら間違いない。

含みのある言い方が少し気になるけれど、裏を返せば全て理解しているということ。私が抱いた不安も、彼女は把握済みなのだろう。

なら、きっと大丈夫。

私はふぅ、と息を吐いて緊張を解く。瞬間、腕を摑まれた。

誰か、なんて確認するまでもない。有栖ちゃんだ。

「よかっ、よがっだよぉ……！　よか、ぅ、うわあああん！」

「あーもう、はいはい、ったくこの子は。あんまり大声出すと起きちゃうでしょうが」

「ほんとに、ほんとに、あ、ありがと……ご、ごめんなさっ……うぅ」

「うん。有栖ちゃんもよく頑張ったね」

私たちの腕を摑んで、恥も外聞もなく泣きじゃくる有栖ちゃん。そんな彼女相手に、とてもじゃないが冷たい対応はとれなかった。

「ったくぅ。凜さん優しすぎない？　いっておくけど、まだ完全に許したわけじゃないんだからね。そこんとこ、ちゃんと覚えておきなさいよ？」

「えー、梓さんがそれ言います？」

「もー、凜さんってばぁ」

格好付かないじゃない、と梓さんは頰を膨らませる。

何を言いますやら。梓さんはいつでも格好いいですよ、なんて軽口を叩いてみたら「ナチュラルに攻略されそうになるから駄目よ、それ」と額を突《つつ》かれてしまった。

攻略ってなんですか。オーギュストご兄弟じゃあるまいし。面白い冗談だ。

「さて、と。本当なら凜さんのお店でお疲れ様パーティーでもしたいところだけど、今日はもう無理ね。まだ午前中なのに、つっかれた！」

「そうですね、私も眠くって。今日はもうお布団に入りたい気分です」

「あの……」

泣き腫らした目を擦りながら、有栖ちゃんが私たちを見上げる。

不思議とその瞳には強い決意と覚悟が滲んでいた。

「わたし、そろそろ行かないと」

「目、真っ赤に腫れてるもんね。ちょっと冷ましてからの方がよろしくてよ？　聖女サマ。……なんて。付き添いはいる？」

「大丈夫。どうせダリウスが勝手に付いてくるだろうし」

「そう、じゃあ――」

落ち着いた声色で「気を付けて」と微笑む梓さん。

ただ見送るだけじゃない。包み込むような優しさがそこにはあった。

やっぱり梓さんは何か知っているんだ。しかし、何も言ってこないということは口出し無用ということ。ならば私も梓さん同様、見守りましょう。

「何かあったら、いつでも食堂に来てね」

私と梓さんの言葉に、有栖ちゃんは「ありがとう」と笑って部屋を出ていった。


有栖ちゃんを見送った後、私たちも少女を起こさないよう静かに部屋を後にし、ジークフリードさん、ライフォードさん、少女の母親に事の顛末《てんまつ》を説明した。

ダリウス王子は有栖ちゃんを追って一足先に出ていったらしい。

「というわけで、もう大丈夫なはずです。ですよね？　梓さん」

「ええ、また何か異変があればすぐ城へご連絡ください。迅速に対応いたします」

梓さんは艶《つや》のある黒髪をさらりと左手で払い、聖女スマイルを浮かべた。

よし。これで本日予定していたお仕事は全て終了。

私も店に戻ってゆっくりしようと思っていたのだが、なんと母親が私たちに抱きついて大号泣。

小一時間ほど泣き続け、最終的に気を失って倒れたものだからちょっとした騒ぎになった。

気絶している母親と眠っている少女を放って戻るわけにはいかない。仕方がないので、彼女が目を覚ますまで私とジークフリードさんが残ることにしたのだった。


ちなみに。

浄化ゼリーの為に徹夜続きだった私は、いつの間にか眠ってしまっていたらしい。

「リン、起きてくれ。奥方が目を覚ました。そろそろ店まで送ろう」

真綿でふわふわと撫でられているような優しい声で目を覚ますと、ジークフリードさんの胸板が目の前に飛びこんできた。右手で私の頭を支え、まるで抱きしめているような格好だ。

「ひぇ……」

おかげで目を覚ました瞬間、天国が見えそうになったのは秘密である。

＊＊＊＊＊＊＊

まだ日が昇り切っていない時間帯。

城下町と言えど、行き交う人々もまばらだ。

有栖は出来る限り人通りの少ない道を選んで歩き、薄暗い路地裏へと足を踏み入れる。じめじめと湿気がまとわりついて気持ちが悪い。しかし、今の自分にはお似合いだと彼女は思った。

聖女様だと持てはやされて、まるで物語のヒロインになった気分だった。

でも違った。自分はヒロインになんてなれなかった。当たり前だ。他人に優しくなんて出来なかったし、自分が一番じゃなくては気が済まなかった。

そんなヒロインなんて、バッドエンドが関の山だ。

ある意味、これがお似合いの結末なのかもしれない。

有栖は自嘲じみた笑みを浮かべた。

梓も凛も、どうしてこんな自分に優しくしてくれるのだろう。梓はまだ分かる。同じ聖女同士、いがみ合いながらも、相手がいなくなっては困ると本能的に理解していた。

でも、彼女はどうして？

――わたしとダリウスがした行為は、最低だった。

それなのに。聖女ではないと追い出され、マーナガルムの森ではさんざん貶《けな》され、必要ないとまで言われた相手にすら、困ったように手を差し伸べてくれる。

よく頑張ったね。そう言ってくれた彼女の声が脳裏に再生され、また涙が溢れそうになった。突き放されて、自業自得《じごうじとく》だと笑われても仕方がないのに。

――わたしがもし同じ立場だったら。目の前にダリウスが現れた瞬間、持ちうる語彙《ごい》全てを用いて罵倒するし、最低でも股間に一発蹴りを入れているわ。死なば諸共よ。もちろん、わたしを助けたりなんてしない。

「あーあ、最初《さいしょ》っから勝てるわけなかったのに。なんで自分が選ばれると思ってたんだろ」

ジークフリードが彼女を大切にする理由、痛いほどよく分かった。

有栖は首から提げていた紐を引っ張り、先についている漆黒色の石を手にのせた。

「覚悟は、出来ているわ」

呪詛《じゅそ》の解除方法を調べている過程で分かったこと。何らかの要因で呪詛が解除された時、その力は呪った本人へと返る。

今回の場合、返る先はもちろん——有栖だ。

有栖は邪魔者が不幸になれと石に願った。石はその願いを直接叶えることはせず、この石本来の持ち主と結託し、少女を呪った。そして少女の父から第三騎士団の妨害へと繋がったのだ。

有栖は方法を指定しなかった。ただ漠然と不幸になれと願ってしまった。

それが全ての元凶。

中継役とはよく言ったものだ。確かに願いは叶った。その願いを口にしたのも有栖である。だから、これは当然の報いなのだ。

石から真っ黒い腕が伸び、有栖の頭を鷲掴みにする。

『怖いか？　聖女サマ』

怖い。怖いわ。怖いに決まっている。でも——。

有栖は目を逸らさず毅然と前を向いた。

「あの子が助かったなら、それでいい」

震える唇が、もつれて転んでしまわないように。

精一杯の強がりだってかまわない。一文字一文字、言い聞かせるように言葉を紡ぐ。

『ハッ、さすが腐っても聖女サマだな』

「うるさい。焦らされるのは嫌いなの。さっさとしてくれる？」

『へいへい。それじゃあ、遠慮なく』

有栖の身体から淡い光が溢れ出す。しかしその光はすぐさま石から伸びた腕に捕らえられ、黒い靄へと姿を変える。まるで聖女の力を食い、自らの力へと変換しているようだった。

どういうことなの。

身体が黒く蝕《むしば》まれる呪い。それと同じようなことが起きると思っていたのに。

薄暗い裏道よりもなお暗く、息苦しささえ感じる霧が辺り一面に広がっていく。そして、その靄は次第に集まり、黒髪の男に姿を変えた。

狐のように細くつり上がった目と、作り物のように美しい赤い瞳以外は、取り立てて特徴のない平凡な男。彼の腕は有栖の頭を掴んでいる。

ということは――。

「聖女の魔力は俺たちにとって毒だが、契約を介して正式に吸い取ったものなら話は別だ。低級魔族の俺でもこの通り。人に化けられるほどのエネルギー。さいっこうだなぁ」

男の腕から力が抜けると同時に、有栖はぺたりと地面に座り込んだ。

酷い脱力感。

極限まで聖女の力を酷使した時と同じ、あるいはそれ以上の疲労が一気に襲ってきた。

「すべて、もっていったの……？」

「いんや、さすがにそれは無理。上級魔族様なら出来なくもないだろうが。まぁ、貯蔵量の問題だな。俺が低級魔族で良かったなぁ、聖女サマ。せいぜい数カ月から一年程度、あんたはただの人間に成り下がるだけだ」

民衆がそれをどう思うかは知らないが、と男は心底愉快そうに笑った。

彼が何を言いたいのかくらい嫌でも分かる。

聖女の力がなくなった有栖など、ただの生意気な小娘。国や人々に「力はいつか元に戻る」と訴えても信用してくれるだろうか。力がないなら必要ない、梓がいれば問題ない、と切り捨てられてしまう可能性だって大いにある。

——本当、自業自得だわ。

「んじゃあ、俺はそろそろ行くぜ。ありがとよ、聖女サマ」

「アリス！」

男の姿が黒い靄となって空中に離散したと同時に、ダリウスの叫び声が耳に滑り込んできた。やっぱり来てくれた——有栖は「遅いよ」と眉を八の字に寄せる。

今までのダリウスなら、きっと追いかけてきてはくれなかった。

ダリウスが変わった原因。最初はさっぱり分からなかったけれど、今は違う。彼の態度を見ていたら、手に取るようにわかった。原因は彼女だ。

「君、ちょこまかと動き過ぎだぞ！　どれだけ探したと思って……アリス？」

「ごめんなさい、ダリウス。わたし聖女じゃなくなっちゃった」

へらりと力なく笑う有栖。

驚きに目を瞬かせるダリウスに、今あった出来事を話す。

呆れられるだろうか。失望されるだろうか。必要ないと、切り捨てられるだろうか。有栖は唇をきゅっと真一文字に結んで、ダリウスの表情をうかがう。

しかし予想に反して、ダリウスは静かに「分かった」と事もなげに頷いた。

「じゃあ、その間は僕が守ればいいだけだな」

「へ？」

「へ？　じゃない。当面の間は黒の聖女の負担が増えるからな。君のできる範囲でちゃんとサポートするんだ。いいな？　自堕落に過ごすのは駄目だぞ。……はぁ、また彼女らに頭を下げる必要があるな。まぁでも、君が無事で良かったよ」

恋は人を変えるというけれど。

――変わり過ぎでしょ。別人じゃない。

最初からこれくらい度量があって優しければ、まだ彼女の隣に立てたかもしれないのに。

正式な召喚者として城に招待し、すれ違うたびに親睦を深め、いつか協力して問題を解決する。

そうしていつか――なんて、所詮《しょせん》は絵空事だ。

結局のところ、自分もダリウスも土俵に上がることすら出来なかった。

「わたし、あなたのこと応援してあげたいけど、勝ち目はないと思うなぁ」

「ん？　なんの話だ？」

「ジークフリード様は手強《てごわ》いって話よ」

なんで今そいつの名前が出てくるんだ、と言わんばかりに顔をしかめるダリウス。それが可笑《おか》しくて有栖はクスクスと笑いながら右手を差し出した。

「今まで我が儘《まま》ばかりでごめんなさい。改めて、これからもよろしく」

「ふん、君が素直なんて気味が悪いが……うん。こちらこそ。よろしく」

友人として、相棒として、また一から関係を築きたいという思いが込められた有栖の手を、ダリウスはしっかりと握りしめてくれた。

過干渉でも無関心でもない。梓とライフォードのような関係になれたらいいな。

有栖は目を閉じ、そっと願った。

＊　＊　＊　＊　＊　＊　＊

「ハロルド」

マルコシアスの問いかけにハロルドは無言で頷いた。

彼らは今、大通りから少し離れた路地裏にいる。日中だろうが薄暗いそこは、姿を隠すにはもってこいの場所だ。

ゼリーの効果を自分の目で確かめたかったが、これも適材適所。リンの報告は、端的かつ正確なので期待するとしよう。いやはや、優秀な部下がいると仕事が楽だ。

「さぁて、ちょっくらお話を聞かせてもらおうかな？」

「ふ、はは。悪い顔をしているぞ？」

君だって人のこと言えないくせに。

文句の一つでも言ってやろうかと思ったが、ここで言い合っていても時間の無駄だ。ハロルドは視線一つでマルコシアスに指示を出す。彼は小さく笑みを浮かべ、すっと影の中に潜った。

——それじゃあ、最後の締めくらいサクッと済ませちゃおうかな。

ハロルドは善良な一般市民の顔を張り付けて、前を歩く黒髪の男に声をかけた。

「ややあ、お兄さん。今暇してる？」

彼は赤い瞳を不機嫌に揺らめかせてハロルドを睨んだ。

まぁ、妥当な反応だ。

「なに？　わりぃけど、今からやりてぇことといっぱいあんの」

「やりたいことかぁ。それは是非聞いてみたいけど、ごめんねぇ？　そっちは行き止まりだよ」

「は？」

「まぁ、そっちじゃなくても行き止まりだけどね」

薄暗い路地裏。日が差している箇所は少なく、そこかしこに影がある。

つまり――ほとんどが彼のテリトリー。

男の影からずるりと這い出たマルコシアスは、煌々と輝く赤い瞳を愉快そうに細めた。

「はぁ!?　なんっ、あんた――じゃなくて、貴方《あなた》は！」

「ん？　俺のこと知っているのか。だったら話は早い。影に逃げ込もうが無駄だぞ」

後方にハロルド。前方にマルコシアス。魔族お得意の影移動は、同じ魔族であるマルコシアスによって封じられた。もちろん、様々な手段に備えて魔法陣も構築済みだ。

絶対に、逃がしはしない。

「契約時はさすがの俺も手出しできないが」

「契約終了なら問題ないよねぇ」

「へ？　え？　なに!?」

男は何が起こっているのか分からず、目を白黒させている。この動揺っぷり。なぜ最高位レベルの魔族様に目を付けられているのか、理解していないと見える。

　実に可哀想で、可愛らしい。

「聖女からは勿論《もちろん》のこと、呪詛返しからも足がつかないようにしてあるが。なぁ？　ハロルド」

「そうそう。君を直接捕まえて吐かせればいいだけだよねぇ、マル君？」

　二人は顔を見合わせて、にやりと笑った。

　ライフォードも詰めが甘い。呪詛が返る先を張っていれば、契約した魔族が現れる。後はそれを捕まえて吐かせればいい。情報が足りていないなら、自らの手で掴むより他はない。

　たとえどんな方法を使ってでも。

「覚悟は良いな？」

「僕、手加減って言葉知らないからさぁ」

「おっと奇遇だな。俺もだ」

　二人は同時に男の肩を掴んだ。

「あの……ええっとぉ……俺、一体……」

「魔力で作った実体かぁ。ふふふ、どんな構造なんだろうねぇ」

　ハロルドは愉快そうに、人差し指で男の背を突いた。そしてゆっくりと背骨に沿って撫で下ろしていく。まるで、骨と肉とを切り分けるように。

「ひっ……」

　一拍置いた後、男の叫び声が静かな路地裏に響き渡った。

三章　そして、これからの話

言の葉が力を持つというのならば――。

幼い頃の話だ。

ライフォード・オーギュストは人を呪ったことがある。

呪いはとある少年の意思を捻じ曲げ、心と身体を縛り付けた。それでも彼は後悔していない。それが最良だったと、今でも信じている。

ジークヴァルト・ランバルト。

ランバルト王国、第一王子だった少年。記録から抹消された王子。彼はライフォードの言葉に
「お前の言葉は、まるで呪いだな」と虚ろな瞳を歪ませて言った。


ガルラ火山遠征妨害事件は、一定の解決を得た。

白の聖女が関わっていることから、詳細は一部の人間にしか知らされていない。大事にならなかったのは、彼女が真摯《しんし》に反省していることと、記憶の改ざんを行われている可能性が高かったことが、理由として挙げられる。

聖女の証言以外、証拠はない。

しかし、その証言すらも足跡を追えないよう、肝心要《かんじんかなめ》の情報は消されてしまっている。

これ以上の捜査は事実上不可能。

「はぁ、自分の未熟さに嫌気がさす。お前を害しようとした主犯を取り押さえられないのだからな。たとえ王族だろうが容赦はしないつもりだぞ、私は」

「いや、なぜさも当たり前のように俺の部屋にいるんだお前は」

実行犯であるノーマンの処遇、白の聖女の今後についての協議、報告書のまとめ。城に戻ってからのライフォードは、まさしく目の回るような忙しさだった。

明日は騎士団長と副団長を集めて、魔物討伐におけるスケジュールの見直しをしなければいけない。白の聖女が能力を失った今、大幅な遅れが見込まれるだろう。

まさかガルラ火山の事件が、こんな面倒事に発展するとは思ってもいなかった。

ただでさえ仕事は山積みなのに。余計なことをしてくれたものだ。

とは言え、聖女の身体に呪詛が移らなくて良かったと考えるべきか。呪詛を解除するために黒の聖女までダウンしてしまっては、それこそお手上げである。

――ああ、疲れた。とにかく疲れた。

ライフォードは家に戻るなりさくっと騎士服を脱いで、一目散にジークフリードの私室へと突撃した。とにもかくにも、疲れた時には癒しが必要だったのだ。

「別に良いだろう？　こうやってお土産《みやげ》も用意してきたのだから」

「はいはい、とても良いワインをありがとう」

ジークフリードの私室は実に質素である。

ベッドにクローゼット、鏡台。そして丸型のハイテーブルに、スタンド椅子が二つ。たったこれだけだ。ライフォードはテーブルの上に置いてあるワイン一本とグラス二つを指差して、にっこりと微笑んで見せた。

「まったく。お前は飲むと色々と面倒なんだ。ほどほどにしておけよ。あと、過激な発言は慎め。皆の模範となる第一騎士団長様、だろう？」

「……皆の模範となる第一騎士団長様、か」

ライフォードはグラスを手に持って、くるくると回した。

光を反射し、鏡のように映る自分の姿。それは、果たして理想に近づけているのだろうか。彼を守るに値する人間になれているだろうか。

「私が騎士として忠誠を誓うのは今も昔もただ一人だけ。お前も、知っているだろう？」

「それは……もういい。もう忘れろと言っているだろう。お前のせいじゃない。だからお前が気にする必要は――」

「そうでもないさ。私はお前を弟として、ジークフリード・オーギュストとして縛り付けてしまった。お前の命を、お前の幸せを、見届ける義務がある」

さらりと揺れる金髪の奥。真っ直ぐなコバルトブルーの瞳がジークフリードを捉える。凪いだ海を思わせるその瞳には、迷いの色など一つも浮かんではいなかった。

決意も覚悟も、とうの昔に決まっている。

ジークフリードはぱちぱちと瞳を瞬かせた後、柔らかく微笑んだ。

「お前も本当に変わったな。子供の頃は泣き虫で、よく俺の後ろに隠れていたのに」

「そっ、そんな昔のことは思い出さなくて良い！　さっさと忘れてくれ」

忘れたはずの記憶を掘り起こされそうになり、ライフォードは動揺のあまりグラスに入っていたワインを一気に飲み干した。

くらり、と視界が揺れる。顔が熱い。

酒か羞恥か。分からない。どちらにせよ、彼の白い肌は淡い朱色に染まった。

「完璧な第一騎士団長様も可愛らしい弱みがあったものだ」

「茶化すなよ」

む、と唇を尖らせれば、ジークフリードは堪えきれないとばかりにくつくつと喉を震わせて笑った。失礼な男である。子供の頃の恥ずかしい記憶くらい、誰だって持ち合わせているはずだ。

――いや。ジークの場合、むしろ子供の頃の方が完璧を求められていた、か。

最近、ようやく普通に笑顔を見せるようになった。

昔の話だ。第三騎士団長は真面目で冷徹な第一騎士団長と違って常に笑っている優男《やさおとこ》だ、なんて声を聞いたことがある。

馬鹿め。本心から言っているのならば、観察不足としか言いようがない。

あれは笑顔と呼べる代物ではなく、ただ口角を釣り上げているだけだ。それが一番波風を立てないと知っているから。

この男は、ずっと死に場所を求めていた。

表面上は取り繕っていても、自らを痛めつけるまでに無茶を続けていた。騎士団長に任命されてからは、部下を守るため控えめにはなっていたものの、それでも危険な場所では部下を下がらせ率先して前に出ていた。

今回の件だってそうだ。リンがいなければ、部下に手持ちの薬を全て渡して下山させ、一人ガルラ火山へ挑んでいた可能性すらある。

ジークフリードを生に縛り付けていたのは、たった一つの幼い呪いだけ。それがなければ、彼ももうこの世にいなかっただろう。

でも、今は。今はリンがいる。

「なぁ、ジーク。私が掛けた呪いは、まだ巣くっているか？」

ポツリ、と。

誰に問いかけるでもなく呟いた一言は、一種の願望でもあった。

「ん？　なんか言ったか？」

「いいや。なんでもない。酒が回ってきたようだ。残念だが、今日はもう部屋に戻る」

「分かった。送ろうか？」

「お前は私がかよわいレディにでも見えるのか？」

「まさか。屈強な第一騎士団長様だよ」

「よろしい」

ライフォードは満足げに頷いて、ジークフリードの部屋を出た。

まだ少し頭がくらくらする。やはり一気に酒をあおるべきではなかったか。ふぅ、と息を吐き、近くの壁にもたれかかる。

この国には、ごく一部の王族とそれに近しい者にしか知らされていない言い伝えがある。

王族に誕生した赤髪の子は呪いの子供。生かしておけば一族に禍《わざわい》をもたらす——と。

馬鹿馬鹿しい。何が呪いだ。

幼い頃のジークヴァルト王子は、艶《つや》のある黒髪に、青空を閉じ込めたような瞳が目を引く子供だったらしい。それがいつしか赤が混じりはじめ、数年後には赤髪に赤褐色の瞳へと変わってしまった。そのことが、言い伝えに信憑性を持たせてしまったのだろう。

間もなくして、ジークヴァルト王子は母親共々僻地へ飛ばされた。

ライフォードが彼と出会ったのは、そんな頃。

誰も訪れやしない山の奥深く。緑に囲まれた質素な小屋の中だった。

なぜ急に第一騎士団長であった父親が、長期の休暇をとることが出来たのか。なぜ名高い観光地ではなく、こんな山奥へ来たのか。そもそもなぜこんな辺ぴな場所に別荘を建てたのか。

当時は不思議に思っていたものだ。

今だったら監視の一環だったのだと理解できる。同い年のライフォードを傍に置くことで、ジークヴァルト王子の警戒を解こうと考えたのだ。

しかし、子供の頃のライフォードは何も知らされていなかった。だから自然と友人——もはや兄弟に近い関係を築けたのだ。いや、築いてしまったのだ。

利発で思慮深いジークヴァルト王子は、ライフォードに様々なことを教えてくれた。剣の扱いや、魔法の使い方といった魔物との戦闘方法。表情の読み方、言葉の選び方といった他人との付き合い方まで。彼の持つ知識は幅広く、教養の深さがうかがえた。

人見知りが激しく、泣き虫で怖がりだったライフォードも、知識や力を蓄えることによって自信を持つようになり、少しずつだが胸を張って話せるようになった。現在のライフォードの基礎を作ったのは、ジークヴァルト王子だったと言っても過言ではないだろう。

ライフォードの内気な性格に悩んでいた母親はこのことを大層喜んだ。監視目的だった父も、いつしかジークヴァルト王子を本当の息子のように可愛がるようになった。

毎日がとても楽しかった。

こんな日が、ずっと続くと思っていた。

あの日までは――。

いつものように別荘を出てジークヴァルト王子の住む小屋へ向かった。「こんにちは。おじゃまします」と控えめに声をかけて、玄関の戸を開ける。

そして一瞬息が止まった。

開いた扉の奥。そこにはジークヴァルト王子の首に手をかけ、涙ながらに謝罪する彼の母親――マリアンヌの姿があった。王子の腕は一切の抵抗なくだらりと垂れ下がっており、全てを受け入れる気なのだと瞬時に悟った。

『ごめんね。ごめんね。あなたがいなくなれば、わたしは王宮へ戻れるの』

もう限界だったのだ。

華やかな王宮から離れて隠れるように山奥で暮らすことも。優秀だ優秀だと誉めそやされた自慢の息子が、一変して呪いの子へと変貌したことも。まるで腫れ物みたいに扱われることも。

なにもかも。彼女の中の自尊心は、とっくの昔にボロボロだった。

『王子！』

ライフォードは彼女を突き飛ばし、ジークヴァルト王子の手を取って逃げた。どうすれば良かったのか分からない。どこへ逃げればいいのかも分からない。

王子の死と引き換えにマリアンヌは城へ戻る権利を手に入れる。母親の愛か。王妃としてのプライドか。天秤は後者に傾いた。

王は元からこうなることを予想していたのかもしれない。ならば父は。第一騎士団長である父がそれを知らないはずがない。別荘に戻っても安全なのか。

どうすればいい。どうすれば――。

怖くて怖くて。ライフォードはぎゅっと目を閉じた。しかしその瞬間、地面から出ていた石に足を取られて転んでしまう。全力で走っていたとは言え所詮《しょせん》は子供の足。振り向けば、マリアンヌの姿がすぐ傍にあった。

振り上げられたナイフ。

『邪魔をするなら先にお前を！』

ああもう駄目だ。そう思った瞬間、大小さまざまな炎の剣が、彼女の身体を貫いていた。

誰が――、なんて尋ねるまでもない。ライフォードは瞬時に全てを理解し、そして叫び出したくなった。どうしてこんなことに。どうして自分は弱いのだろう。

苦しくて苦しくて。息を吸おうとして、ひゅうと喉が鳴った。

手を広げ、落ちてきたマリアンヌの身体を抱きとめるジークヴァルト王子。彼は愛おしそうにその頭を撫でた。

『申し訳ございません、母上。私も、すぐお傍に』

『ふ、あは、ははは……お前、なんて……生まなければ……よかっ、た……』

マリアンヌの死を確認すると、ジークヴァルト王子はすっと立ち上がった。

振り向いた王子の顔には涙の痕すらなかった。

彼はゆっくりとライフォードへ近づき、手を伸ばした。

『大丈夫か？』

柔らかく微笑んだ顔も、優しい声も、全ていつも通りだった。その中で、差し伸べられた手だけが微かに震えていた。

ああ、この人も怖かったのだ。怖くて、苦しくて、悲しくて。それなのに、ライフォードを守るためにこの小さな手を汚したのだ。

母親の血に濡れ、それでもなお気丈に振る舞おうとする姿に、ライフォードは涙が止まらなかった。守らなければいけない。泣きたいのは自分の方なのに、大丈夫、もう怖くない、と励まし続けてくれるこの人を。震える身体を押し殺して抱きしめてくれるこの人を。全ての責を背負って母親の下へ行こうとするこの人を。――絶対に、守らなくてはいけない。

その日からライフォードは弱さを捨てた。

オーギュスト家の長子として、ランバートン公爵家の跡取りとして、隙のない完璧な男になってみせる。それを交換条件に、ジークヴァルト王子を弟として迎え入れることを親に認めさせた。

ジークヴァルト王子は母親共々死亡として上に報告。それから数年後、オーギュスト家はジークフリードという赤髪の少年を養子として迎え入れた。

すぐに手続きをしてしまえば怪しまれる可能性がある。しかし数年後ならば、ジークヴァルト王子と仲の良かった息子のため、似た容姿の子供を引き取ったと勝手に解釈してくれる。

ライフォードがジークフリードに執着していても、怪しまれる心配はない。

全て、計画通り。

王族でなければ、燃えるような赤髪も落ち着いた赤褐色の瞳も、ただ美しいだけだ。

「たとえ世界の全てが君を拒んだとしても、生きていてほしい。――この言葉が呪いだとしても構わない。君を害するものすべて、容赦はしない。それが愚かな私の、せめてもの罪滅ぼしなのだから」

いつかあの呪いが、生への祝福にならんことを。

ライフォードは願ってやまなかった。

＊　＊　＊　＊　＊　＊

今日は晴天。

清爽と澄み切った青空があまりにも綺麗で、まるで事件解決をお祝いしてくれているみたいだ。

私は紙袋いっぱいに買い込んだ食材を抱きかかえながら、揚々《ようよう》と空を見上げた。

ここは市場。いつも活気に満ち溢れていて、この場所に来るだけで元気を分けてもらえる気がする。ずっと眺めていたいくらいだ。けれど、今はのんびりしている時間などない。

わいわいと笑顔で行き交う人の波を器用に避けながら、メモを確認する。

必要なものは大体買えた。後は待ち合わせ場所に行くだけ――と視線を前に戻した瞬間、ふわりと身体が軽くなった。

「荷物は俺が」

真っ赤な髪の間から、優しげな瞳がこちらを見ていた。

どうやら私が持っていた荷物は、ジークフリードさんの方へ移動したみたいだ。彼は山盛りになった紙袋を二つ、平然とした表情で抱えている。

「ありがとうございます。重くないですか？　……なんて、聞くだけ野暮ですかね」

「ああ。これくらい軽いものだ」

うむむ。鍛え方が違うということか。

全部持ってもらうのは申し訳ないが、今日はお言葉に甘えさせてもらおう。「トマト、五、六個なら持てます！」と言っても迷惑なだけだしね。

「珍しいな。いつもなら自分も持つと言ってくるのに」

「や、やっぱり私も持った方が……！」

「違う違う。頼られているようで嬉しい、ということだ。気兼ねなく使ってくれ」

そう言うとジークフリードさんは蕩けるような笑みを浮かべた。

一瞬見惚《みほ》れそうになり、慌てて顔を逸らす。

――本当、格好いいんだから。

顔も声も性格も何もかもパーフェクト。元の世界にいたら一生お近づきにすらなれないレベルの人。生きている世界が違う。

こうやって隣を歩けるだけでも奇跡なのに。それ以上を望むなんて強欲だろう。

だからこれは恋ではない。

ああもう。ハロルドさんが変なことを言うから、最近ずっと調子が乱されっぱなしだ。

本日、レストランテ・ハロルドは臨時休業。

夕方頃から貸切で事件解決お祝いパーティーをする予定なのだ。メンバーは私、ハロルドさん、マル君のレストランテ組と、ジークフリードさん、ライフォードさん、梓さんに加え、なんと有栖ちゃんとダリウス王子も来るそうだ。

リィンの件は上手《うま》く誤魔化《ごまか》します、とライフォードさんが言っていたので問題はないだろうけど、私もヘマをしないよう気を付けなければ。

ちなみに、私とジークフリードさんが買い出し担当。ハロルドさん、マル君、ライフォードさん、梓さんが店内の飾りつけやお酒の調達。有栖ちゃんダリウス王子が後から合流という形らしい。

でも、買い出し二人って少なすぎませんか。せめてハロルドさんもついてくるべきでは。ちょっとジークフリードさんに甘えすぎていませんか。

「そんな顔をするな。俺は問題ないし、君と買い出しに行けて嬉しいよ」

「へ？　あれ？　私、声に出してましたか？」

「いや。顔に出ていた」

私は慌てて両手で顔を隠し「見ないでください」と指の間から抗議の視線を送る。まさか顔に出ていたなんて。恥ずかしすぎて火を噴きそうだ。

「ふふ、悪かった。だから意地悪しないで顔を見せてくれ」

「意地悪なのはジークフリードさんの方です」

「うーん、それじゃあ善処しよう」

飄々《ひょうひょう》とした言い回しから、改める気はないと分かる。

ジークフリードさんはたまに意地悪だ。

「まぁでも、確かにハロルドにしては配分がおかしいな。きっと何か考えがあるのだろう」

「考え、ですか？　うーん」

ああ、そういえば。

私たちが店を出る前、ライフォードさんとハロルドさんが「そういうことは早く言いなさい。私がどれだけ苦心していたと！」「いやだって準備に手間取っちゃったんだもん。怒んないでよ、協力してあげてるんだからさぁ」とかなんとか、じゃれ合いという名の言い合いをしていたっけ。

「あれ？」

今思えば、マル君の姿が途中から消えていた。

やっぱり私たちを抜いて何かしようとしているのかな。ライフォードさんや梓さんがついているなら変なことはしないと思うけど。

「気になるなぁ」

私はしばらく空を見上げた後、ジークフリードさんにお願いして足を速めた。

＊　＊　＊　＊　＊　＊　＊

城の一角にあるユーティティア・ランバルトの私室。

天井から壁、床に至るまですべてを白で統一し、聖女の部屋よりも清浄感あふれるこの部屋で、ユーティティアは椅子に腰かけて紅茶を飲んでいた。

隣には当然といわんばかりにダンダリアンの姿がある。

「残念ね。本当に残念。念入りに計画を立てたというのに、なんの成果も得られないだなんて」

残念だと口にしつつも、表情には一片の曇りもない。むしろ凪いだ海のごとく穏やかだ。

彼女はカップをテーブルの上に置くと、ダンダリアンを見つめる。彼は黒いレンズの奥——真っ赤な瞳を愉快そうに細めて笑った。

「えー、それワタシのせいですぅ？　足がつかなかっただけ良しとしてくださいよ」

「それは最低限よ。遠征が成功したのは本当に残念だわ」

柔らかなストロベリーブロンドが風に遊ばれてふわりと舞う。

伏せられた睫毛《まつげ》が小さく震えた。

言葉を発さなければ、それこそ人形と錯覚してしまいそうな美しさだ。微動だにしない眉も、陶《とう》磁《じ》のような白い肌も、絹のような髪も、全てが作り物めいている。

「姫さんの無垢で純粋な悪意、好きですよ。ワタシは」

「まぁ、悪意だなんて。失礼しちゃうわ。お父様たちに比べれば、こんなの可愛《かわい》らしい児戯《じぎ》よ」

王家に伝わるくだらない呪いの話。

詳細は省くが、過去の文献や子供の頃に聞かされたお伽噺《とぎばなし》など、様々な資料を読み解き、魔族であるダンダリアンの話とつなぎ合わせた結果、それが持つ本当の意味に気付いた。

魔王は人の子。魔王は王家に生まれる。

「今は形骸《けいがい》化した言い伝えだけが残っているだけ。それなのに、真実も知らずに自らの子を排除しようとするだなんて、わたくしなんかよりずっと邪悪でしょう？」

ユーティティアはくすくすと鈴が転がるような笑い声を漏らした。

――けれど、お父様も詰めが甘いわ。死体がなければ疑ってかかるべきよ。

呪われた第一王子は生きている。そう仮定するならば、怪しいのは一ヶ所だけ。

「人は弱っている時こそ取り入りやすくなるもの。腕の一本でもなくなってしまえば良かったのに。あの人さえ手に入れれば、無能なお兄様も、忌々《いまいま》しい聖女様も、すべて排除して、わたくしが上に立ちましょう」

姫だなんだと誉めそやされようが、表舞台に躍り出ることはない。

政《まつりごと》は第一王子であるダリウスが。民から信仰を集め、魔物を消し去るのは聖女が。ユーティティアの役割は、有力者の家に嫁ぎ子をなすことだけ。

それはあまりにも――つまらなかった。

「力のないものが力を手に入れるには、力のある者を手中に収める。それが最善だと思うの」

「ふむ。その自己顕示欲はなかなか美味《うま》そうだが、陰湿なのが残念だ。俺の趣味じゃない」

「え？」

ぶわりと。ひときわ大きな風が吹き、カーテンがはためく。

一瞬の出来事だった。

この部屋にいるのはユーティティアとダンダリアンの二人だけ。

誰一人として入室は許可していない。

しかし気付けば窓の縁に背を預け、気だるげに腕を組んでいる男が一人。赤い瞳に嫌悪をにじませてユーティティアを見つめていた。肩には炎の如き鳥が止まっている。

一目で理解した。人ではない。

まるで絵画のような隙のない美しさと妖艶さに、思考が漂白される。整った容姿の男など見慣れているはずのユーティティアですら、目を奪われてしまいそうになった。

これが人外の美。

しかしすぐさま持ち直し、ふう、と息を吐く。

「ダンダリアン、始末を」

「ハハハ。ご冗談を。前すれ違った時ならまだ可能性はありましたけど、なんです？　それ。この短期間で、一体どこからそんな膨大な魔力をいただいてきたんです？　マルコシアス様」

男――マルコシアスは人差し指をそっと唇に当て「秘密」と微笑んで見せた。

「ダンダリアン」

「あれは魔族の中でも最高位。人間どころか同族の我々ですら、おいそれと謁見すら出来ない超大物ですよ。ワタシなんかでは到底太刀打《たちう》ちできませんって」

ダンダリアンは「無理無理」と首を振って、一歩後ずさった。

「それにあの、一歩でも近づいたら殺《や》る、くらいの殺気を放っている鳥。あれもなかなか高位の存在ですよ。いやもう、最悪なのに目を付けられちゃったなぁ。完全に詰み」

「なるほど。力業《ちからわざ》は通用しないと。ですがわたくしを消すなんてこと、しないでしょう？　目を見ればわかります。貴方《あなた》、とてもお利口ですものね」

ユーティティアは静かに立ち上がり、マルコシアスの傍へと歩み寄る。

そして真正面からじ、と宝石のような赤い瞳を見上げた。

「さて、ご用件を。何かの交渉に参ったのでしょう。お聞きいたしますわ」

「さすが頭の回転が速い。だが悪いな。俺はただの使いっ走りでね」

マルコシアスは壁に手を置くと、家具から伸びた影に手を突っ込んだ。出てきたのはどこか見覚えのある小さな子犬。くるりと大きな瞳が、ユーティティアの姿を鏡のように映していた。

「こいつの目は映像装置として優秀でな。さて、首尾はどうだ？　ハロルド」

『はいはぁい。いやぁ、やっぱマル君の映像魔法は面白いよね！　あ、お久しぶりです、姫様』

マルコシアスの背後に突如現れた巨大なモニター。

そこに映る男を見て、今まで人形のようだったユーティティアの表情に、苛立ちが生まれる。

場所は恐らく城下の食堂。

男は椅子に腰かけながら足を組み、ひらひらと手を振っていた。

「やはりハロルド・ヒューイット、あなたでしたか」

『覚えていてくださって光栄です』

「ふふ。わたくし、あなたのこと嫌いでしたのよ？　あなた、というか、あなたの頭と能力が、ですけれど。まさかこんなものまで飼い慣らしているとは。本当、邪魔ばかりしてくれますね」

眉間に刻まれた皺《しわ》。ガラス玉のような虚ろな瞳の奥に、しっとりとした怒りが燃えている。

この男はいつもそうだ。風のように自由気ままで面倒事は避けて通るくせに、最後の砦とばかりに一番嫌な場面で出しゃばってくる。

しかし――。

ユーティアは唇を弧に歪めて、にこりと微笑んだ。

「ですが、所詮《しょせん》は食堂の一店主。もうあなたになんの権限もないことをお忘れですか?」

『おやおや、困ったなぁ……ということで、ここからはスペシャルゲストに登場していただきましょう!』

動揺すら見せないか。

実に不愉快。この場にいたのなら平手打ちを一発お見舞いした後、靴の底で踏みつけてあげますのに――ユーティアの眉が微かに吊り上がる。

しかし、モニターの映像がゆっくりと横へずれ、現れた人物に息が止まった。

なるほど、そういうことか。ようやくハロルドの狙いが理解できた。

『ご機嫌麗しゅう、姫様。第一騎士団団長、ライフォード・オーギュストです。このような場にお招きいただき、恐悦至極にございます。ははは、現場は盛り上がりを見せているようで、ええ、……本当、そちらにいなくてよかった』

ふわりと揺れる砂糖菓子のような金髪。落ち着いたコバルトブルーの瞳。しかし、握りしめた両腕が堪えきれないとばかりに震えていた。

彼のジークフリードに対する執着心は知っている。腕の一本でもなくなってしまえば、の辺りを聞かれていたのだろう。ハロルドが騎士団ではなくマルコシアスを使いに寄越したのは、ユーティアに対する配慮だったのかもしれない。

――そういうところが、本当に嫌いだわ。

『お前ほんといい性格してるよね。っていうか、顔怖いし。うちのテーブル破壊しないでよ?』

『善処いたします』

『期待してるよ? ええー、続きまして、あれ? 固まってる? おおーい、ダリウス王子? 大丈夫ですか?』

更に画面は切り替わり、顔面蒼白のダリウスが映し出される。

『……ッ、ダリウス・ランバルトだ。ユーティティア……すまん。これ以上言葉がでない』

こういう時は気丈に振る舞うべきであるのに。だから詰めが甘いと言われるのだ。

もっとも、「よくもこの僕を嵌めたな! 身の振り方を良く考えておけ!」などと怒鳴り散らされなかっただけマシか。ほんの少し前ならば、このような温情を見せる人ではなかったのに。

誰がこの人をまともにしてしまったのか。これでは無能と罵ることも出来やしない。

ユーティティアは「馬鹿なお兄様」と呟いて瞼《まぶた》を閉じた。

『えっと、時間押してるみたいだからお次はセットで。聖女さまお二人です!』

『……わたしが忘れていたのはあなただったのね』

『すりつぶすわ』

切なげに瞳を伏せる白の聖女とは対照的に、無表情で拳を突き合わせる黒の聖女。

一度聖女という言葉を辞書で引いてみては如何《いかが》かしら、と嫌みの一つでも言いたくなる。

『梓、落ち着いて。っていうかダリウスずるい! わたしも店長さんの隣がいい! 第一騎士団長様と梓に挟まれてるの怖いんだけど!』

『僕だってそこは嫌だ』

画面が引き、右側からダリウス、ハロルド、ライフォード、白の聖女、黒の聖女の順番で並んでいたことを知る。怒りを向けられるのなら白の聖女とダリウスだと思っていたが、蓋《ふた》を開けてみれば二人ともライフォードと黒の聖女の怒りに圧倒されているときた。

——まるで茶番ね。

こんな情けない幕引きになるとは、どうして予想できただろう。酷く惨めで、滑稽《こっけい》だ。

ユーティアは馬鹿馬鹿しくなって、ため息を零した。

後ろではダンダリアンが「聞かれたくなかった人物オールコンプリートじゃないですかぁ。性格悪いですねぇ、この人」と諦めたように壁にもたれかかっていた。力の抜けた身体はズルズルと重力にのっとって滑り落ち、最終的にはぺたりと尻をつく。

魔族にすら性格が悪いと言われる人間など、ハロルドくらいのものだろう。

「ふ、はは！　同感だな。こいつは本当に性格が悪い」

『ちょっと、マル君は僕の味方じゃないの？　酷いなぁ、それ。……ところで姫様。言い訳のご準備はお済みで？　僕は心が広いのでいくらでも聞きますよ』

「どの口が仰るのかしら？　負けくらいは素直に認めます。そちらにいらっしゃる人間を全て消すわけにはいきませんし。忘却魔法なんて、油断している相手にしか聞きませんから。ですよね、ダンダリアン？」

既に諦めの境地に達しているダンダリアンは、力なく片手で丸をつくって見せた。

足音が聞こえてくる。恐らく第一騎士団がこちらに向かっているのだろう。ライフォードも優秀だが、彼のサポートを任されているだけあって副団長も優秀な人物だ。逃げおおせることは出来ない。そもそも、この場にはマルコシアスもいる。

これでおしまい。呆気ない幕引きだった。

『最後に、なんですけど』

「ふぅ、まだなにか？」

『彼は飼っているわけじゃない。僕の友人に対する認識、改めていただけます？』

黄金色の目が、射抜《いぬ》くように細められる。

ユーティティアは驚きに目を見開いた。

珍しいこともあるものだ。この男が苛立ったところなど、今まで見たことがなかった。

ふと目の前に立つ男――マルコシアスを見上げる。ユーティティアは愉快そうにほくそ笑んでから、「あら、ごめんあそばせ」とスカートの端を持ち上げて小さく頭を下げた。

＊＊＊＊＊＊

何かよからぬ計画でも立てているんじゃないか、という私の心配は杞憂に終わったらしい。

急いでレストランテ・ハロルドに戻った私とジークフリードさんだったが、店内は特に変わりなく、皆それぞれの仕事を全《まっと》うしていた。

いつの間に合流したのか、王子と有栖ちゃんは店内の飾りつけ。ライフォードさんと梓さんは仕入れた飲み物のチェック。ハロルドさんとマル君はメニューの再確認と調理の準備。

問題などあろうはずもなく、パーティーの準備は着々と進められていた。

やっぱり、ただの思い過ごしだったのかな。

おかしな点を挙げるとすれば、王子と有栖ちゃんは疲れているのかぐったりしており、ライフォードさんと梓さんは帰ってきた私たちをいつも以上に構い倒してきて、マル君はなぜか嬉々としてハロルドさんの後ろを付きまとっていたくらいだ。

まぁ、何事もなかったのならそれに越したことはない。

「さて、それじゃあ私たちも参戦いたします！　ハロルドさん、マル君、じゃんじゃん美味《おい》しいもの作りましょうね！　ジークフリードさんも、お手伝いお願いします！」

「もちろんだとも」

買い込んだ食材は厨房《ちゅうぼう》へ。

私はエプロンをつけ、ぐいっと腕をまくった。


そして夕方。

パーティーはつつがなく開始され、皆それぞれに今を楽しんでいる。

私はキッチンに立ってぐるりと店内の様子を確認した。テーブルの上に並べられた色とりどりの料理たち。今日はビュッフェ方式だ。好きなものを好きなだけ。飲み物もセルフサービス。

梓さんと有栖ちゃん以外は慣れない形式に戸惑いを見せていたが、自分好みのペースで気楽に飲み食いできるので、なかなか好評だった。

特に大食いのライフォードさんにはとても相性がいいらしく、隣に座る梓さんが引くほどの量をテーブルに並べて満足そうだ。

「さすがにちょっとストレス溜め込みすぎじゃない？」

「ここで心を癒しておかなければ、城へ戻った時が大変でしょう？」

「大変なのはあんたじゃなくて周りの人間が、だけどね」

「おや？　聖女様の方こそ慎ましやかなお酒の量ではありませんね。リンの料理でいつも以上に進むのは分かりますが、ほどほどにしておかないと私が抱きかかえて帰るはめになりますよ」

「う。それはだけは絶対に嫌！」

梓さんは苦虫を噛み潰したような顔でワイングラスを遠ざける。

抱きかかえられるのが嫌なら、ハロルドさんの転移魔法で送ってもらいましょうか。

そう口を挿《はさ》もうとした瞬間、ライフォードさんがそっと唇に人差し指を当てた。まぁ、無理な飲み方をしないに越したことはないものね。私はくすりと笑って片手で丸を作った。

さて、ダリウス王子と有栖ちゃんは楽しんでいてくれるかな。

梓さんたちのすぐ近くのテーブルに隣り合わせで座っている二人。最初こそ店の隅で細々と料理を食べていたが、梓さんに促され輪の中に入ってきてからは、少し緊張がほぐれたみたい。

今では子犬みたいにじゃれ合いながら、料理の取り合いをしている。

「あ、アリス！　それは僕がキープしていただろう！」

「小皿に取り分けてくれていたから私の分かと思っちゃった。で、ダリウスはどうするの？　諦めちゃうの？」

「話を挿《す》げ替えるな。言っておくが、僕は諦めが悪いんだ。もちろん、何事もな！」

言うなり、ダリウス王子は有栖ちゃんの手を握りしめた。

何。どうしたの。人前で大胆ですね王子――などと思っていたら、ぽかんと固まっている有栖ちゃんを尻目に、とても優雅な仕草で自分のお皿を奪還していった。

なるほど。今手を握りしめていたのは抵抗されないためか。案外強《したた》かじゃないですか。

有栖ちゃんは「酷い。ずるい。いつの間にそんなの覚えたの！」とむくれているが、当のダリウス王子はどこ吹く風。もう二度と奪われはしないとばかりに、お皿を両手で囲っている。

そんなにがっつかなくても、まだまだ料理はありますよ。料理番冥利《みょうり》にはつきるけどね。

そういえば、どうして私は一人で厨房に立っているんだろう。

マル君とハロルドさんはどこいった。

お酒も料理も適度に摘まんでいるから、代わってくれと言いたいわけじゃない。ただ、せめてもう少し手伝ってくれても、と思うのだ。

「あ、いた」

店の一番隅っこ。随分とお酒を飲んだのか、くたりとテーブルに頬をつけながら、フェニちゃんを撫でまわしているマル君がいた。――いや、ちょっと待って。撫でまわしている？

遠目からでも分かる。あのフェニちゃんはガルラ様が同期している状態だ。もはや立っていられないとばかりに、お腹も羽もテーブルに張りついている。

しかしマル君は酔っているため気付いておらず、「よしよし、今日は頑張ったなぁ」といつもより殊更《ことさら》甘い声で褒めそやしていた。

これ駄目なやつだ。絶対駄目なやつだ。マル君を止めなければ。

慌てて厨房から飛び出す。しかし、私がマル君へ声をかけるよりも早く、ハロルドさんが彼の腕を摑んでガルラ様から引き離した。

「はいはい、そろそろ離してあげなよ。死にそうだよ、その鳥。それからお酒はストップね」

「ふふ、ハロルドか」

「なんだよ。なんか今日、妙に機嫌がいいじゃん。どうしたの？」

「ほら、お前も飲め飲め。ぐいっとな。どうだ？」

マル君はグラスを無理やりハロルドさんに押し付けると、返事を待たずにお酒を注ぎ始めた。ハロルドさんは訝《いぶか》しげにそれを受け取ると、仕方がないなぁと言わんばかりに一気にあおる。

困惑状態のハロルドさんも珍しいが、こんなに機嫌がいいマル君も珍しい。ひょっとすると、新作料理が口にあった時よりも楽しそうかもしれない。

「はは、友人殿からの有難いお酌だ。美味《うま》いだろう？」

「――――ッ、ぶはっ、機嫌がいいのはそれか！」

「友人。友人ねぇ。彼は飼っているわけじゃない。僕の友人、だったか？」

「ああもう、黙れよこの酔っ払い！　そのネタでずっとからかうつもりだろ！」

テーブルを叩きながら文句を言うハロルドさんに対し、マル君は愉快そうに彼の頭を撫ではじめた。完全に酔っぱらっているわね、この魔族様。笑い上戸《じょうご》ならぬ撫で上戸なのか。

なんだかよく分からないけど、まぁいいか。

あっちはあっちで楽しそうだし、首を突っ込むのはやめておこう。ハロルドさんがいれば、マル君のガルラ様弄《いじ》りも控えめになってくれるものね。

「リン」

穏やかな声に呼ばれて振り向く。

ジークフリードさんはパーティー開始直後からカウンター席に座って、私の相手をしてくれていた。会話はもちろん、料理が出来たらみんなのテーブルに運んでくれたり、「君の分だ」と言って小皿に取り分けた料理を渡してくれたり。ずっと、私を気にかけてくれていたのだ。

本当に、優しい人。

彼は少しだけ考えるそぶりを見せたあと、ややあって私に手を差し出した。

「少し、外を散歩しないか?」

「散歩ですか?」

「ああ、君に話したいことがあるんだ」

ちらりと窓を確認する。既に日は落ちて濃厚な夜の気配が漂っていた。

ライフォードさんと梓さん、ダリウス王子と有栖ちゃん、マル君とハロルドさんとガルラ様。各々好きなようにこのパーティーを楽しんでいる。私たち二人が抜けたところで問題はないだろう。

せっかくジークフリードさんが誘ってくれたのだ。ちょっとくらい、いいよね。

私は「はい」と頷いてその手を取った。


様々な催し物が行われる広場。そこを抜けると大きな公園がある。

木々に囲まれたその場所は、中央には瓢箪《ひょうたん》のような池があり、周りを花壇が囲っていた。通路にはレンガが敷き詰められており、昼間だったら駆け回る子供たちや、ベンチに腰かけてのんびりする人などで賑わっている。

私たちはその一角。芝生が敷き詰められた場所へ腰を下ろした。

夜風は火照った身体を静かに冷ましてくれる。私は一息ついて空を見上げた。

濃紺の絨毯《じゅうたん》の上に散らばった、大小さまざまな星々たち。まさに今にも落ちてきそうな満天の星空だ。思わず手を伸ばしそうになる。

「綺麗ですね」

「例えばこの空の先に君の世界があるとして、君はすぐにでも戻りたいと思うか？」

チリチリと鳴く虫の声。

頬を撫でる風はひんやりと冷たい。

「酷いことを言っている自覚はある」

月明かりに照らされて浮かび上がるジークフリードさんの横顔は、彫刻のように美しかった。

戻る方法など分かっていないのに、希望を持たせる言い方をしたからだろうか。

私はいいえと首を振った。

「梓さんや有栖ちゃんが元の世界に戻りたいというのなら、協力は惜しみません。でも、私は帰っても結局死んじゃうと思うんですよね。だからもう、この世界に骨を埋めるつもりで生きているといいますか」

元の世界、元の時間、元の場所に戻されるなら、私は車に轢《ひ》かれて死ぬだろう。

ここで過ごした時間分進んだ世界に戻されたとしても、ねじまがった運命はどこかで帳尻合わせが起きる。きっと、長くは生きられない。そう感じる。

ジークフリードさんは私の背後に移動すると、マントを広げて私を抱き寄せた。

服の上からでも伝わる彼のぬくもり。耳元で聞こえる静かな吐息。うるさいくらいに跳ねる心臓を押さえつけようと、私は握り拳をつくって胸に押し当てた。

駄目だ駄目だ。意識するな私。

「こ、こういうの、いけないと思います……」

「寒いだろう？　それとも、俺に触れられるのは嫌か？」

「ちがっ！　もう、今日のジークフリードさんは意地悪です！」

逃れようともがくが、ひ弱な料理番の力では騎士団長様に敵うはずもない。

すぐ腕の中へ連れ戻されてしまう。

「はは、本当の俺は優しくなんかないぞ。君が恥ずかしがっている顔を見るのは大好きだからな」

「またそうやって。みんな勘違いしちゃうからやめた方がいいですよ」

「それはないよ」

「そう思っているのはジークフリードさんだけです」

「そうじゃない。こんなこと、君にしか言わない」

更に力強く抱きしめられる。

「リンだけだ」

甘い声。照れも迷いもない真っ直ぐな言葉が、囁くように鼓膜を振るわせる。

ドクリ、とひときわ大きく心臓が跳ねた。

全身がゆで上がったみたいに熱されていく。虫の声は遠くなり、耳に届くのはジークフリードさんの息づかいと心臓の音だけだ。

こんなの、ずるい。この人は誰にでも優しいから、意味があるわけじゃない。気のせいだ、気のせいだ、と言い聞かせてきたのに。それすらもできなくなる。

ジークフリードさんの特別になれるはずがない。自分では不釣り合いだ。好きになっても後悔するだけ。この人の幸せを純粋にお祝いできるよう、こんな感情は見ないふりをしようと思っていたのに。

どうしよう。深呼吸をしたくて息を吸っても、身体が震えて上手《うま》くいかない。

「俺は、祝福されて生まれたわけではない。この先、もしかしたら不要だと排除される日が来るかもしれない。それでも――」

ジークフリードさんの腕が前に伸びてくる。困惑する私を余所《よそ》に、人差し指で手のひらを撫でられた。そしてそのまま指と指とを絡ませてくる。

繋がれた手。まるで逃がさないと言っているみたいに。

「それでも、最後まで君の傍に居たい」

「そ、れ……って」

「返答は要らない。ただ伝えたかっただけだ。しかし、これからは遠慮しないから覚悟しておいてくれ」

繋がれたままの手が持ち上がり、手の甲が彼の唇に当たる。

「困るか？」

「……私、で、良いんですか」

「君が良い」

「――ッ、ずるい、です。そんなの……」

困るなんて言えるわけない。

ようやく腕の力が緩められ、私は慌てて距離を取る。といっても数センチほどしか離れられなかったのだけど。身体が熱い。このままじゃあ、ゆで上がったタコのように死んでしまう。

とりあえず背後を取られまいと、彼と向き合う形で身体の向きを変える。

ただ、顔を上げることはできなかった。

こんな状況でジークフリードさんの顔を直視できるほど、私の心臓は強くない。

「近くに可愛《かわい》い人も綺麗な人もたくさんいるのに」

「君以上に愛らしい人なんていただろうか？」

「ジークフリードさん、もしかして視力に難ありですか」

「視力が悪くて騎士団長が務まるわけないだろう？　君だって、周りに顔のいい男がいっぱいいるじゃないか。それでも私の顔が好きなんだろう？」

「か、顔だけじゃないです」

赤褐色の優しい瞳も、燃えるように赤い髪も、力強い手も。いきなり空から現れた私に親身になってくれたところも。いつも気にかけてくれる優しいところも。自分を犠牲にしてまで他人を優先させてしまう不器用なところも。

全部好き。

ずっと蓋《ふた》をしていた感情。一度溢れてしまえば、もう誤魔化《ごまか》せない。

「好きです。私だって、貴方《あなた》が――」

恐る恐る顔を上げる。

夜の闇を照らすのは月光。柔らかな光が降り注ぎ、うすぼんやりと周囲の景色を浮かび上がらせる。その中でジークフリードさんの目だけがやけに煌々と輝いていた。

夜の闇すらはね除け、暗闇に浮かび上がる真紅の双眸《そうぼう》。あまりにも美しくて、気付けば手を伸ばしていた。包むように彼の頬に触れ、親指の腹で目尻を撫でる。

彼の瞳って、こんなに赤かったかな。

不思議。まるで、マル君みたいな――。

ジークフリードさんは私の手に頬を寄せ、瞼《まぶた》を閉じた。数秒の沈黙。そしてそれが再度開かれた時、瞳の色はいつもの赤褐色へと戻っていた。

気のせいだったのだろうか。

「リン？」

「……いいえ」

私はゆっくりと首を振った。

どうだって良い。

この人がジークフリードさんなら、それでいい。それ以上は要らない。

この人が何者だってかまわない。そんなもの些末《さまつ》な事だ。

だって、私はこんなにも――。

「貴方がいい。貴方じゃないと嫌です。たとえ貴方が自分を不要だと断じたとしても、私は最後まで貴方の全てを肯定し続けます」

この人が抱えているものは、私が想像しているよりもずっと重たいものかもしれない。私の小さな手では、抱えきれないものかもしれない。

けれど、分け合うことなら出来る。

ジークフリードさんの手から零れ落ちるなら、残りは私が引き受けよう。それでも足りないならライフォードさんがいる。ハロルドさんだって手伝ってくれるだろう。彼ならマル君を無理やり引っ張ってくるだろうし、梓さんや有栖ちゃん、ダリウス王子だってきっと。

ジークフリードさんが「助けて」と言えないなら、代わりに私が全員を引っ張ってくる。

どんな手を使ってでも、この人を守る。

「だって、私にはあなたが必要ですから」

「――……リン」

今度は真正面から、力強い腕に抱きしめられる。

「はは、色々な感情が渦を巻いていてどう言葉にすればいいのか分からない。でも、これだけは言える。ありがとう。君に出会えて本当に良かった」

いつも通りの穏やかで優しげな声。ただ、ほんの少しだけ震えていた。私を抱く腕は、必死にしがみつく子供のように力が籠もっている。

少し痛いけれど、今はこの腕から逃げようとは思わない。

私は、「私もです」と頷いて、彼の背に手を伸ばした。

エピローグ

本日。レストランテ・ハロルド店内は、ほんのわずかな緊迫感に包まれていた。

原因はリンだ。

どうやらジークフリードのことを、ハロルドやライフォードみたく愛称で呼びたいらしい。昨晩、どうすれば許可が貰えるかハロルドに相談している姿を見かけた。

ジークフリードがやってくるだろう時間帯の今、彼女の緊張はピークに達している。その緊張が伝播《でんぱ》し、店内の緊迫感に繋がっているというわけだ。

昼の繁忙時間は過ぎ、客はほぼいない。

これなら大丈夫か、とマルコシアスは撤退準備を始める。しかし、すぐさまハロルドに見つかり腕を掴まれてしまった。逃がす気はないらしい。

「折角だから見届けようよ。僕は食い気味で許可するに一票かな！」

「ばか。賭けにもならん」

あの二人の関係が進んだことはすぐに分かった。あの独占欲丸出し男のことだ。リンが言い出さなければ、自分からおねだりしにいくだろう。馬鹿馬鹿しい。

カウンター席の一等地。店内全てを見通せる場所に座ったハロルドに強く腕を引かれる。

隣に座れということか。

マルコシアスはやれやれと肩をすぼめて、彼の隣に腰を下ろした。

「そんなに苦手？」

「苦手というか……」

どう接すればいいか分からない、が本音だ。

記憶が霞むほどの昔。経験があったから知っている。触れられるだけで強制的に隷属《れいぞく》されてしまいそうになるあの感覚は、魔王の能力によるもの。だが、あの男は何も知らされていない。

ならばこちらからはアクションを起こさず、見守る方向でいこう。――と決意したはいいものの、距離感が掴めずにいるのだ。

近づき過ぎるとあの手にやられる。

ハロルドの傍であの男に触れられるのは勘弁願いたい。絶対に面白がるだろうこいつ。

澄ました横顔を怪訝《けげん》そうな顔で見つめると、「なぁに？　僕ってそんなに魅力的？」と返ってきた。はは、面白いジョークだ。もはやため息すら出てこない。

そんな時――。チリン、とドアベルが涼やかな音を奏でた。ジークフリードだ。

嬉しそうに駆け寄るリン。

しかしなぜこの時間なのだろう。

よく来る騎士団の連中は既に食べ終わり店内にはいない。おかしい。休憩は同じ時間じゃないのか。リンと話すために、わざと人の少ない時間帯を狙っているのでは、とすら思えてくる。

職権濫用《しょっけんらんよう》だぞ。

「あーあー、まったくもう。ジークもリンも、嬉しそうだねぇ」

「ご愁傷様《しゅうしょうさま》だな。慰めてやろうか？」

「そのネタ、まだひっぱるの？　そういうのじゃないっていつも言ってるだろ。僕にはもふもふさせてくれる友人様がいるからいいんですぅ」

「開き直ってきたな。つまらん」

「君だって、これが一番だって思ってるくせに」

二人の様子を見ていたハロルドが、慈《いつく》しむように目を細めた。

「世界の理《ことわり》。聖女と魔王。君の話と今回の事件で、色々と情報が更新されたからね。おかげで、君の見ている世界が少しわかった気がするよ」

珍しく落ち着いた声色だ。

マルコシアスはただ黙って、彼の言葉に耳を傾ける。

「今後、魔物の数は自然と減っていくだろう。魔族との共存とか、課題は山盛りだけどね。まぁ、なんとかなるでしょ。日々、新しい出来事や問題が出て、解決していく。そうやって、世界は廻っていくんだから」

魔王と聖女はいわば光と闇。片方が欠落し機能不全に陥《おちい》っていた世界も、ジークフリードが存命することで徐々に正常へと戻っていくはずだ。大丈夫。問題はない。もうあの頃へ逆戻りなどさせない。彼らを害する者がいるのならば、全力をもって排除する。

幸い、戦力は十分すぎるほど揃っている。

マルコシアスは全ての要《かなめ》——リンを見てくつくつと喉を震わせた。

「でも、どうしてリンはこの世界に呼ばれたんだろう？　今の聖女様たちだって、別に問題があるわけでもないし」

「お前は考えすぎなんだよ。別に聖女が世界のために呼ばれるとも限らんだろう」

「どういうこと？」

心底わからないと言いたげに首を傾げるハロルド。

マルコシアスは愉快そうに唇の端を持ち上げた。

「たった一人の為だけに呼ばれた聖女、というのもありじゃないか？」

人であって、人ならざるモノ。

人に会えば化け物と罵られ、魔族にはその強制力から怯えをもって接される。

どちらにも付けず、忌み嫌われ続けてきた我らが主のため。民衆に請われて呼ばれたのではなく、たった一人の寂しい男を癒してやってくれと世界から呼ばれた聖女。

――そう考えてみるのも、なかなか乙《おつ》ではなかろうか。

「やだ。マル君ってば意外とロマンチック」

「言ってろ」

正解は分からない。

ただ、幸せそうに笑いあう彼らがここに存在するのならば、それで良い気がした。

マルコシアスは「じ、じーく、さん」「もう一回」「ジーク、さん！」「ん。……もう一回。駄目か？」「もう、ジークさんってば」と仲睦まじく言い合っている二人を見て、声を出して笑った。

了

まきこまれ料理番の異世界ごはん 3

2021年1月20日　第一刷発行

著者 …………………………………………… 朝霧あさき
©ASAGIRI ASAKI/Frontier Works Inc.
イラスト …………………………………………………… くにみつ
発行者 …………………………………………………… 辻 政英
発行所 ……………………………… 株式会社フロンティアワークス
〒170-0013　東京都豊島区東池袋 3-22-17
東池袋セントラルプレイス 5F
営業　TEL 03-5957-1030　FAX 03-5957-1533
アリアンローズ公式サイト　https://arianrose.jp/
フォーマットデザイン ……………………………… ウエダデザイン室
装丁デザイン …………………… 鈴木 勉（BELL'S GRAPHICS）
印刷所 ……………………………………… シナノ書籍印刷株式会社